# LA OREJA
# DEL CAPITÁN

# La oreja del capitán

## Gisbert Haefs

Traducción de Carlos Fortea

Papel certificado por el Forest Stewardship Council®

Título original: *Das Ohr des Kapitäns*

Primera edición: noviembre de 2018

© 2017, Gisbert Haefs
Publicado por acuerdo con International Editors'Co. Agencia Literaria
© 2018, Penguin Random House Grupo Editorial, S. A. U.
Travessera de Gràcia, 47-49. 08021 Barcelona
© 2018, Carlos Fortea, por la traducción
© 2018, Ricardo Sánchez Rodríguez, por los mapas

Printed in Spain – Impreso en España

ISBN: 978-84-666-6439-4
Depósito legal: B-22.942-2018

Compuesto en Lozano Faisano, S. L.

Impreso en Rodesa
Villatuerta (Navarra)

BS 6 4 3 9 4

Penguin
Random House
Grupo Editorial

¿En qué momento de la historia de los pueblos hay una época en la que los acontecimientos más trascendentales (el descubrimiento y la primera colonización de América, el viaje a las Indias Orientales rodeando el cabo de Buena Esperanza y la primera circunvalación del mundo por Magallanes) coinciden con la máxima floración de las artes, con el logro de la libertad espiritual y religiosa y con la repentina ampliación de la geografía y la astronomía? Una época así debe una parte muy pequeña de su grandeza a la lejanía con la que se nos aparece, a la circunstancia de que se nos presenta solo en el recuerdo histórico, intocada por la perturbadora realidad del presente. Como en todas las cosas terrenales, también aquí el brillo de la dicha está hermanado con profundo dolor. Los progresos del conocimiento cósmico han sido alcanzados al precio de actos de violencia y crueldad que los llamados *conquistadores civilizadores* extendieron por el globo terráqueo. Pero es una osadía torpemente desmedida ponderar de manera dogmática el peso de la dicha y la desgracia en la ininterrumpida historia de la evolución de la Humanidad. No corresponde a los humanos juzgar circunstancias que, lentamente preparadas en el seno del tiempo, solo parcialmente pertenecen al siglo en el que las situamos.

ALEXANDER VON HUMBOLDT,
*Cosmos. Esbozo de una
descripción física del mundo*
Segundo volumen

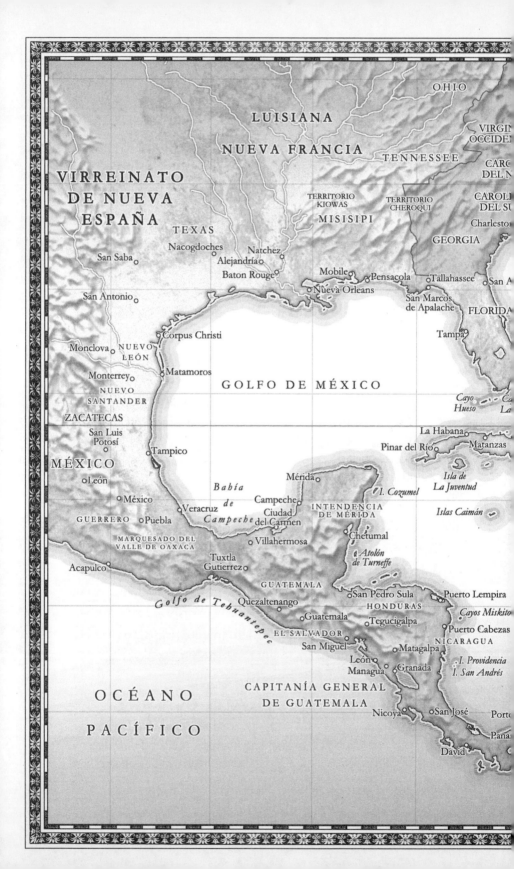

NUEVA JERSEY

DELAWARE

LAND

INIA

TRECE

COLONIAS

INGLESAS

ATLÁNTICO

NORTE

VIRREINATO DE
NUEVA ESPAÑA
INDIAS OCCIDENTALES
1741

0    300    600    900 km

I. Pequeño Ábaco
I. Gran Ábaco
I. Eleuthera
Isla del Gato

Islas Bahamas

MAS

I. Mayaguana

Pequeña
Inagua
Gran Inagua

Islas Turcas
y Caicos

ago de Cuba

LA ESPAÑOLA

ITANÍA GENERAL
SANTO DOMINGO

Islas
Vírgenes

San Juan

I. Anguilla

Puerto
Príncipe

Santo
Domingo

AICA

Grandes Antillas

Canal de la Mona

CAPITANÍA
GENERAL DE
PUERTO RICO

I. San
Cristóbal

I. Montserrat

I. Barbuda

I. Antigua

I. Guadalupe

I. Dominica

I. Martinica

I. Santa Lucía

I. Barbados

MAR CARIBE

Pequeñas Antillas

Aruba
Curazao

La Orchila

La Blanquilla

Tortuga

I. Concepción
(Granada)

I. Tobago

arranquilla

artagena

Maracaibo

Barquisimeto

Caracas

Valencia

Cumaná

Trinidad
de Barlovento

MÁ

Montería

Cúcuta
San Cristobal

CAPITANÍA
GENERAL
VENEZUELA

GUIANA

Medellín

VIRREINATO
DE NUEVA GRANADA

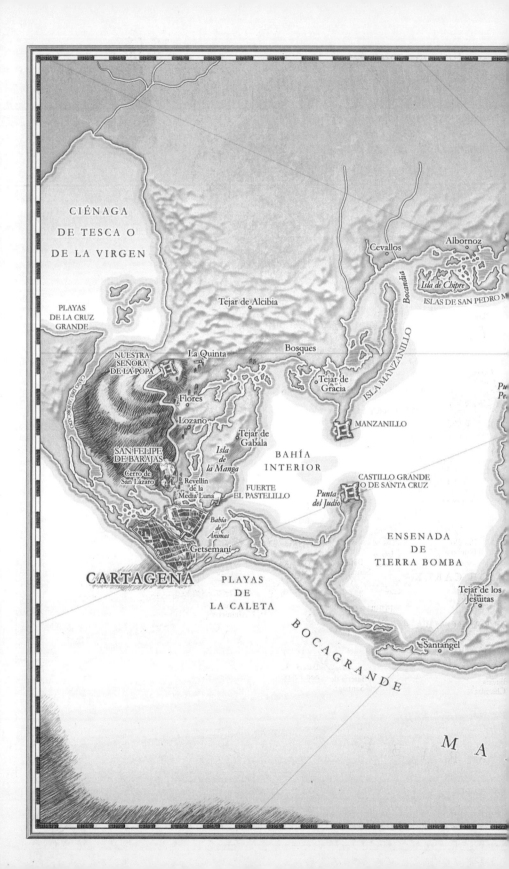

# Enrolado en La Habana

Algún necio ha dicho que las auténticas aventuras ocurren en la cabeza o en nuestras desastrosas circunstancias, y que toda la desgracia de los humanos deriva exclusivamente de que no son capaces de quedarse tranquilamente en una habitación. Y ¿quién ha fabricado la silla en la que el necio se sienta en su cuarto? ¿De dónde ha sacado la madera? ¿Quién ha matado el pollo que está engullendo, quién ha plantado el vino que se bebe, quién ha traído de China la seda para su ropa interior? Y todo eso, ¿solo para que él pueda quedarse allí sentado y dormitar, y escribir tonterías sobre Ulises? Bah, bah y otra vez bah.

LUCIEN PASCAL,
*Arrière-pensées*

En el camino de Batabanó a La Habana, Rafael pensaba una y otra vez en el consejo que el padre Ortiz le había dado hacía meses, antes de morir: «Si lo considera necesario, te cortará el cuello con cortesía y elegancia. Así que no le des ningún motivo para ser descortés.»

El hombre al que el consejo se refería se llamaba Juan de León Fandiño y, si de vez en cuando cortaba cuellos con toda cortesía, era mejor predisponerlo a la descortesía. Pero, si en estado de cortesía ya recurría al cuchillo, ¿qué podría hacer cuando estuviera malhumorado y descortés? Eso enlazaba con otras preguntas; por ejemplo, si la cortesía podía ser un estado duradero. Y si, en realidad, el consejo era o habría debido ser una fallida paradoja.

Dado que precisó menos de dos días para el camino, pudo dar vueltas a ese y otros pensamientos, pero no tanto como para que las vueltas degenerasen en un enrevesado aburrimiento. Según había oído decir al padre Ortiz, Fandiño era sevillano, y de Triana, el barrio de los marinos y trabajadores. Poseía una casa en San Juan de los Remedios, cerca de la costa norte de Cuba; allí vivía, desde la muerte de la primera, su segunda mujer. El padre Ortiz le había contado una serie de historias licenciosas del tiempo que habían pasado juntos a bordo de una fragata. La mayoría eran increíbles, y, por lo tanto, interesantes. Quedaba por saber si el conocimiento de esta o aquella circunstancia podía serle de alguna utilidad.

Se había preparado bien; aun así, se sentía un poco inseguro. Nunca podía saberse qué preguntas podían acecharle. ¿O podían las preguntas halagar? ¿Seducir? De camino a La Habana y luego paseando por sus calles, se sometió a un mudo examen, consideró las preguntas que Fandiño haría al hombre que quisiera subir a bordo, imaginó otras y se dijo que probablemente eran las equivocadas.

¿Cuál era la tarea de los guardacostas? Combatir el contrabando y la piratería.

¿Cuándo se había creado el sistema de guardacostas? Hacía solo cinco o seis años.

¿Quiénes eran los hombres que debían atender esa tarea? Marinos experimentados, la mayoría de ellos antiguos contrabandistas y piratas, y por eso mismo familiarizados con todas las tretas.

¿Qué barcos se empleaban? Algunos pertenecían a los capitanes, que recibían mandato y documentos del virrey competente o gobernador... antes habían sido patentes de corso; otros barcos, a menudo naves contrabandistas incautadas, eran aportados por las autoridades correspondientes a cambio de una participación.

¿Por qué guardacostas en vez de la flota real? Porque los muchos miles de millas de costa de los territorios españoles en América, con sus bahías y escondrijos, no podían ser vigilados por flota regular alguna.

¿Quiénes eran los contrabandistas? Holandeses, franceses y, sobre todo, ingleses.

¿Por qué contrabando, en vez del comercio habitual? Porque la corona cuidaba de su monopolio comercial, y nadie podía comerciar con los territorios españoles más que los barcos que venían de Cádiz y estaban registrados allí con su carga, tripulación y pasajeros.

Etcétera. Pero probablemente le preguntarían si sabía hacer pan, limpiar cañones y remendar velas. ¿Las circunstancias generales? Oh, no, eso no le importaba nada a un miembro de la tripulación, probablemente incluso eran cosas demasiado elevadas para los oficiales.

El aire entre las casas era bochornoso y estaba viciado. Casas de madera y ladrillos de adobe, en angostas calles pavimentadas de barro, endurecido por el sol y las innumerables pisadas. «Cuando llueva —se dijo—, esto se volverá resbaladizo y lleno de charcos.» Otras calles, con casas de piedra, arcos, saledizos y patios, más intuidas que vistas al pasar, estaban enlosadas y pertenecían probablemente a ricos y poderosos. Aquellas calles eran, en cualquier caso, lo bastante anchas para que pudieran pasar sus coches.

Pasó por delante de tiendecitas, talleres entreabiertos de artesanos y puestos de venta, abriéndose a veces camino por entre la multitud. Una multitud abigarrada, ruidosa, atareada; él había creído que Batabanó era una gran ciudad, pero comparada con La Habana era, como mucho, un pueblo grande. De una herrería situada en un patio salía el ruido de un martillo golpeando el metal. Unos pasos más adelante, alguien exhibía en una jaula pájaros multicolores y vendía pollos cacareantes destinados a la cazuela. Rafael oyó las voces de un coro eclesiástico que salían de una capilla en una placita.

Al otro lado de la plaza había varios figones y puestos en los que se vendía fruta, verdura, carne y pan recién hecho. El aromático humo que salía de ellos hizo que su estómago gruñera. Se llevó la mano al cinturón y decidió comer algo. En la bolsa llevaba todo su patrimonio: todo lo que había conseguido por la venta de las propiedades del padre Ortiz. Lo habían advertido en contra de los malvados que, al parecer, circulaban masivamente por los lugares grandes; por eso llevaba la bolsa sujeta a la parte interior del cinturón, bajo la ancha camisa clara.

En uno de los puestos compró un rollo de pan de maíz sin levadura, relleno de pescado asado, verdura y una salsa roja y fuerte, además de un cuenco de zumo y agua. Manteniendo con cuidado el equilibrio, lo llevó todo hasta un tambaleante banco pegado a la pared de la casa más próxima. Se sentó, se descolgó el hatillo del hombro, se lo puso entre las piernas y empezó a comer. Contempló a la gente a su alrededor, y comprobó sorprendido que, de alguna manera, se sentía acogido.

Había esperado, con cierta incomodidad, llamar la atención en la ciudad desconocida al ser un forastero, algo así como una mala hierba en un macizo de flores. Ahora contemplaba la multitud: parda, blanca, negra, mestizos, algunos semidesnudos, otros vestidos con elegancia, ropas abigarradas, telas chillonas, risas y parloteos. Habría podido gritar o ponerse de cabeza en la plaza sin que nadie se fijara en él.

Ser simplemente aceptado, como una piedra o una planta, se dijo. O no, no aceptado, simplemente ignorado como algo evidente. ¿Era quizás esa una forma de bienvenida, no sería al final la mejor?

Cuando hubo terminado de comer y beber, devolvió el cuenco al puesto, se echó el hatillo al hombro y siguió caminando hacia la muralla. Como no sabía dónde estaba exactamente la *Isabela*, se metió por la primera puerta que había al sur de la entrada al puerto y paseó por fuera de la muralla, a lo largo de los atracaderos y talleres. Más allá de la bocana del puerto, de unos doscientos cincuenta pasos de anchura, las torres y muros de El Morro resplandecían a la luz del atardecer. Pronto se cerraría la cadena, y un cañón de la fortaleza dispararía una salva después de la puesta de sol: la señal para cerrar las puertas de la muralla. Pero había varias puertas más pequeñas que seguían abiertas, de modo que podría volver a la ciudad si no encontraba el barco. O si el capitán Fandiño no quería contar con él.

Pasando ante los barcos de pescadores y los pequeños cargueros de vela, ante los transbordadores con los que se podía cruzar la bahía, el próximo barco era uno de dos mástiles, con portillas y agujeros para remos: un jabeque. Sabía que algunos de esos barcos de corsarios norteafricanos —capturados o construidos a imitación de aquellos— se empleaban también en las aguas caribeñas españolas, pero nunca había visto uno. Contempló interesado los castillos de proa y de popa, no especialmente altos, observó los adornos junto a las seis portillas del lado de babor... y se detuvo. En pequeño en la proa, en grande en la popa, el nombre estaba escrito en letras sencillas: *Isabela*. ¿Un velero pirata argelino, sirviendo de guardacostas español en la bahía de La Habana?

La borda se elevaba apenas tres pies por encima del muelle. Trepó por unos cuantos peldaños de una escala y subió a cubierta. En medio del barco, unos hombres andaban en parte holgazaneando, en parte ocupados en trabajos habituales, como remendar velas o coser sus propias ropas. Vio dos indios y siete negros, pero ningún europeo.

—Eh, hermano, ¿dónde puedo encontrar al capitán Fandiño? —preguntó.

El negro al que se había dirigido sonrió.

—Si te vuelves y vas hacia la izquierda por el muelle, lo encontrarás delante de alguna taberna.

—¿Todavía enroláis a gente, o estáis completos?

—Si eres bueno...

—Claro que soy bueno.

El negro volvió a sonreír.

—Eso dicen todos. Buena suerte.

Delante de la tercera taberna por la que pasó, había dos europeos sentados a una mesa en la que, entre copas de cerveza y una jarra, se veían algunos papeles.

—¿Capitán Fandiño?

El mayor de los dos hombres alzó la vista.

—Presente. ¿Quién pregunta?

—Rafael Ortiz; con saludos de Daniel Ortiz.

Fandiño apoyó las manos en la mesa y se levantó.

—¿Daniel? Hace mucho tiempo.

—Me dijo que quizá necesitaban gente buena.

Fandiño asintió, señaló una silla vacía y volvió a sentarse.

—La gente buena siempre hace falta. ¿Cómo está Daniel? Y cómo es que envía...

—Él ya no envía; está muerto. Era mi padre.

Fandiño guiñó un ojo.

—¿Su *padre*? —sonaba más que sorprendido.

Ortiz rio por lo bajo.

—Me adoptó —dijo.

—Ah. —Fandiño sonrió. Señaló al otro hombre, que miraba interrogativo al uno y al otro—. Santiago Dorce, mi teniente. Alférez. Timonel. Lo que usted prefiera.

Dorce saludó con una cabezada al recién llegado.

—Antes de que empecemos a intercambiar historias sobre el viejo Daniel... ¿Qué sabe usted hacer?

Ortiz se sentó, cerró un momento los ojos y respiró hondo. Olía a sal y a algas, a agua de sentina, a la pez caliente de uno de los talleres, a la cerveza de la jarra (o de las copas de los otros dos), y se dijo que, en realidad, no había razón alguna para sentirse inseguro.

—Leer, escribir, calcular. —Abrió los ojos y miró a Fandiño. El capitán de la *Isabela* podía tener en torno a cuarenta años, tenía la mandíbula partida, cabello oscuro, unos ojos penetrantes de color gris mercurio y unas cejas hirsutas y boscosas—. Hacer pan y cocinar también, si es que pudiera ser de utilidad.

Dorce rio por lo bajo. El timonel era algunos años más joven que Fandiño, delgado, casi flaco; su pelo, que originariamente debía de ser castaño claro, estaba surcado de mechas grises y se aclaraba en las sienes.

—Se pueden afirmar muchas cosas —dijo—. Pruebas —empujó los papeles hacia Ortiz.

—¿Quieren que se lo lea todo ahora?

—Bastará con un resumen.

—Como quieran. —Ortiz cogió las hojas, les echó un vistazo y añadió—: Han comprado harina, judías, pescado en salazón, sal, miel, pólvora y balas de cañón.

Dorce sonrió.

—También puede haberlo adivinado. —Se inclinó hacia delante y señaló una línea al pie de una de las hojas—. ¿Qué pone aquí?

—«Que Satán envuelva a fray Nicolás en intestinos de cerdo y lo ahogue en mierda de perro.» Parece un ejercicio de escritura; pluma nueva, supongo... Los borrones parecen haber surgido del intento de probar la flexibilidad de la pluma. —Ortiz alzó la vista del papel—. Si sumo las distintas sumas y les digo la suma total correcta, ¿me dirán quién es fray Nicolás y por qué Satán debe hacerse cargo de él?

Fandiño cogió las hojas.

—Daniel Ortiz —dijo a media voz—. El mejor artillero, hasta que una bala de mosquete le destrozó la rodilla izquierda.

—La rodilla derecha —corrigió Ortiz.

—La *Isabela* debería tener una tripulación de cincuenta hombres. Con usted seríamos veintinueve. Eso quiere decir que todo el mundo tiene que saber hacer todo lo posible.

Ortiz asintió.

—¿Sabe de qué vive la gente de los guardacostas?

Ortiz alzó las cejas.

—De su soldada, supongo.

Dorce resopló.

—No hay soldada en la flota real —dijo—. Vivimos de lo que quitamos a los contrabandistas.

—Creía que eso era para el rey.

—Una quinta parte va a parar al rey. —Fandiño se tocó el pulgar derecho con el índice izquierdo—. Un quinto al gobernador o virrey, según dónde se venda el contrabando. Los otros tres quintos son para nosotros.

—¿Tanto? Suena bien.

—Suena mejor de lo que es. Lo llevamos al puerto más próximo, y allí se vende. Quizás enseguida, quizá después, a veces al cabo de mucho tiempo, depende.

—Así que por eso las listas de compras. —Ortiz señaló con la mandíbula los papeles que Fandiño tenía delante.

—Por eso, sí. Comida, bebida y cama a bordo. No hay soldada, pero sí reparto del... llamémosle botín.

Dorce completó:

—En la flota le darían un real al día. A veces. A veces nada durante años, porque la corona está en bancarrota. A veces. Con nosotros ganará en conjunto más. Si quiere.

—¿Sabe usted pelear? —dijo Fandiño—. ¿Algo más aparte de leer y escribir?

—Tengo un pequeño defecto en la vista. —Ortiz sonrió.

—¿Qué clase de defecto?

—Veo... ¿cómo diría yo? Veo orden. Órdenes, se podría decir. Y cosas que perturban el orden.

Dorce frunció el ceño; Fandiño sacudió la cabeza.

—No me imagino nada al oír eso. ¿Puede explicarlo?

—Cuando veo un rebaño de ovejas, mil animales o algo así, veo enseguida cuál es el animal que cojea o está lisiado —aclaró Ortiz—. Si veo un campo de tréboles, veo el de cuatro hojas.

—Bueno. —Fandiño se encogió de hombros—. No hay mucho trébol en el mar, y no sé cuántas ovejas habrá nadando ahí fuera.

—Navegar —dijo Ortiz—. Leer cartas, reconocer las estrellas.

—¡Eh, eh! —exclamó Dorce—. ¿La ballestilla? ¿El astrolabio? ¿Los secretos de la navegación? Eso tendrá que demostrárnoslo. ¡Vamos...! —Miró a Fandiño.

—¿Todo eso lo aprendió del viejo Ortiz?

—Con su pierna rígida, no podía hacer mucho más que acariciar a su mujer, dar de comer al perro y enseñarme cosas.

Fandiño dio una palmada. De la taberna salió un adolescente, tal vez el hijo del posadero.

—¡Cerveza! —gritó el capitán—. Una tercera copa, pan, fiambre. Y enciende alguna luz.

El sol casi se había puesto. El chico trajo lo que le habían pedido. Fandiño llenó las copas, empezando por la de Ortiz, mientras a unos pasos de distancia el chico metía una antorcha en una de las argollas de la baranda y la prendía. Enseguida, un revoloteante racimo de insectos se formó en torno a ella.

—¿Será usted el número veintinueve? —preguntó Fandiño, cuando Ortiz bajó la copa y se limpió los labios.

—Por eso he venido.

—Bien. Entonces hablaremos un poco y comeremos.

¿Es todo lo que tiene? —Señaló el rulo que Ortiz había dejado junto a su silla.

—¿Qué más necesito?

Dorce lanzó una carcajada estridente.

—Suerte, como todos nosotros. Una hoja afilada se la daremos nosotros. Sangre suficiente como para poder perder un poco supongo que tendrá.

—La tengo. ¿He de firmar algo?

—Lo haremos con un apretón de manos, hombre. Las manos aguantan más que el papel.

Fandiño tendió la mano; Ortiz la estrechó.

Dorce carraspeó:

—¿Me presta su oreja, capitán? —preguntó.

—¿Para qué?

Dorce señaló la jarra de cerveza.

—Si juntamos fuerzas, podríamos complementar el apretón de manos con un trago de vino. Es más sabroso, y adecuado para la ocasión.

Fandiño titubeó un momento, luego se encogió de hombros.

—¿Por qué no? ¿Se une, Ortiz? Descontaremos su parte del próximo botín.

Ortiz hurgó en su cinturón y dejó una bolsa de cuero encima de la mesa.

—Me gustaría hacerme cargo. Si me lo permite...

—¿Seguro? —Dorce frunció el ceño—. ¿Sabe usted lo caro que es el vino?

—No. ¿Es muy caro?

—Cinco veces más que la cerveza.

—Uf. ¿Por qué?

—Pregunte a la corona —dijo Fandiño; torció el gesto—. Al principio había que desarrollar las nuevas tierras aquí, en América. Luego, a los señores que reinan sobre nosotros y sobre medio mundo se les ocurrió que sería mejor que solo proporcionásemos materias primas y recibiéramos de España todo lo que está terminado. Así que se quemaron los telares y arrancaron las cepas. Nos dejaron hacer cerveza y ron, pero el vino tenemos que traerlo de España. Por eso.

—No se queje. —Dorce sonrió—. Si fuera de otra manera, también podríamos comerciar con los ingleses y los franceses... y los guardacostas no existiríamos.

Ortiz señaló su bolsa.

—Vamos a castigar un poco la bolsita —propuso—. Cuando mi padre murió, me lo dejó todo. Una taberna en el puerto de Batabanó, un poco de tierra, una casita. Lo he vendido todo. Bebamos por él... y por el apretón de manos.


Mucho tiempo después de sonar el cañonazo de la fortaleza, subieron a bordo de la *Isabela*. Bajo el elevado alcázar de popa había dos camarotes, para el capitán y su teniente. El resto de la tripulación dormía en cubierta, o en caso necesario en coyes colgados en el angosto y bajo entrepuente. Uno de los indios mostró a Ortiz dónde podía guardar sus cosas. La mayoría de los hombres dormían ya, más o menos embriagados con lo que habían tomado a lo largo del día en las tabernas del puerto. Ortiz se sentó al pie del palo mayor con los pocos que aún estaban despiertos y lo bastante sobrios.

Naturalmente, en las primeras horas a bordo no oyó ninguna historia coherente. Aun así, se enteró de que los indios venían de tierra firme, al norte de la Florida, igual que casi la mitad de los negros, de los que la mayor parte eran antiguos esclavos. Algunos tenían en la espalda cicatrices que se intuían más que se veían a la pálida luz de las estrellas y de la luna llena... marcas de latigazos, obsequio de sus antiguos señores ingleses de Georgia o Virginia. Motivo suficiente para combatir especialmente a gusto contra los contrabandistas ingleses. Uno llevaba un hierro en el hombro, estampado por un antiguo propietario de Panamá. Entre ellos había varios huidos, cimarrones, pero también algunos que habían comprado su libertad o habían sido emancipados después de ser bautizados. Indios, negros, mulatos, zambos... y si había problemas en La Habana todos, también Ortiz, había dicho Fandiño, debían sencillamente decir que le pertenecían a él. Al capitán de la *Isabela*, que los llamaba de usted a todos; no por cortesía, se decía Ortiz, sino por mantener una cierta distancia y, quizá, para crear un mejor ambiente y en cualquier caso establecer un trato distinto a bordo.

Lo que, al parecer, no siempre había sido así. Un indio llamado Joselito afirmaba que hacía un par de años Fandiño había tirado por la borda a un marinero levantisco que lo había atacado varias veces, y había contemplado cómo el hombre era devorado por los tiburones. Solo más adelante el capitán había tenido la idea de ordenar que hubiese cortesía general, y había funcionado.

—¿Qué pasa con ese fray Nicolás?

Joselito rio entre dientes.

—¿Qué has oído contar?

—Solo que Satán debería envolverlo en intestinos de cerdo y ahogarlo en mierda de perro.

—Curas —dijo Joselito—. Nunca pueden dejarlo en paz a uno. Ese dominico... siempre sombrío, siempre con los dos pies en el Más Allá, ¿sabes? Está muy bien eso de ser piadoso, si le divierte, pero ¿por qué tiene que echar a perder la gracia a todos los demás? Ni una cerveza sin persignarse, y cuando llegamos a puerto tenemos que ir con él a la iglesia más próxima, en vez de con las chicas...

—¿Dónde está ahora?

—Tuvo un accidente. —Joselito chasqueó la lengua—. Cuando llegamos a la bahía de La Habana, hace unos días, había un poquito de viento y mar de fondo. Fray Nicolás siempre leía el breviario y rezaba en la cubierta de proa por las mañanas, y de alguna manera el pedrero le golpeó en la pierna. Se había aflojado no sé sabe cómo, los tornillos, ya sabes. Y eso que el capitán lo había, bueno, revisado, la noche anterior. Ahora está en la enfermería de algún monasterio.

Apenas había viento, el agua casi no se movía en la bahía. Rafael Ortiz estaba tumbado, envuelto en una manta ligera, apoyado contra la borda de estribor, y trataba de dormir. De contar estrellas. Pero sus pensamientos aún eran demasiado agitados, y lo tenían despierto. No podía evitar pensar una y otra vez en la conversación con Fandiño y Dorce, que ni siquiera le habían preguntado su edad. Diecinueve, habría dicho, porque, de lo contrario, a sus dieciséis años, no lo habrían llevado consigo. Sabía que parecía mayor, pero... ¿y si no contaba estrellas, sino que clasificaba los distintos ronquidos de a bordo? El estertor de Joselito junto a él, un ronquido cansado más adelante, una especie de ronco aullido al pie del palo mayor, algo parecido a una papilla que burbujea, a una sierra con prisa, en algún otro sitio algo así como el ruido que hace la madera cuando se estiba un objeto pesado. Inútil.

Cerró los ojos y recordó poemas, recitó para sí el principio del cuento *Rinconete y Cortadillo* de Cervantes, se preguntó si habría podido hacer amistad con aquellos dos pillos españoles, si quizás hoy estarían a bordo de otro guardacostas en vez de en sucios callejones. Pensó en jabeques y galeras, galeones y carabelas, luego sus pensamientos fueron a parar a ese milagroso buque inglés, el inagotable, que siempre que las flotas españolas iban de Cádiz a Cartagena, Portobello y Veracruz tenía permiso para tocar las ferias de esos puertos con sus mercaderías. Un misterio, aquel barco; ¿cómo podía ser inagotable? ¿Eternamente agujereado, quizá? Pero entonces hacía mucho que se habría ido a pique. Quizá se hundía una y otra vez y volvía a emerger. Con renovadas ansias. Pero ¿y si de verdad era un barco milagroso, un carguero mágico, que no solo llevaba paño y herramientas, sino tigres cebados, delfines parlantes, dragones, magos, el grial o un cuerno de la abundancia...? ¿Y si era un barco de la abundancia, cargado de cuernos de la abundancia? Cuernos llenos de sueños, que llenaron de sueños su dormitar.

# Una oreja y muchas monedas

Presupongo sin más que los españoles son, como pueblo, extraordinariamente [...] crueles. Esta es una opinión compartida por todo el mundo, y la mayoría de la gente no necesita argumentos al respecto...

*Los Angeles Herald*, 3 de abril de 1898

Los españoles son tan feos que dan ganas de vomitar al ver a uno de ellos. Los simios más feos que caminan sobre la Tierra. Y, en lo que a los andaluces se refiere..., la verdad es que no es necesario que vivan.

Británico anónimo en Málaga, 2016

Tres días después salieron del puerto de La Habana. Dado que la fortaleza y el arsenal de la capital no disponían del número de balas necesario para los pequeños cañones de cuatro libras del jabeque, habían tenido que fundirlas. Dos días perdidos. Ortiz no sabía por qué esos dos días eran importantes, pero veía con claridad que Fandiño y Dorce estaban cuanto menos malhumorados, quizás irritados. Uno de los negros dijo que en ese momento el tiempo no era de fiar, poco viento, podía uno ir a parar a una calma chicha, y probablemente un par de ingleses con los que había contado el capitán se habían puesto entretanto a salvo con su carga prohibida en aguas británicas, en las Bahamas y con la flota de allí.

Con un viento débil del oeste, fueron hacia el norte, adelantados en varias ocasiones por los delfines. Ortiz, para el que todo era nuevo, tenía la sensación de que aquellos animales encantadores bailaban alrededor del barco, cantaban de manera inaudible y se reían de su lentitud. Por la tarde, el viento se detuvo por completo. Fandiño y Dorce deliberaron en el alcázar de popa; luego, indicaron a la gente que tirasen por la borda unos cuantos tablones podridos, e hicieron remar a los hombres. Cuando los tablones estuvieron lo bastante lejos, mandaron recoger los remos.

Ortiz se preguntó por qué llevaban a bordo aquellas tablas agujereadas, que hacía mucho que habían sido sustituidas por madera nueva, pero luego lo entendió. Dorce ordenó que llevaran pólvora y balas a las seis piezas de babor e hicieron ejercicios de tiro. La mayoría de las balas cayeron lejos de los tablones, alejados en el agua. Zambrano, uno de los negros, los alcanzó con tres de cinco intentos, igual que Ortiz. Con la quinta bala, hizo pedazos el último tablero.

—¿Dónde aprendió a hacer eso? —preguntó Fandiño. Tenía las manos a la espalda y miraba al muchacho.

—Mi padre, bueno, mi padre adoptivo, me enseñó.

—¿En Batabanó? ¡Seguro que no se llevó cañones a tierra para jugar!

—Sí. Un cañón de juguete. —Ortiz sonrió—. Un tubo de arcilla con algo así como una catapulta. Y con eso disparábamos a los árboles piedras y balas de madera.

—Habrá que ver qué tal se porta cuando vaya en serio.

Poco antes de la puesta de sol, entraron en la siguiente calma chicha. Dorce envió a uno de los indios al palo mayor.

—Eche un vistazo; quizá no estemos completamente solos aquí.

Chippuhawa (o algo parecido; Ortiz nunca había visto ese nombre escrito, y la pronunciación variaba según quién lo dijera) trepó a la cofa; casi al momento gritó algo y señaló en una dirección.

—¿Capitán? —dijo Dorce.

—Nornoroeste —gruñó Fandiño. Se llevó el catalejo a la cara y miró largo tiempo por él—. Bueno, un punto negro —dijo al fin—. Vamos a remar un poco, Dorce; quizás eso nos lleve más cerca mañana temprano.


Al salir el sol avistaron el punto negro, muy al noroeste. El teniente Dorce entregó el timón a uno de los marineros negros, mandó despertar al capitán y trató de determinar la posición aproximada de los dos barcos. Hizo una seña a Ortiz.

—Se supone que usted sabe hacer esto —indicó—. Veamos, ¿dónde estamos, aproximadamente?

Cuando Fandiño llegó a la caseta de derrota, en el alcázar de popa, con un trozo de pan con aceite y un vaso de latón lleno de café, Dorce le indicó un punto en el mapa, apoyando el índice en él.

—Tenemos que estar aproximadamente aquí —dijo—. Y ellos aproximadamente allí. Ortiz ha calculado lo mismo.

Fandiño sopló el café caliente.

—Al parecer hemos hecho una buena presa con usted, joven. Así que... ¿a mitad de camino entre La Habana y Tortugas Secas?

—Quizás un poquito más al oeste. Es difícil decirlo, pero más o menos.

El capitán contempló el mapa.

—¿Ingleses?

—¿Qué, si no?

La corriente los llevaba hacia el este a poco más de tres nudos. El otro barco parecía deslizarse también hacia el este; por la noche, Fandiño había puesto la *Isabela* a medio rumbo de este a norte.

—Ciento sesenta millas hasta el Cayo de los Muertos, más o menos —dijo Dorce—. Estaremos casi en aguas de las Bahamas, y probablemente anden por ahí algunos barcos de guerra británicos. ¿Qué opina, capitán?

—Que los hombres desayunen —ordenó Fandiño—. Luego, que ocupen la mitad de los remos. Cambio cada media hora. Y vamos rumbo estenordeste. Hacia el mediodía tendríamos que haberlos alcanzado.

El jabeque tenía doce remos, seis a cada lado. Las velas latinas de los dos mástiles estaban tan recogidas que la poca superficie que les quedaba apenas frenaba el desplazamiento. Cuando Fandiño se hubo tomado el segundo café, llamó a su lado a Zambrano y Ortiz.

—¿Hacemos ya algún preparativo, por precaución, capitán? —dijo el negro.

—Nada de prisas innecesarias. Ortiz, cuando estemos a tiro, encárguese del pedrero en la proa. Pero solo siguiendo mis órdenes. Nada de tonterías, ¿me oye? El habitual disparo al agua, delante de la proa. A no ser que se defiendan. Entonces le tocará a usted, Zambrano.

—¿Cañones de babor?

—Sí. Téngalo todo preparado. Pero cuidado con los cartuchos. No tenemos tantos.

Dorce silbó entre dientes y tamborileó en el timón con los dedos. El capitán echó mano al catalejo.

—Parece un bergantín. —Volvió a plegar el catalejo—. Aún es pronto para decirlo, pero podría ser la *Rebecca*.

—Ah, la vieja Becky. —Dorce sonrió—. ¿Ha tenido usted el placer?

—Aún no; pero, cuando llegue el momento, va a serlo.

—¿Qué tiene la *Rebecca*? —quiso saber Ortiz.

—Un inglés. O galés, da igual, Jenkins. Se ha batido ya tres o cuatro veces con otros guardacostas. Seguro que es uno de los que forman parte del barco inagotable.

—Olvida que soy bastante nuevo aquí —dijo Ortiz—. ¿Qué importa eso? ¿Y cómo puede ser inagotable un barco?

—Los ingleses tienen el monopolio de los esclavos, y tienen permiso para enviar un barco mercante de ida y vuelta. Va tocando en varios puertos, y al llegar al segundo y el tercero todavía va lleno. Porque, entretanto, recibe refuerzos en el mar de otros como la *Rebecca*.

—Y entonces lo que la gente de nuestras costas compra a los ingleses no lo compra a comerciantes españoles —indicó Dorce—. Los que vienen con la flota mercante.

—Ah, ahora lo entiendo. —Ortiz se tiró del lóbulo de la oreja derecha—. Pero... ¿hay suficiente mercancía española para abastecer a la gente aquí?

Dorce se encogió de hombros.

—Ni idea.

—No, no la hay —dijo Fandiño—. Y además es demasiado cara. Hace mucho que el oro americano eleva los precios en España. Y no hay suficientes barcos. Las dos flotas cada pocos años... Pero eso no nos importa a nosotros. La sacralidad de los reyes y las decisiones, celestialmente opacas, de los gobiernos. ¡Bah! —Se volvió y escupió por encima de la borda.

Ortiz miró a Dorce:

—¿Puedo preguntarle a una cosa?

—Suéltela. Todavía no tenemos nada que hacer.

—¿Qué pasa con el monopolio de esclavos y los barcos mercantes?

Fandiño rio por lo bajo.

—El padre Ortiz no se lo enseñó todo, ¿no?

Dorce abrazó el timón y sonrió.

—¿Vamos a tener que...? Bueno, por qué no. Hablar acorta la espera. Pero tengo que remontarme muy atrás. Bajo la mediación del Papa —dijo—, hacía mucho tiempo que se había firmado un tratado que trazaba una línea imprecisa, varias veces modificada, de norte a sur, y asignaba a España las tierras al oeste de esa línea, y a Portugal las situadas al este. Según eso, Brasil, el Atlántico, África y la mayor parte de Asia correspondían a los portugueses, y, cuando España necesitó esclavos negros para cultivar las inmensas masas de terreno del resto de América, los barcos españoles no pudieron acudir a las costas de los esclavos. Durante décadas, o incluso siglos, los mercaderes portugueses fueron los que abastecieron de esclavos a los españoles; luego los franceses, y después de la guerra por la sucesión del trono español, en 1714, los ingleses se habían asegurado el monopolio durante treinta años, y se lo habían transferido a su Compañía de los Mares del Sur. Además, siempre que las flotas de Cádiz iban al Caribe, se les permitía enviar un barco mercante de quinientas toneladas... el barco inagotable. Y, naturalmente, España tenía el derecho de controlar e inspeccionar los barcos ingleses en aguas españolas. Pero a veces no querían dejarse controlar —y Dorce completó su relato con un par de docenas de historias, en parte chuscas, en parte sanguinarias.

Cuando, dos horas después, dejaron de remar, Ortiz no se sentía más inteligente, pero sí más enterado que antes. El capitán, que había escuchado a medias, cambió unas palabras con Dorce, referidas a la corriente, el impulso residual, el tiempo y la distancia. Luego señaló a proa.

—Al cañón, Ortiz; dentro de media hora pasaremos por su flanco. ¡Y, cuando esté pensando en comercio y tratados, no se olvide de disparar!

Entretanto habían identificado el barco inglés como la *Rebecca*; pronto podrían leer el nombre a simple vista en la proa.

—¡Zambrano!

—¿Capitán? —El gran negro estaba junto al último cañón de babor, por el que Ortiz pasó de camino a la proa, y alzó la vista hacia el alcázar de popa.

—Prepare tres cañones. Uno con postas y dos con balas.

Zambrano saludó, mandó traer pólvora y balas, y designó gente para el servicio de los cañones.

Ortiz se preguntó si los tres cañones y su pedrero bastarían. El bergantín británico era más pequeño que el jabeque y solo disponía de un par de cañones giratorios ligeros. Naturalmente, puede que todos a bordo fueran suicidas, pero era improbable. Por otra parte, había oído historias violentas más que suficientes...

Esperar. Los barcos se acercaban cada vez más. Fandiño cogió el catalejo y contempló a la gente en el apenas elevado alcázar de popa de la *Rebecca*. Ortiz, junto al pedrero, entornaba los ojos y miraba en la misma dirección. Aquel hombre de cabello oscuro que en ese momento se pasaba los dedos por la melena y volvía a calarse el tricornio, tenía que ser Robert Jenkins. Como si se sintiera observado, miró hacia la *Isabela* e hizo una mueca. En la cubierta del bergantín no había mayores movimientos.

Cuando los dos buques estuvieron a menos de un octavo de milla de distancia, Fandiño asintió en dirección a Dorce. El teniente cambió mínimamente el rumbo de la *Isabela*, de tal modo que al cabo de otra milla de deslizamiento sobre la corriente quedaría al costado de la *Rebecca*.

—¡Ortiz!

—¿Capitán?

—Un tiro delante de la proa... pegado.

Ortiz levantó la mano, reajustó el pedrero y abrió fuego. A un cable de distancia de la *Rebecca* se levantó un surtidor de espuma.

Fandiño siguió dando órdenes. Entre los cañones se situaron marineros armados con mosquetes; tras ellos, otros con garrotes, sables y pistolas.

Cuando los barcos casi se tocaban, Fandiño gritó al inglés:

—*Ahoi, Rebecca!* Nos ponemos en facha, vamos a subir para inspección a bordo.

El hombre al que Ortiz había tomado por el capitán Jenkins se encogió de hombros y abrió los brazos.

—Pequeño Satán —dijo uno de los hombres cercanos a Ortiz—. Como si no supiera español.

—¡Jenkins! —gritó Fandiño—. Sé que entiende español. Pero, si le divierte... —repitió la frase en inglés.

—¿A qué viene esto? —respondió Jenkins—. No estamos en un puerto español —mientras lo decía, manoteaba; estaba claro que estaba impartiendo instrucciones en silencio.

—Aguas de soberanía españolas entre Cuba y La Florida. Envíe a su gente delante. Y lejos de los cañones; he hecho cargar postas.

Los barcos se tocaron con un crujido. Unos cuantos hombres de la *Isabela* saltaron con cabos a la *Rebecca* para atar los dos buques. Marineros ingleses se lanzaron sobre ellos para tirarlos por la borda o devolverlos a la *Isabela*. Fandiño trepó a la *Rebecca* con el siguiente grupo y fue en ayuda de su gente. Gritando, con la cabeza roja como un tomate, Jenkins se lanzó contra el grupo de Fandiño. Aquí y allá chocaron sables de abordaje o dagas, pero la mayor parte del enfrentamiento se libró con puños y garrotes. A Ortiz le hormigueaban los dedos; se atuvo con esfuerzo a la orden de Fandiño de proteger a toda costa el pequeño cañón giratorio. Contempló el alboroto en la cubierta del bergantín inglés, vio el torbellino de figuras, los movimientos entrelazados de los combatientes..., canales, surcos en la arena, enriquecidos y modificados por la siguiente ola. En algún punto de la cubierta o del aparejo le molestaba algo, pero no lo encontró enseguida.

La pelea no podía haber durado mucho más de cincuenta latidos del corazón cuando Dorce consideró llegado el momento de enviar otros cinco hombres al otro barco. Luego, todo terminó con rapidez. La mayoría de los marineros ingleses bajaron los garrotes, puños y cuchillos; algunos de ambos bandos sangraban por ligeras heridas, tres o cuatro se llevaban las manos a la cabeza. Tan solo el capitán Jenkins seguía bramando, golpeando todo lo que se interponía en su camino, y trataba de alcanzar a Fandiño. Finalmente, dos hombres de la *Isabela* lo agarraron por los brazos.

—Sujétenlo fuerte —dijo Fandiño—. De lo contrario, con el ruido que arma, no va a ser posible hacer la inspección como es debido.

Dorce entregó el timón a Zambrano e hizo una seña a Ortiz para que se le uniera; el cañón había dejado de ser necesario.

Jenkins seguía armando jaleo.

—Estúpidos *dagos* —gritaba—. No quiero a bordo negros y pieles rojas.

—Se trata de súbditos del rey de España, que le prestan su honroso servicio —dijo Fandiño.

—Vaya un rey, súbditos piojosos, ¿qué tiene de honroso eso que llamáis servicio?

—Incluso el deshonor, *mister*; como entre ustedes.

—¿A qué viene todo esto?

—Sabe tan bien como yo lo que establecen los tratados.

—¿Lo sé? Ilústreme, pirata.

—Inglaterra tiene derecho a enviar un barco con mercancías. Y ese barco puede llevarse a Inglaterra la cantidad prevista de mercaderías. Productos o monedas de nuestros territorios a bordo de otro barco, como por ejemplo la *Rebecca*, son contrabando y quedan incautados.

—No llevo mercancías españolas a bordo. Y repito: no estamos en un puerto español.

Fandiño alzó las cejas, pero no dijo nada. Algunos de

sus hombres vigilaban a los ingleses desarmados, los otros se habían repartido por el barco, apartaban cajas y toneles, abrían trampillas, registraban las bodegas. Las pequeñas escuadras de hombres sabían exactamente lo que tenían que buscar. Y que no tenían que ser demasiado cuidadosos a la hora de hacerlo.

Dorce dio un codazo a Ortiz, y en voz baja le dijo:

—Mire a su alrededor. Quizá vea tréboles u ovejas de tres patas. Pero quédese a mi lado.

Jenkins respiraba cada vez más deprisa, seguía profiriendo maldiciones, y su rostro empezaba a teñirse de oscuro. Intentó liberarse de los dos que lo sujetaban.

Hasta entonces, Fandiño había dejado la espada en su vaina. En ese momento, la desenvainó, pero la mantuvo baja. Uno de sus hombres le gritó algo; al parecer, tenía dificultades para abrir una trampilla.

—Rómpala —dijo Fandiño.

—¿Qué significa esto, sarnoso perro español? —tronó Jenkins.

—Creo que vamos a hacer algo en pro de la seguridad general. Atadlo al mástil.

Los dos que mantenían agarrado a Jenkins lo arrastraron hasta el palo mayor, donde lo amarraron.

—¡Hijo de puta! —gritó Jenkins—. ¡Comandante de hijos de puta, servidor de un rey hijoputa, suéltame!

Fandiño asintió.

—Lo haremos. Luego.

—Tú no tienes que inspeccionarme a mí, hijo de puta —berreó Jenkins; tiraba de las cuerdas con las que los hombres le habían atado los brazos al mástil.

—Pasad un cabo por la verga más baja e izadlo un poquito —ordenó Fandiño—. Quizás eso lo tranquilice.

Pero incluso a la altura de un hombre por encima de cubierta, Jenkins siguió pataleando y maldiciendo. Fandiño lo ignoró, se alejó unos pasos del mástil y pareció contemplar a los otros ingleses apretujados. De pronto, se echó a reír y les ordenó sentarse.

—Si primero tenéis que levantaros —dijo en inglés—, tardaréis más en poner en pie necios pensamientos.

Ortiz, con un sable en la mano, se esforzaba por oír por encima del griterío del capitán inglés. Se concentraba en el barco, los cabos, los obenques, los objetos fijos y los muebles. No volvió a encontrar lo que antes le había perturbado. Fue hacia un lado, hacia delante, hacia el otro lado.

—¿Le pasa algo? —preguntó Dorce.

—Algo no concuerda, pero todavía no sé lo que es.

—Siga buscando. Aún tenemos un poco de tiempo.

«Quizá no debería concentrarme así —se dijo Ortiz—. Antes he visto algo de pasada; quizás es algo que solo llame la atención de reojo. O medio en sueños.»

Siguió mirando a un lado y a otro, mientras se preguntaba cómo había ocurrido que al menos Dorce, pero posiblemente también Fandiño, parecieran confiar en él. ¿El nombre del viejo artillero, su padre adoptivo, con el que Fandiño había servido en un barco hacía años? ¿El hecho de ser una de las cuatro personas a bordo de la *Isabela* —junto a Fandiño, Dorce y Zambrano— que sabía leer y escribir? Haber determinado correctamente la posición y había disparado delante, a proa de la *Rebecca*... Y entonces vio un cabo, no, una sirga, que colgaba por la borda de la *Rebecca*, y se preguntó adónde podía ir. Si allí habría un bote. Pero...

Los primeros hombres volvían a salir de las bodegas.

—Nada —dijo uno—. Tan solo azúcar de Jamaica y cosas por el estilo. Nada de contrabando.

—Os lo he dicho —rugió Jenkins—. ¡Bajadme y desatadme, cerdos apestosos!

—Bajadlo, pero no lo soltéis —ordenó Fandiño; sonaba irritado.

Ortiz se volvió a Dorce:

—¿Señor?

—¿Encontrado?

—Podría ser. ¿Puede acompañarme?

Fueron hacia la borda.

—Esa sirga —dijo Ortiz—. Es un trébol de cuatro hojas. La oveja coja. No sé mucho de barcos, pero me parece que no tiene sentido o finalidad.

—Veremos. —Dorce estiró la mano—. Y oiremos. Si usted tiene razón, ese mono aullador inglés empezará a chillar. —Tiró de la sirga—. Uh, pesa. Ayúdeme.

Tiraron mano a mano de la sirga. Oyeron rugir a Jenkins; al parecer algunos de los suyos se habían puesto de pie, porque Fandiño ordenó, cortante, que todo el mundo se quedara sentado. Alguien disparó una pistola, probablemente al aire, y un par de hojas tintinearon cuando Dorce y Ortiz subieron por la borda un pesado saco de tela encerada. Cayó sobre las planchas de la cubierta, y esta vez sonó algo distinto.

Dorce señaló el sable.

—Ábralo.

Ortiz cortó las cuerdas que cerraban el saco y vació el contenido sobre cubierta. Una caja de madera con herrajes. Tendió el sable a Dorce. El teniente se agachó y utilizó la hoja como palanca para hacer saltar los dos cerrojos. Levantó la tapa.

—Ajá.

Pesos de plata, de a ocho reales la pieza, y entre ellos algunos escudos de oro, de a treinta y dos reales cada uno. Ortiz nunca había visto uno de esos últimos.

Y Jenkins escupió veneno y bilis, explicó en tres idiomas lo que pensaba hacer con los genitales de Fandiño y su gente, se manifestó acerca del origen de la tripulación de la *Isabela* en pocilgas y burdeles, exigió a su gente que matara a esos bárbaros *dagos*, que se comportaran como auténticos ingleses frente a esa escoria que solo servía para ensanchar el culo con la lengua a bastardos católicos coronados, y anunció finalmente que, como capitán, era en cierto modo representante del rey de Inglaterra y, como tal, estaba facultado para declarar la guerra a España.

—Présteme su oreja, capitán —dijo Fandiño, cuando Jenkins calló un momento para coger aire.

Pero el inglés volvió a bramar, repitió la declaración de guerra en nombre del rey Jorge, y algunos de los suyos se aprestaron de hecho a levantarse y lanzarse sobre sus adversarios.

Fandiño levantó la espada, que había mantenido baja todo el tiempo. Con tres pasos, se acercó al espumeante Jenkins y bramó a su vez:

—¡Haga el favor de prestarme su oreja!

—¡Adelante, hombres! —gritó Jenkins—. ¡Por Inglaterra y el rey Jorge!

Fandiño agarró la oreja derecha de Jenkins, alzó la espada y dijo:

—Si no me prestas tu oreja, tendré que tomármela. —De un golpe cortó la oreja, la miró un momento, torció el gesto, asqueado, y la metió en la boca, abierta en un grito, del capitán inglés—. Dile a tu rey que, si viene aquí y se comporta de forma tan piojosa como tú, le haré lo mismo a él. —Luego se volvió a la gente de la *Isabela*—. Volvamos a bordo, señores; aquí ya hemos terminado.

—¿Qué hacemos con esto? —Dorce señalaba el arca.

—Llevárnoslo.


Una vez que los barcos se hubieron separado, Fandiño hizo que Zambrano se quedara con la mecha encendida junto a los cañones cargados de postas. Los ingleses estaban liberando a Jenkins, pero el capitán parecía ocupado con su oreja o con su ánimo; sea como fuere, no daba señales de ir a utilizar sus propios cañones.

Dorce se hizo cargo del timón. Siguiendo órdenes de Fandiño, Ortiz llevó el arca con las monedas al camarote del capitán. Cuando volvió a la cubierta, los barcos estaban alejándose poco a poco, movidos tan solo por la corriente.

Fandiño hizo que los hombres se pusieran a los remos, y Dorce puso la *Isabela* en rumbo sur. Alrededor de una hora más tarde, los remeros fueron relevados. Esta vez le tocó el turno a Ortiz. Uno de los negros cantaba una tonada ligeramente melancólica, en una lengua desconocida para Ortiz, mientras remaba a ritmo lento. Volvieron a cambiar de rumbo; esta vez fueron hacia el oeste, Ortiz supuso que Fandiño tenía la esperanza de cazar a otros contrabandistas. Mientras remaba, trató de calcular el contenido del arca de las monedas...: los pesos de plata, el peso de la madera y el hierro, más unas cuantas monedas de oro. Empresa inútil, se dijo, pero le servía para matar el tiempo.

Fandiño volvió a ordenar relevo a los remos y, finalmente, poco antes de ponerse el sol, ordenó que los retirasen. Seguía habiendo calma chicha, el mar era una superficie reluciente que apenas se movía. Una capa infinita de plata martilleada.

Después de la comida, todos recibieron ración extra de ron y, en vez de los puros baratos que los hombres podían permitirse, otros buenos salidos de las reservas del capitán. Se sentaron bajo el reluciente cielo estrellado, charlaron, fumaron y esperaron a que Fandiño les diera cuenta del botín.

Cuando salió del camarote y fue hacia ellos, incluso Ortiz, que apenas le conocía, pudo ver en su rostro algo parecido a la satisfacción. Fandiño pidió un cuenco de ron a uno de los hombres, lo levantó, sonrió y dijo:

—Caballeros... ¡por el honor del rey de España!

Todos bebieron, Ortiz supuso que a la mayoría les daba igual el rey y el honor del lejano país. Como a él.

—Descontado todo lo que hemos gastado en víveres y munición, quedan del contenido de la caja exactamente dos mil cien pesos —dijo el capitán—. Un quinto, cuatrocientos veinte, para la corona y el gobernador de La Habana. Lo que repartiremos entre nosotros supone mil doscientos sesenta pesos..., diez mil ochenta reales.

Murmullos, aquí y allá ruidos de sorpresa, pero en la mayoría Ortiz oyó lo que él también sentía: una alegre sorpresa. Muchos, se dijo, no sabrían ni qué representaban esas cifras, salvo que era muchísimo dinero. El padre Ortiz le había contado que, descontados los gastos de mantenimiento, armas, uniforme y cosas por el estilo, los marineros de la flota real que servían en Europa tenían derecho a real y medio al día... En teoría, porque, en primer lugar, a menudo no había dinero disponible durante meses y, en segundo, porque solo tocaba pagar después de la batalla, que había reducido el número de los beneficiarios. En tierra..., bueno, la mayor parte de la gente que él conocía en Cuba tenían que alimentarse a sí mismos y a su familia con menos de un real al día.

El padre Ortiz también le había dicho que nunca había sabido que hubiera reglas fijas para el reparto del botín o de requisas. Con una sonrisa más bien amarga, había añadido que nunca había estado en situación de poder aceptar tales porcentajes. Entre los ingleses, decía, una octava parte era para el almirante de la flota, dos para el capitán, tres para los oficiales y dos octavas partes para la tripulación.

En el barco de Fandiño el reparto se hacía de otro modo: una décima parte para el capitán, una decimoquinta para el teniente Dorce, una vigésima parte para Zambrano, que hacía funciones de segundo oficial. El resto, repartido entre los otros veintiséis hombres de la *Isabela*, representó treinta y ocho pesos por cabeza. En realidad, solo treinta y siete coma algo, pero Fandiño añadió un poco de su cuenta, de manera que fueron treinta y ocho pesos... trescientos cuatro reales.

Joselito, sentado junto a Ortiz, le dio un codazo.

—Bueno, ¿qué dices a esto? —Sonreía de oreja a oreja.

Ortiz levantó el cuenco, en el que aún quedaba un resto de ron.

—¿Qué quieres que diga? ¡Que siga la buena caza!

# Downing Street, 1738

Solo hay que rechazar una exigencia irracio-
nal o desvergonzada, y enseguida se levanta un
patriota.

ROBERT WALPOLE (1676-1745)

Puede decirse que la oreja de Jenkins simboli-
zó de manera muy generalizada los sentimientos de
la opinión pública inglesa, su odio hacia los españoles por terribles papistas, su desprecio insular al
extranjero, etc. La cuestión es cuán decisivos fueron esos sentimientos para la declaración de guerra... Quizá fue la primera guerra inglesa en la que
los intereses económicos tuvieron prioridad abso-
luta.

HAROLD TEMPERLEY (1909)

El enviado especial de Luis XV acompañó al dueño de
la casa a la terraza, donde pudieron hablar unos segundos

sin la presencia de secretarios, asesores y curiosos. Era una tarde turbia y fría; las plantas del jardín parecían agacharse, como si, en espera de la lluvia, hubieran renunciado ya al intento de implorar el sol.

—No es muy impresionante para usted, me temo —dijo Walpole—. No el jardín, y sin duda nadie llamaría *château* a este, humm, edificio. Pero los regalos de los reyes son a veces, como sabemos, indistinguibles de los de los danaanos.

El marqués de Mirepoix apuntó una sonrisa.

—Los palacios están hechos para tiempos de paz. En el campo de batalla hay que conformarse con tiendas de campaña, como yo sé demasiado bien. Su campo de batalla es la política, sir Robert.

—Es un poco mejor que una tienda de campaña. Originariamente eran tres casas; las hemos convertido en una y añadido esta modesta terraza de aquí.

—Según he oído decir, ha conseguido usted la obra de arte tanto de aceptar como de rechazar el regalo de un rey agradecido por sus servicios.

—A veces hay que mantener el equilibrio sobre puntas de lanzas clavadas en un foso de serpientes —murmuró Walpole—. Si hubiera aceptado el regalo a título personal, el griterío de la oposición se hubiera oído en París. O en Viena.

—Al haberlo aceptado tan solo como sede del primer ministro...

Walpole le interrumpió:

—Ese cargo no existe, marqués, como tampoco el título. La casa número diez es la sede del primer lord del Tesoro. Por lo demás... —carraspeó—, el suelo en el que estas casas fueron construidas por mister Downing es blando y húmedo. Digamos... vacilante, como aquel en el que descansa su gran éxito.

—¿A qué se refiere? ¿Al fin de la guerra entre Francia y Austria?

—Las guerras empiezan y terminan, siempre es así. No, me refiero a haber conseguido que Franz Stephan les cediera la Lorena.

—A cambio ha conseguido la Toscana y se ha casado con María Teresa. ¿Y Lorena? —El enviado se encogió de hombros—. Lorena irá a parar a Stanislas como indemnización por Polonia, y solo después de su muerte pasará a Francia. Veremos cuánto dura. —Después de una corta pausa, añadió—: Esta es solo una paz provisional, situada en algún punto entre el armisticio y el posible nuevo comienzo de los combates. Pero aún hay más terrenos vacilantes.

—Hable, marqués..., más rápido, si puede. Si conozco a nuestros acompañantes... —Volvió la vista hacia la casa—. Tiran de la cuerda de su cortesía como perros de caza que ventean la presa. Aún estamos a solas.

—¿Estará hoy aquí don Tomás Geraldino?

—¿El embajador español? No; en vista de la situación general, y de los otros huéspedes, no consideré factible invitar a sir Thomas Fitzgerald.

—España —dijo el marqués—. Y, como usted apuntaba con tanta elegancia: la situación general.

—Supongo que está pensando en nuestros comerciantes y su gente en el Parlamento.

—Mi rey está inquieto por los rumores.

Walpole rio en voz baja.

—¿Rumores? Se refiere a los informes de sus espías, ¿verdad? Pero tiene razón, marqués. Ya sabe lo que opino de las consultas y los encargos. Nada. Los encuentro... molestos. Y desatinados.

—Lo sé. Pero algunos de sus compatriotas no comprenden que la política es dar y tomar; solo quieren tomar. Según he oído, hoy vamos a tener un huésped sorpresa.

—¿Quién?

—Monsieur Sans Ear.

Walpole se detuvo sorprendido.

—¿Quién? —Luego apretó los labios hasta convertirlos en una fina raya—. ¿Ese pirata galés? ¿Quién...? No, no me diga quién ha sido el culpable.

El francés frunció el ceño.

—Como usted quiera. Pero va a verse sometido a presión, sir Robert. Según nuestros conocimientos, esos honorables caballeros tienen, entretanto, mayoría en la Casa.

Walpole emitió un gruñido.

El marqués de Mirepoix pareció esperar una manifestación comprensible; tras un breve titubeo, se inclinó hacia delante y dijo en voz baja, pero enfática:

—¿Debo remontarme más allá? Hace veinticinco años, España tuvo que abandonar lo que le quedaba de Italia y los Países Bajos. Ahora están volviendo a poner pie en Italia, pero... sus predecesores impusieron que las casas comerciales inglesas mantuvieran el monopolio del comercio de esclavos con la América española. Hace diez años le obligaron a usted, sir Robert, a enviar una flota al mando de Hosier a las Indias Occidentales. Pero solo logró que bloqueara Portobello, sin atacarlo.

—Y tuve cuatro mil muertos británicos por las fiebres —gruñó Walpole—. No quiero repetirlo solo porque ese galés haya perdido una oreja. Que el Señor se la vuelva a poner el día del Juicio Final. —Escrutó el rostro del marqués—. Hay algo más, ¿no?

El enviado especial asintió.

—España está disminuida, pero sigue siendo una gran potencia. Después de la pasajera paz de Viena, todo se ha... equilibrado, de alguna manera. Como usted sabe, mi rey y el de España son parientes consanguíneos. Hay tratados, ¿no? Y no iría en absoluto en interés de mi rey ver desestabilizado ese equilibrio de fuerzas. Por ejemplo, con una nueva reducción del peso de España. Por ejemplo, con una operación militar británica en las Indias Occidentales.

—¿En ese caso...?

—Francia no podría mantenerse neutral. La flota francesa tendría que intervenir para proteger nuestras posesiones en las Indias Occidentales.

—¿Solo para eso?

—Y para todo lo que fuera preciso.

Tras ellos, las estancias se llenaban de invitados que reían y charlaban. Los criados corrían de un lado para otro ofreciendo bebidas y encendiendo lámparas.

Walpole miró de reojo al marqués.

—Quiere decir que Francia... —No dijo más.

El enviado se encogió de hombros.

—Una fría tarde de primavera. Lo más adecuado para una conversación fría.

—Fría, en verdad, a pesar de la levita, el jubón y la peluca. Deberíamos entrar. —Walpole se volvió a medias, pero se detuvo y apoyó la mano en el antebrazo encogido del marqués—. ¿Sabe quién ha traído a Burton?

—¿Por qué habla usted de Burton?

—Los nobles señores del comercio... —Walpole bajó un poco las comisuras de los labios—. Les gusta que otros hagan la parte sucia del acrecentamiento del dinero. Mister Burton es el encargado de los sobornos y cosas por el estilo; también es el que se ha preocupado de difundir la historia de la oreja. Así que, si Jenkins está aquí, como usted dice, marqués, Burton tiene que haberlo traído. Pero, sin duda, Burton no estaba invitado. Así que, ¿quién ha traído a Burton?

—No encuentro nada reprochable en lo que me cuenta, sir Robert... pero me temo que no puedo responder a esa pregunta.

—¿No puede, o no quiere?

—No puedo, porque no lo sé.

Walpole rio por lo bajo.

—Menos mal que los oídos de sus espías no llegan a todos los rincones de Britania. Venga conmigo, entremos.

En todas las estancias que tenían chimenea había fuego, en las demás los criados habían avivado braseros de carbón; aun así, la humedad reinaba por doquier. Las lámparas de aceite y las velas expandían mucha luz y peor olor aún. Walpole dio un sorbo a una copa que un criado había llenado de ponche, se dejó caer en un sillón junto a la chimenea y vio que alguien trataba de impedir que el galés de la peluca mal puesta hablara. Desde el cuarto de al lado apareció el inevitable Burton, dio una palmada y rugió:

—¡Silencio, caballeros! ¡Un poco de atención para el héroe de los mares lamentablemente españoles! Capitán Jenkins... muchos aún no saben los tormentos que tuvo que sufrir cuando esos monstruos, los españoles, le agarraron la oreja derecha...

—La oreja izquierda —gritó alguien.

—... y se la cortaron. Estoy seguro de que todos quieren oír esta sangrienta historia. —Miró a su alrededor, con una media sonrisa en los labios—. Al fin y al cabo, nada hace una velada más agradable que las historias sangrientas, ¿verdad?

Walpole gimió en silencio. Hay sesiones de trabajo, se dijo, comidas de trabajo, bodas y entierros de trabajo, políticamente inevitables y diplomáticamente infructuosos, negociaciones de paz y de guerra, visitas de cortesía y cenas tan razonables como inútiles en las que se relaja el ambiente para poder agarrarse mejor por el, entretanto, desprevenido gaznate. Hay gente importante que invitar, para indagar sus opiniones e inclinaciones. Gente con la que uno desea acostarse por motivos políticos. Borracheras al timón de la nave del Estado. Y, cuando unos huéspedes no queridos traen consigo a huéspedes indeseados, uno cierra los ojos y piensa en algo agradable. Sonríe, Robert. Tomó otro trago de ponche, enseñó los dientes y contempló la raída peluca y la levita, desflecada en algunos lugares, de Jenkins. Jenkins, que también se llamaba Robert, pero parecía alguien que, de ser mujer, tendría que llamarse Agatha. Walpole reprimió una sonrisa.

—... una carga normal, completamente legal —estaba diciendo Jenkins—. Pero ya sabemos cómo trabajan los *dagos*.

—¿Cómo? —preguntó alguien.

Jenkins se volvió a medias.

—Eso podrá explicárselo mejor mi amigo Harold Burton; ¿se encarga usted, Hal?

El aludido carraspeó.

—Ellos, es decir, los españoles, consideran un derecho divino explotar y oprimir a los pobres indios. En vez de compartir con el resto del mundo, para general beneficio, las infinitas riquezas de la América española, permitiendo el libre comercio, únicamente nos dan el derecho de enviar allí un solo y mísero mercante al año. E incluso eso hace mucho que no... El último zarpó hace siete años. Sea como fuere... ¡es un abuso insoportable!

Murmullo general de asentimiento; alguien gritó:

—Dígalo usted tal como es, Burton.

—Y cuando, como en el caso del honorable capitán Jenkins, un barco inglés recorre las aguas que ellos reclaman, por ejemplo, de Jamaica a las Bahamas, los *dagos* dicen que tiene que tratarse de un contrabandista. Y se arrogan el derecho de inspeccionar un barco así, de saquearlo y de maltratar a la gente que lleva a bordo.

—No se lo arrogan —dijo Walpole. Habló en voz alta y enfática—. Hemos firmado tratados que les dan ese derecho... con nuestro consentimiento. Estoy hablando de inspección, no de maltrato.

Vio que algunas pelucas asentían; la mayoría de los huéspedes emitieron resoplidos y otros sonidos de desaprobación, o hicieron muecas.

—Sea como fuere —dijo Jenkins, apuntando una inclinación y una sonrisa, que, en el mejor de los casos, Walpole consideró fingidamente respetuosa—. Me hallaba con mi buen barco, el *Rebecca*, y un cargamento de pieles, ron, azúcar de caña y otras exquisiteces, en el pasaje entre Cuba y Florida. Estábamos contentos y del mejor humor, un constante viento suroeste, más bien oestesudoeste, henchía nuestras velas, hasta que, en algún momento, se produjo una calma chicha y...

Walpole no escuchaba con demasiada atención. En primer lugar, él ya conocía la historia, tanto la versión de Jenkins, que el galés había contado tantas veces que sonaba aprendida de memoria, como la más o menos oficial de la que disponía el Ministerio de Asuntos Exteriores, transmitida por la legación de Madrid y por el contraalmirante Stewart desde Jamaica. En segundo lugar, le interesaba más observar los rostros y ademanes de los presentes. Honorables miembros de la Cámara Baja, miembros de su partido y de la oposición, unos cuantos pares de la Cámara Alta, incluyentes mercaderes y banqueros, y algunos más que él no conocía y que supuso que otros invitados habían llevado consigo. En tercer lugar, pensaba en la sin duda encantadora amenaza que el marqués le había transmitido. Que había sido de esperar, casi naturalmente, porque se derivaba de la situación y de los tratados en vigor. En cualquier caso, que Francia enviara a un delegado especial de alto rango para transmitirla de manera discreta permitía deducir que en París el asunto se consideraba mucho más grave de lo que hasta entonces le había parecido.

De alguna manera los rostros se disolvieron de pronto, se convirtieron en manchas claras cubiertas por pelucas, que no decían nada. Jenkins contó cómo los españoles, que habían inspeccionado la carga sin encontrar nada ilegal, lo ataron y, por puro disfrute y arbitrariedad, lo izaron cruelmente al palo mayor, dejando atrás una sangrienta mezcla de harapos de casaca, camisa y piel, y cómo finalmente el capitán español sacó la espada y le cortó la oreja derecha. Jenkins metió la mano en el bolsillo de la levita y sacó un recipiente de cristal, tapado; dentro, en un líquido claro —ginebra, pensó Walpole—, flotaba un trozo de carne desteñida: la oreja.

Según la otra versión, Jenkins había maldecido y bramado y proferido sucias invocaciones contra España, el rey y todos sus barcos y oficiales... Walpole se preguntaba en qué podía consistir realmente el trozo que había en el recipiente de cristal... ¿Un lóbulo de oreja, cosido a media oreja de cerdo? ¿Cuántas orejas arrastraba Jenkins por el mundo? Se acordaba de que hacía algún tiempo alguien le había contado algo de una oreja que Jenkins había sacado del bolsillo envuelta en algodón. Aquel hombre indecible llevaba una peluca bajo la que no se podía ver oreja alguna.

¿Y si indicaba a sus criados que agarraran a Jenkins, le quitaran la peluca y comprobaran si debajo había realmente una cicatriz, o quizás una oreja? ¿Una oreja de cerdo, la oreja de un diablillo galés? Había viejas historias, leyendas; ¿cómo se llamaban aquellos extraños espíritus que hacían de las suyas? ¿*Pucks*? Ah, no, esos venían de Irlanda, y tampoco podía tratarse de sátiros. Walpole resopló ligeramente y volvió a dirigir su atención a los acontecimientos reales. ¿Reales? Bueno, probablemente era más acertado llamarlos absurdos o grotescos.

—Usted puede confirmarlo, ¿verdad, Milord? Si no me equivoco, recibió un informe de Jamaica. —Jenkins estaba ahora junto al ministro de Asuntos Exteriores, el duque de Newcastle, que charlaba en voz baja con Mirepoix.

Newcastle no se esforzó en ocultar su desprecio y su irritación por la interrupción. Sin mirar a Jenkins, dijo:

—Recibí dos cartas, si quiere saberlo con exactitud. En la segunda, el almirante me escribía que no debía tomar demasiado en serio la historia de su oreja. Podía asegurarme que los capitanes contrabandistas siempre le decían que en esta o aquella empresa en las bahías de la América española habían matado a siete u ocho españoles.

Jenkins, que sin duda no había estado en aguas españolas como honrado mercader, sino como contrabandista, llevaba ya casi siete años aburriendo a Walpole con aquella historia. Por suerte, solo a grandes intervalos. Una de las ventajas del cargo era que la mayoría de las veces se podía uno quitar de encima a toda aquella chusma, se dijo Walpole. Pero a veces... Volvió a contemplar los rostros, máscaras corteses o divertidas o aburridas, encerradas entre pelucas y cuellos altos. Muchos de aquellos honorables señores habían invertido mucho dinero en la Compañía de los Mares del Sur y, al contrario que él, no lo habían retirado a tiempo, antes de que estallara la burbuja. Todos ellos, pensaba, podían inventar historias acerca de crueles españoles, el escarnio al honor inglés y otros fantasmas hasta que la baba les empapara las chorreras, pero él sabía qué era lo que realmente les importaba: el dinero. Estaban ansiosos de meter mano a la riqueza de las colonias de España. A cuántos españoles les habían cortado las orejas, las manos y la cabeza en las pasadas décadas no tenía ninguna importancia para ellos.

De pronto, se dio cuenta de que el indecible Jenkins había terminado con sus cuentos. En ese momento estaba hablando el joven William Pitt, un brillante retórico, al que su rápida lengua salvaba de todos los apuros en los que le metía su impetuosidad. «Aún no tiene ni treinta —pensó Walpole— y ya es diputado. Algún día dirigirá el Gobierno, y por suerte yo ya no lo veré.» A sus sesenta y dos años, Walpole se sentía de pronto viejísimo, gastado, consumido por décadas en el centro del poder.

Y se preguntó durante cuánto tiempo le quedarían fuerzas para frenar a aquellos que querían lanzar al país a toda costa a una nueva gran guerra, en la que solo estaba en juego dinero para pocos y muerte para muchos.

Mirepoix había terminado su conversación con el duque de Newcastle y volvía con Walpole.

—¿Quién es el hombre que está hablando con el joven Pitt? —El marqués acercó un sillón al de Walpole, delante de la chimenea, y se sentó.

—Vernon —dijo Walpole.

—Ah. —El marqués asintió—. Uno de sus famosos héroes navales, ¿verdad?

—Supongo que le está explicando a Pitt cómo habría tomado Portobello si hubiesen tenido ocasión de hacerlo.

—La ruta del oro... —A Mirepoix le temblaban las aletas de la nariz—. Desde los días de Drake, eso es algo así como una obsesión para sus capitanes, ¿verdad?

—Sobre todo para los mercantes.

—Acláreme una cosa, sir Robert. ¿Por qué hace diez años prohibió al almirante Hosier atacar Portobello?

—La ruta del oro —dijo Walpole, sin entonación alguna.

—Sí, precisamente.

—Los españoles llevan oro de Perú y otros territorios a Panamá, y luego lo trasladan por tierra a Portobello desde la costa del Pacífico. Podríamos dispararles un poquito, saquear unos cuantos barcos, y ellos nos disparaírían y saquearían unos cuantos mercantes nuestros. Un ataque a Portobello y Cartagena, donde se reúnen las flotas del Tesoro, sería el fin de este difícil equilibrio; sería el principio de una gran guerra.

—Que su gente afirma que Inglaterra podría ganar sin gran esfuerzo.

Walpole echó la cabeza hacia atrás y miró al techo. A media voz, dijo:

—Puede ser. Tenemos más barcos, probablemente también los mejores. Pero usted sabe, marqués, que un adversario desesperado es capaz de todo cuando realmente se le acorrala. España sigue siendo una gran potencia. No quiero ni pensar de lo que sería capaz Madrid si esto fuera un asunto de vida o muerte.

El marqués frunció el ceño.

—Sin duda habría un terrible baño de sangre. Pero su gente diría que era la inversión precisa para obtener un beneficio inmenso.

—Cien mil británicos muertos, cien mil españoles muertos, innumerables barcos hundidos, quemados, destruidos. Bonita inversión... ¿A cambio de qué?

—Dinero. Poder. Las riquezas de la América española.

Walpole rio entre dientes.

—Suena como si Vernon o Pitt le susurraran a usted cosas al oído. Pero usted y yo, marqués, sabemos más, ¿verdad?

Mirepoix guiñó un ojo.

—¿A qué se refiere?

—Sin duda Vernon hace inteligentes consideraciones tácticas. Qué habría que hacer para conquistar Portobello, o Cartagena, o digamos que Cuba. Armamento, táctica, riesgo. Pero lo que los señores marinos y generales siempre olvidan es la estrategia. Sea quien sea el que gane esta gran guerra, después quedará debilitado. Pero a ninguno de esos bravos caballeros se le ocurre pensar que Francia, Holanda y Austria tan solo esperan aprovechar esa debilidad.

Mirepoix asintió.

—Más que probable. Pero, dígame, ¿qué tiene eso que ver con las alusiones que Newcastle ha hecho?

—¿Qué alusiones ha hecho?

—Ha dicho algo de un intento de negociar con Madrid.

—Eso tendría que habérselo dicho también su gente en Madrid, marqués. ¿O quiere hacerme creer que no tiene ojos y oídos allí?

—Claro que no; pero me gustaría oírselo decir a usted. Digamos que para confirmar las noticias dudosas.

Walpole chasqueó la lengua.

—Estamos explorándolo. Nuestro embajador ve ciertas posibilidades. Pero aún es demasiado pronto para hablar de eso.

—¿En qué está pensando? Si es que los españoles quieren hablar con usted.

—La Compañía de los Mares del Sur suministra esclavos negros y envía un barco mercante. Como usted sabe, según el tratado, una determinada parte corresponde a la corona española. Durante los pasados veinte años ha habido beneficios, pero la honorable compañía jamás ha pagado nada a España. En vez de eso, pretende que Madrid la indemnice por los barcos apresados y las cargas incautadas.

—Que según el tratado podían ser apresados e incautadas, ¿no?

Walpole asintió.

—¿Y cree usted que su embajador podría conseguir una especie de equilibrio?

Walpole arrugó la nariz y rozó a Burton, que se había unido a ellos, con una mirada de desaprobación.

—Eso espero —dijo—. Keene es un hombre capaz, y goza de confianza y prestigio en Madrid.

Burton emitió una especie de gruñido.

—No en la Compañía —indicó en voz muy alta—. Y, sea lo que sea lo que pueda negociar..., ¿quién nos dice a nosotros que los *dagos* se atendrán a un tratado?

Walpole le volvió la espalda y vio que Mirepoix sonreía con cierta ironía.

—Únicamente la antiquísima lealtad española a los tratados le permite ese negocio con los esclavos, buen hombre —dijo el francés.

—¿Qué quiere decir con eso? El tratado de Utrecht no es tan antiguo.

—No estoy hablando del tratado de Utrecht. Hablo del de Tordesillas.

Burton resopló.

—¿Tordequé?

—Tordesillas, en 1494 —dijo Walpole. Cortante, añadió—: Hace doscientos cuarenta y cuatro años, para no poner a prueba su dudosa capacidad de cálculo. Entonces, España y Portugal se pusieron de acuerdo en una especie de línea sobre el Atlántico que separa sus ámbitos de influencia. España no puede hacer nada al este de esa línea, por ejemplo, en África. Y solo porque los españoles siguen ateniéndose a eso no pueden conseguir por sí mismos los esclavos que necesitan. ¡Y, ahora, deje de molestarnos, Burton!

Cuando el representante de la Compañía de los Mares del Sur se hubo retirado con una mueca, Mirepoix dijo:

—¿Qué aspecto tendría un compromiso así con España, si se produjera? ¿Renuncia general a toda materia litigiosa?

—Naturalmente que no; los estados no renuncian. No tengo las sumas exactas en la cabeza, marqués; no soy un contable.

—¿Aproximadas? Solo para poder decir a mi rey unas cuantas cifras... Le gustan las cifras, ¿sabe?

—Como a todos los soberanos. ¿Más o menos, pues?

Creo recordar que los españoles exigían algo que rondaba las setenta mil libras. La Compañía de los Mares del Sur, por su parte, afirma haber perdido unas cien mil a causa de las confiscaciones. Pero también puede que sea al revés. Se podría restar lo uno de lo otro, piensa Keene, y una parte tendría que pagar el resto a la otra.

—¿Cree usted que Madrid querrá hablar? ¿En lo que respecta a un compromiso?

—Espero que sí. Pero no estoy seguro de que la Compañía se atendrá más a un nuevo tratado que al antiguo.

—¿Y si no es así? Lo que, si me lo permite, será probablemente lo que suceda.

—No sé si puedo obligarla.

—¿Y si no? —repitió el enviado.

Walpole suspiró.

—Entonces, habrá el baño de sangre. Que yo quiero evitar.

El marqués sonrió.

—En París ya se apuesta por él.

—Me lo imaginaba. Por eso haré todo lo que pueda...

—Podría ser que le obliguen a una aventura.

—¿Una mayoría de la Cámara Baja y el rey, quiere decir? —Walpole guardó silencio por un momento—. Es posible. Quizá. Pero aún tengo esperanzas.

Mirepoix chasqueó ligeramente la lengua.

—¿Esperanza? —dijo—. Creo que sobrevalora su valor contable. Por desgracia.

# De Menorca a Malta

¿O mejor, el bauprés por delante,
con gratos empujones y bandazos
explorar bahías desconocidas, laderas de jugosos
    matorrales,
escalar sin vergüenza las colinas
y probar, deslizándose por ellas,
velludas frutas, oscuros frutos,
y proferir, exhausto, versos soeces
bajo las estrellas vagabundas? ¡Sí!

Anónimo,
«A lomos de las olas de la carne»

En la Guerra de Sucesión española los ingleses habían conquistado Menorca, menos de cincuenta años después lo habían hecho los franceses, que, al cabo de siete años, tuvieron que devolvérsela a los británicos, y de eso hace ahora otros siete años. Cómo se repite el siete, se dijo Osvaldo Belmonte; habría tenido que izar siete banderas para entrar en el puerto de Ciudadela. Se había decidido por la bandera de Saboya: azul, con una cruz barrada blanca sobre fondo rojo en el cuarto superior izquierdo. Ortiz metería sin esfuerzo el *Santa Catalina* en el puerto, y le llamaría si algún oficial o funcionario inglés causaba problemas. Mientras preparaba en la mesa de su camarote los papeles necesarios, pensó ligeramente divertido en la revuelta paz de aquel año de 1770. Y en las posibilidades para los mercantes libres que de ella se derivaban.

En el puerto de Torres, al norte de Cerdeña, habían comprado y embarcado carbón, hierro y duro queso de oveja, además de a un alto dignatario eclesiástico que había ido a parar allí: un cardenal, con su secretario y su séquito. Quería ir a Niza, pero el barco que lo había llevado hasta allí se había visto sorprendido por una tempestad ante la costa norte de Cerdeña y había sufrido graves daños. De todos modos había que llevar la carga a Niza para complacer a los amantes del queso y a algunas fábricas de Saboya, no precisamente rica en tesoros naturales; Belmonte había puesto su camarote a disposición del cardenal y le había ofrecido un contrato de compraventa, además de los gastos del pasaje. Por un ducado, hasta llegar a Niza, el *Santa Catalina* iba a pertenecer nominalmente al cardenal, y por tanto a los Estados Pontificios, lo que significaba que durante ese tramo podían izar la bandera del Papa. En caso necesario también después, le había dicho con un guiño el cardenal.

En Niza lograron vender la carga con beneficio. Sin duda no había nuevas mercancías para ellos, pero sí dinero, y un encargo hecho por el representante de una casa comercial del norte de Alemania y un juez que representaba al duque de Saboya, al mismo tiempo rey de Cerdeña: liberar esclavos en Túnez. Le dieron una lista con nombres, dinero para el viaje, el rescate de los presos, la instrucción de buscar a una determinada persona en Ciudadela, en Menorca, y vendió el *Santa Catalina* a Saboya y Lübeck por un ducado a cada uno, lo que significaba que podía izar ambas banderas cuando lo considerase oportuno.

Durante el último viaje había muerto el viejo cocinero del barco. Ahogado, como se decía a bordo del *Santa Catalina*: ahogado en un vaso de vino de varias brazas de profundidad y varios años de duración. Por eso Belmonte había echado un vistazo en Niza, sin resultado. Fue Ortiz el que en una taberna del puerto encontró al sustituto, un saboyano llamado Leborgne, que cocinaba allí y que, cuando él elogió lo exquisito del pescado que le habían servido, le preguntó si había trabajo a bordo. El suelo en tierra le resultaba demasiado firme bajo los pies, dijo, y ciertos corchetes podían encontrarlo en algún momento.

Cuando más tarde, a bordo, Belmonte le preguntó por el motivo de la persecución, Leborgne abrió los brazos.

—Nada que deba inquietarle, *mon capitaine*. Fue una triste consecuencia de la música.

—¿Podría explicármelo?

—Digamos que tarareé la música equivocada en el lugar equivocado en el momento equivocado.

Al parecer, aquel buen hombre cantaba en su cocina de Chambéry, para alegría suya y de su ayudante. Por desgracia, también, para los clientes, porque la puerta que comunicaba la cocina con la taberna no estaba cerrada. Algunos de sus alegres cánticos —con estribillo y contraestribillo— habían sido un poco escurridizos, otros, en cambio, se ocupaban, de forma bastante bullanguera, de los genitales de los príncipes —incluyendo los saboyanos—, y a alguien le había parecido indecente.

—¿Quién es el indecente? ¿El que se escandaliza donde no hay escándalo? O... bueno.

En cualquier caso, había conseguido escapar a los corchetes, aunque por poco, y como temía que lo buscaran y no tardaran en encontrarlo en Niza, y como además siempre había deseado el mar...

—¿Deseado? ¿Cómo hay que entender eso?

—Como la amante de un *monsieur* distinguido, hasta ahora inalcanzable, que de pronto parece mostrarse proclive.

Belmonte pensó, complacido, en las viandas que desde entonces habría a bordo del *Santa Catalina*; luego se llamó al orden. Oyó —y sintió en los movimientos del barco— que estaban amarrando en uno de los muelles de Ciudadela, metió los documentos en una carpeta de cuero claro y suave, se puso una casaca de uniforme de color verde claro, que no correspondía a ningún país, pero lo identificaba como capitán, se caló el tricornio y salió del camarote.

Llegó justo a tiempo de poner fin a la increíble parrafada del funcionario británico vestido de paisano que se negaba a voz en grito a negociar con Rafael Ortiz.

—Un barco español —berreaba—. Bandera de Saboya, un negro como...

—Perdón, sir —le interrumpió Belmonte—. Mister Ortiz es copropietario del barco, habla varios idiomas, entre los que por desgracia el inglés es tan solo fragmentario —Ortiz, cuyos conocimientos de inglés eran excelentes, no movió un músculo—, y estaba acostumbrado a ser cortésmente tratado por mister Fenton, que nos conoce desde hace mucho. Puedo saber...

El funcionario le interrumpió a su vez:

—Fenton ha sido trasladado —dijo—. Mi nombre es Harris, yo estoy al cargo ahora. Lo que...

—Disculpe de nuevo, mister Harris..., ¿puede identificarse?

El inglés enrojeció.

—¿Por qué iba yo...?

—Podría ser un pillo que pasara casualmente por aquí. —Belmonte sonrió—. No es que lo parezca, pero nunca se sabe, en estos revueltos tiempos de paz.

Harris se dio la vuelta e hizo una seña. Un hombre se levantó de un noray un tanto alejado y subió a bordo.

—El noble capitán del puerto. —Belmonte le tendió la mano y se la estrechó con fuerza—. Don Antonio Pujol, como siempre, es para mí un placer —dijo en español.

Pujol se esforzó por poner cara seria.

—¿Sigues sin aprender catalán? —preguntó.

Harris carraspeó.

—¿Pueden hacer el favor de emplear una lengua civilizada, *gentlemen*?

—Es lo que acabamos de hacer —respondió Belmonte—. Pero si insiste en usar el inglés...

—Venga conmigo —gruñó Harris.

—Muy bien, sir. —Belmonte guiñó un ojo a Pujol—. Un momento, por favor. —Se volvió al grumete, un adolescente mulato—. Mister Tommo, ¿te acuerdas de la casa de doña Carmen?

—Naturalmente, capitán.

—Entonces ve allí, hazle una genuflexión y pídele que me reciba. En cuanto hayamos arreglado las cuestiones del puerto.

El chico asintió, saltó al muelle y salió corriendo.

Belmonte se unió a Pujol, que estaba esperándolo; Harris estaba delante de la casa del capitán.

—Ten cuidado —dijo Pujol—. Habla español, pero hace como si... ¿Y tú? ¿Cómo te ha ido desde que, uf, cuánto tiempo hace?

—Demasiado, Antonio. Pero mejor hablemos esta tarde, si te parece bien.

—¿En mi casa?

—Encantado.

—Margarita se alegrará de verte.


Las formalidades no llevaron demasiado tiempo. Belmonte abonó los gastos de estancia habituales para dos días, saludó a Pujol con una cabezada, se quitó el tricornio ante Harris con gesto exagerado y salió del edificio. Fuera esperaba Tommo.

—Doña Carmen le espera, capitán —dijo—. Me manda decirle que se dé prisa.

—Date prisa tú en volver al barco.

—Ay, ay, comandante.

El esposo de doña Carmen, retoño de una noble y vieja estirpe, propietario de telares y almazaras y titular de distintos cargos honoríficos, había llegado a arreglos con los ingleses, como la mayoría de la población con el paso de los años, sobre todo porque, en principio, en Ciudadela (Ciutadella para los nativos) se contenían. Lo que también tenía que ver con que habían convertido Mahón (Maó), al otro extremo de la isla, en punto de apoyo de la flota y nueva capital, y dejaban ampliamente en paz a Ciudadela. También se había arreglado con los franceses, que al principio de la guerra de los Siete Años habían echado a los ingleses y ocupado Menorca. Poco antes del fin de la guerra, un teniente francés se había expresado en términos inadecuados acerca de doña Carmen y, cuando el esposo le había retado a duelo, lo había matado con su daga. Poco después había muerto víctima de una intoxicación con pescado, y dado que doña Carmen estaba emparentada por tres vías distintas con el posadero del lugar al que había acudido y que ella había ido a visitarlo el día anterior al desdichado banquete, desde entonces pasaba por ser una heroína. Tenía cuarenta y un años, parecía tener veinticinco, y su largo y oscuro cabello flotaba como una raya posada en el fondo de la pileta en la que parecía meditar, divinamente desnuda. Belmonte tuvo que abrirse paso hasta encontrarla por toda la casa y el jardín, dado que no había ningún criado.

—Osvaldo —dijo—. ¡Qué alegría! Ahí hay vino; sírvete, si quieres.

Él se quitó el tricornio, hizo una reverencia, dejó el sombrero encima de una mesita y cogió una copa.

—Creo que mi éxtasis es mayor que tu alegría, Carmen.

Ella se mordió el labio superior. Lo tanteó con la mirada, luego miró hacia otra mesa que estaba junto al pasillo que llevaba desde la pileta cubierta al salón.

—¿Los negocios primero? —inquirió.

—Luego dejaremos de contenernos. Habla, divina.

—Encima de esa mesa hay unos papeles. Nombres y descripciones de mercaderes británicos que en estos momentos son involuntarios huéspedes en la costa cercana a Túnez.

Se dirigió donde le indicaban, echó una mirada a la hoja que coronaba el montón y a la bolsa de dinero que había al lado, apoyada en una fuente con olivas.

—Me dijeron en Niza que la señora de Menorca había

preparado algo y tejido los distintos hilos del negocio. Si se puede decir así.

—Se podría —profirió ella a media voz—. También se podría decir de otra manera. He despedido a los criados por el resto de la tarde.

—Inteligente y amable como siempre, vuestra gracia.

—Sí. Ahora ven.

—Estoy un poco sudado del viaje, debería lavarme.

—¿Por qué crees que el agua está caliente?

Él se echó a reír, se quitó la chaqueta, las botas y la camisa.

—¿Quieres que lleve las olivas?

—Imprescindible.

Tomó un trago de vino, rellenó la copa, la cogió con la mano izquierda mientras sujetaba con la derecha la fuente de olivas, y fue hacia la pileta. Una vez allí, dejó los recipientes y se metió en el agua, que no le llegaba ni a las caderas. Ella se incorporó, le echó los brazos al cuello y lo besó. Hasta que él se quedó sin aire, la apartó un poco y se echó a reír.

—¿Hambrienta?

Ella rio también y se sentó en el borde de la pileta.

—Y sedienta —tendió la mano hacia la fuente, cogió una aceituna y la sostuvo en alto. Con una sonrisa torcida, preguntó—: ¿Quieres que la esconda?

—Te lo ruego.

—De rodillas, mi caballero.


Mientras tomaban vino, fiambre y queso, él le habló de los viajes que había hecho desde la última vez que había estado en Ciudadela, el año anterior.

—Te mueves mucho —dijo ella. Parpadeó y añadió—:

A veces me pregunto si no se valora en demasía la vida sedentaria. O incluso si no será un vicio.

—Quieres...

Ella alzó las manos con rapidez:

—¿Ser la única mujer a bordo de tu barquito? Oh, no, mejor que no. Además, tengo que ocuparme de todo esto..., los negocios, los obreros, ya sabes.

—Sin olvidar las noticias.

—Eso también. Pero por el momento tenemos esta incómoda paz, y lo de las noticias es complicado.

—No durará siempre. Me temo.

—Tú te lo temes... En realidad yo también, aunque a veces casi lo espero.

—Cuando vuelva a empezar el jaleo, ya no será tan fácil buscar aceitunas en tu puerto.

Ella sonrió y puso la mano sobre la de él.

—Ya sabes que siempre eres bienvenido.

—Lo sé. A veces... —Hizo una pequeña pausa—. De vez en cuando, me pregunto cuánto tiempo más podré hacer todo esto.

—¿Buscar aceitunas?

—Jugar a ser gitano de los mares.

—¿Gitano de los mares? Suena bien. Pero ¿qué harías entonces? ¿Dónde?

Él se encogió de hombros.

—¿La Habana? No lo sé. ¿Cartagena de Indias? ¿Cádiz? ¿Ciudadela?

Ella le dio unas palmaditas en la mano.

—Aquí siempre eres bienvenido, ya te lo he dicho muchas veces. Pero... a intervalos.

—Pensaba que tal vez necesitaras un capataz para tus almazaras.

Ella guiñó un ojo.

—Querido —dijo en voz baja—. ¿Qué edad tienes ahora?

—Cuarenta y ocho. ¿Por qué?

—Los hombres de más de cincuenta no valen mucho. —Rio por lo bajo—. Antes tampoco, pero a veces al menos son muy agradables.

—¿Así que nada de capataz?

—Ya tengo capataces ahí fuera. —Luego, puso una cara casi seria—. Ya sabes que la mujer va detrás del hombre... Eso fue lo que hice. Como esposa, se pertenece a un marido, se quiera o no. Como viuda... a una viuda le pertenecen si es necesario todos los hombres, si ella quiere y los hombres no tienen nada mejor que hacer. Hombres, negocios y noticias.

Él asintió; luego rio entre dientes.

—Así que pronto seré demasiado viejo y además no sé si podré aguantar Menorca... independientemente de la cuestión de tus hombres. De alguna manera esta isla me resulta demasiado pequeña, aunque tú reines espléndida en ella. Así que no te preocupes en exceso; renunciaré a acometer asedios.

—Bueno, entretanto...

—Pensaba que dominaba en alguna medida la técnica del asedio pasajero, bellísima.

—Lo haces. —Ella rio—. Antes de que sigamos refocilándonos con palabras absurdas, aunque encantadoras, ¿tienes asuntos urgentes que tratar?

Él señaló con la mano a su espalda, hacia la mesa con la bolsa y los papeles.

—¿Debería saber algo más acerca de eso?

Ella frunció el ceño.

—No creo... Espera, sí, hay algo. Una fragata inglesa —mencionó el nombre del barco y el del capitán—. Se cruzará contigo al norte de Messina cuando lo hayas arreglado todo. Se encargará de los ingleses liberados. Y, antes de que preguntes, no, al capitán no le gustan las aceitunas.

En casa del capitán del puerto hubo una comida casi fastuosa, en la que también participó uno de los hijos, casado hacía mucho. Para disgusto de sus padres, mencionó que pensaba trasladarse a Mahón junto con su familia, porque gracias a su conversión en punto de apoyo de la flota inglesa, había más y mejores condiciones de trabajo. Antonio Pujol lo confirmó malhumorado. Desde que Ciudadela había dejado de ser la capital había habido muchos cambios, y aparte de los pescadores nativos el *Santa Catalina* era el primer barco que tocaba el puerto desde hacía días.

Luego pasaron a otros temas, se instaló una cierta jovialidad, y cuando Belmonte regresó por la noche al barco iba un poco escorado.

Por la mañana, se ocupó de embarcar agua y provisiones. Ortiz ya había comprado o encargado la mayoría; a lo largo de la mañana iban a proveerlo varios mercaderes. Con buen viento, necesitarían cuatro o cinco días para llegar a Malta, donde podrían completar todo lo necesario para treinta y cuatro «invitados». Cuando mencionó a Ortiz la cifra, que solo conocía gracias a la lista de Carmen, el piloto gruñó en voz baja y mencionó el limitado espacio de que disponían a bordo; Belmonte se encogió de hombros y dijo que había que esperar contar con buen tiempo, con lo que se podía pedir a los esclavos liberados que durmieran en cubierta.

Mientras la gente de la tripulación lo estibaba todo, Belmonte volvió a dejar el barco. Por la tarde, Pujol le había recomendado un mercader de tabaco, y le había hablado de una «simpática tienda de cachivaches» en el centro del lugar que, junto a toda clase de curiosidades, también vendía cordelería usada, brújulas defectuosas y libros gastados.

Después de haber encontrado la tienda de tabaco, en la que pudo conseguir dos cajitas de puros caribeños a un precio descarado, pero no completamente desvergonzado, fue al otro negocio, que se llamaba «Exquisiteces y fruslerías». Para su deleite, encontró allí los ocho volúmenes de la cuarta edición de Lewis Theobald de las obras de Shakespeare, unos cuantos volúmenes dispersos de Torres Villarroel, el *Buscón* de Quevedo, que siempre había querido leer, y varios volúmenes más, entre ellos una novela casi intacta de Tobias Smollet, *The Life and Adventures of Sir Launcelot Greaves*. El Smollet y el Shakespeare, dijo el vendedor, se los había comprado a un oficial de marina inglés que tenía que pagar deudas de juego. El hombre respondió a la pregunta de Belmonte respecto a autores franceses como Diderot y Voltaire preguntando a su vez si su apreciado cliente no prefería entregarlo directamente a los alguaciles o a la Inquisición.

—Y yo que pensaba que las cosas se habían relajado bajo el mandato británico.

El comerciante abrió los brazos:

—En lo que a la Inquisición se refiere, tiene razón —dijo—. Pero ¿y el poder del brazo secular? ¿Conoce algún Estado que quiera promover el pensamiento libre?

De hecho, a causa de los vientos vacilantes, no llegaron al puerto de La Valeta al quinto día, sino al octavo por la mañana. Ortiz eligió un par de marineros y fue con ellos a ver a los comerciantes habituales, mientras Belmonte esperaba al hombre más importante, el que había tejido hasta la fecha todos los «negocios» de aquella clase, el intermediario Konstantinos Papadopoulos.

Apareció apenas una hora después de amarrar el *Santa Catalina*. Subió a bordo, se sacudió los pantalones bombachos, se ajustó la casaca con bordados en hilo de oro, miró a su alrededor y subió a la cubierta de popa.

—¡Don Osvaldo! —exclamó sonriendo de oreja a oreja, y le hizo una generosa reverencia.

Belmonte reprimió una sonrisa, se quitó un momento el tricornio, que se había puesto solo con esa finalidad, y dijo:

—Maestro Konstantinos, es, como siempre, un placer.

Papadopoulos parpadeó al sol y señaló la bandera:

—¿A cuál de las muchas flotas del mundo pertenece en esta ocasión?

—Lübeck —dijo Belmonte—. Se me ha permitido porque voy a comprar la libertad de varios honorables señores de Lübeck.

El griego se dio una palmada en el bolsillo de la casaca, del que sobresalían papeles enrollados.

—Lo sé; tengo las listas. ¿Podemos ir a un lugar más sombreado?

Belmonte lo precedió hasta el pequeño camarote del segundo de a bordo.

—Por desgracia en un pailebote no hay mucho espacio, ni siquiera para el capitán y sus respetables invitados —dijo, volviendo a medias la cabeza—. Pero eso lo sabe usted desde hace años. Lo que no lo hace menos incómodo. Pase usted, Papadopoulos Effendi. ¿Vino?

—Ah, ah. Demasiado temprano. Cuando vuelva a tierra no quiero ir dando tumbos y balbuceando por las calles. Los nobles señores de la Orden podrían sentirse importunados. Y, si nos ponemos rápidamente de acuerdo y me quedo a bordo, tampoco debería hacer eses. Eso se lo dejo a su excelente nave.

—¿Agua? ¿Café?

—Café no estaría mal.

Belmonte asintió al grumete, que apuntó una reverencia y desapareció. Ambos se sentaron a la mesa del camarote; por la ventana trasera, abierta, se veía parte de las poderosas fortificaciones del puerto. En una de las torres ondeaba la bandera de los Caballeros de Malta.

—¿Cómo están las cosas en La Valeta?

Papadopoulos se acarició la barba, limpiamente recortada.

—Mal —sonó casi amargado, y, ya fuera por el paso de las manos o por el humor, pareció que las comisuras de los labios se dirigían hacia abajo—. Desoladoras, se podría decir. La Orden necesita dinero.

Belmonte enlazó las manos encima de la mesa.

—En realidad, eso no es nuevo.

—No es nuevo, pero necesitan más dinero. Cada año más que el anterior, y por eso reclaman un mayor porcentaje de nuestro negocio.

Tommo regresó con dos cubiletes de latón llenos de café, y los dejó encima de la mesa. Belmonte asintió y le indicó con un movimiento de la mano que los dejara solos. Cuando volvieron a estar los dos hombres sin nadie alrededor, dijo:

—Lo siento... por usted, Kosta.

—No solo va a reducir mi parte, capitán. También la suya.

—Yo no tengo parte que reducir.

El griego sopló el café caliente.

—¿Cómo debo entenderlo? ¿Se ha entregado a la caridad?

—En absoluto. ¿Un puro con el café? —Belmonte abrió una cajita y la empujó hacia él.

—Es demasiado amable. Pero...

—Por favor, tenga el cortapuros.

Papadopoulos entrecerró los ojos. Mientras cortaba el extremo del cigarro, dijo lentamente, como tanteando:

—¿Puede ser que no solo quiera regatear, sino desplumarme?

Belmonte rio.

—¿Cómo se le ocurre tal cosa? ¿Solo porque le ofrezco un buen cigarro venido de las Indias Occidentales? No, amigo mío..., es solo que esta vez no viajo a comisión, sino que he recibido de quienes han hecho el encargo una cantidad fija por los... huéspedes que hay que liberar. Y otra, aunque menor, por el barco y el viaje.

Papadopoulos dejó escapar una bocanada de humo; el aroma del puro se extendió.

—¿No fuma, hoy?

—Sí, sí; luego. Primero los tratos. ¿Quién es nuestro amigo esta vez?

—Ayub al Saif.

—¿Ayub la Espada? Humm. —Belmonte aguzó los labios—. ¿Y qué pide?

Hasta ese momento habían hablado en español. Ahora el griego pasó al inglés.

—Cuarenta libras por cada uno —respondió—. O ciento noventa pesos.

—Ha sido muy agradable verlo —dijo Belmonte, vació su cubilete y se levantó.

Papadopoulos se quedó sentado. Dio una calada al cigarro, exhaló lentamente el humo, tomó un trago de café y murmuró:

—Siempre esa prisa. ¿Qué se había pensado?

Belmonte cruzó los brazos.

—¡Que qué me había pensado! Solo puedo pensar y empezar a hacer cálculos si sé adónde tengo que ir a recoger la, eh, mercancía. ¿Cuántos días de soldada y de manutención para mi gente? ¿Dónde está Ayub?

—Quería salir a su encuentro para que no tuviera que navegar tanto. A cambio, espera cierta atención por su parte.

—¿Eso quiere decir que está cerca? ¿Pero fuera de las aguas visibles para los malteses?

El griego asintió.

—¿Cuántos huéspedes lleva a bordo?

—Treinta y dos.

Belmonte volvió a sentarse.

—Hasta donde yo sé, tenían que ser treinta y cuatro.

Papadopoulos se encogió de hombros.

—Los imponderables, los inconvenientes del destino... Dos de ellos... digamos que abandonaron las dudas de este mundo a cambio de las certezas del paraíso. —Con una sonrisa torcida, añadió—: De manera que debería resultarle posible dividir los dineros confiados por treinta y dos en vez de por treinta y cuatro, y por consiguiente pagar más por cada uno.

—Siempre he sabido que incluso en medio de una mar

gruesa puedo contar con su sentido del humor, amigo mío.

—¿Sentido del humor? Gracias, pero esta vez estaba hablando en serio.

—Una lástima. De verdad que me gusta hacer negocios con usted, pero así no vamos a llegar a un acuerdo.

Papadopoulos dejó el cigarro en el cuenco de lata dispuesto al efecto, vació el cubilete de café y se levantó.

—Entonces, dejaré su hermoso barco con un silencioso llanto.

Belmonte levantó una ceja.

—Antes o después ocurrirá. Pero, por lo que a mí respecta, puede terminar de fumar tranquilamente. ¿Cómo le va a la familia?

El griego volvió a sentarse.

—Fatal —dijo—. La cantidad de hijos aumenta, el encanto de las esposas disminuye, la bolsa del que tiene que pagar por todo sufre diarrea.

—Me rompe usted el corazón, Konstantinos.

—¿Lo tiene?

—Todavía late un poco.

—¿Qué se había imaginado? —Levantó la mano—. Dejemos a un lado la cuestión del trayecto. Dígame una cifra. ¿Cuánto está dispuesto a pagar por cabeza?

—No depende de mi voluntad o mi deseo, Kosta. Como he dicho, me han dado instrucciones de que no supere la suma prevista en ningún caso. Veinticinco libras por cabeza.

Papadopoulos levantó las manos, con los dedos abiertos.

—¿Veinticinco? —casi gritó.

—Por cada uno de los vivos. ¿Por los muertos? Nada.

Los deudos quieren volver a ver a sus padres, hermanos, hijos, no cadáveres.

—Pero... ¿veinticinco? No, no, no. Imposible. Las cuarenta que he mencionado ya es en cierto modo..., bueno, sí, barato. ¡Piense usted, don Osvaldo, en cuánta gente hay que mover para que al menos no discutan demasiado!

—Es lo que hago. La gente que me ha hecho el encargo. Mi barco, mi tripulación y yo.

—Eh, eh —dijo Papadopoulos—. Usted y su gente, por ejemplo, no. Usted va a recibir una suma fija... o eso ha dicho antes.

Belmonte se inclinó hacia delante y dio unos golpecitos en la mesa:

—¿Y cree que basta para mantener el barco a punto y dar de comer a la tripulación? Por no hablar de que también yo tengo que comer a veces. ¡Estoy atrapado entre la codicia de usted y de Ayub y la de las familias!

—¿Y qué pasa conmigo? Yo intermedio; ¡eso produce gastos indecibles, por no decir innombrables! Y los Caballeros de Malta... Antes salían espada en mano a liberar esclavos europeos. Hoy ya no pueden, pero quieren una participación en cada emancipación que de alguna manera toca Malta.

—Aun así... cuarenta es demasiado.

Papadopoulos gimió con dramatismo.

—¡Por mis nietos hambrientos! ¿Treinta y nueve? ¡Estoy cediendo todo lo que puedo!

—Si nos mantenemos fuera de la vista de los señores de la Orden, su cuota desaparece, ¿no?

—Pero como habitante de La Valeta tengo que pagar impuestos. ¿Y de dónde los saco, si no es de los ingresos?

—Veinticinco libras y diez chelines —dijo Belmonte.

Papadopoulos se mesó los cabellos.

—¡Imposible! ¡Indecible! ¡Intolerable! ¡Insoportable!

—¿Por qué ha viajado tan lejos Ayub al Saif? ¿Puede ser que tenga problemas con sus vecinos? ¿Con su príncipe?

—Él es el príncipe.

—Entonces quizá quiera... Humm, ¿podría ser que uno de los esclavos que vende esté enfermo? ¿Que haya viajado rápidamente y mucho para venderlo antes de que muera?

Al final se pusieron de acuerdo en treinta y dos libras y diez chelines por cabeza. Belmonte se decía que podían haber llegado antes a eso; era exactamente el punto intermedio entre las sumas mencionadas en un principio. Pero Papadopoulos habría sido infiel a sí mismo, y probablemente habría pasado días amargado. Y Belmonte podía estar satisfecho. Había hablado con la gente de Niza y con doña Carmen de que actualmente por los esclavos europeos se pagaban sumas entre las treinta y cinco y las treinta y ocho libras. Le habían dado treinta y ocho por cabeza, y aceptado sin mucho regateo sus exigencias respecto a los costes de la empresa. Fijaría treinta y cinco libras, con un reembolso de tres libras por persona, más dos veces treinta y ocho por los fallecidos en cautividad, y tendría ochenta libras de beneficio neto. Treinta y dos por dos libras y diez chelines...

Pero por el momento nada era cierto, y no digamos seguro. Ayub al Saif tal vez quisiera volver a negociar. Otros príncipes de las costas tunecinas podían asaltar el barco con la tripulación y los liberados. Había tormentas y oleaje. Terremotos y maremotos, erupciones volcánicas, enfermedades. Oh, los imponderables, las vicisitudes del destino, pensó. Y sonrió.

La bolsa que Papadopoulos recibió —también sonriendo— pesaba mucho, y tintineaba en su interior; contenía el contravalor de mil cuarenta libras en soberanos, ducados, florines, escudos y táleros.

—Ah, vuélvase de espaldas un momento —indicó el griego—. Quiero sacar lo que no está destinado a Ayub; pero no es necesario que usted lo vea.

—Cierto, no es necesario. ¿Y ahora qué?

—Si el viento es más o menos favorable, podríamos zarpar enseguida.

—¿Con qué rumbo?

—Oestenoroeste.

Belmonte fue a la puerta del camarote, dio unas palmadas y gritó:

—¡Señor Ortiz, al camarote del capitán!

El piloto negro no se hizo esperar; tenía que estar en el alcázar de popa. Belmonte cambió unas palabras con él y le indicó que preparase el *Santa Catalina* para zarpar.

—Enseguida subo a cubierta.

Ortiz saludó con la cabeza y salió.

—Tendremos que navegar de bolina, pero se podrá —dijo Belmonte—. ¿Cuánto? —Seguía mirando la puerta. A su espalda oía sonido de monedas.

—¿Dos horas? ¿Tres? Depende de cuánto de bolina —respondió Papadopoulos resoplando, mientras apartaba monedas a un lado y otro de la mesa.

—¿Y cómo volverá usted? ¿Tenemos que volver a La Valeta para dejarlo?

—Puede darse la vuelta, don Osvaldo; he terminado.

Y... no, aún tengo tratos que hacer con Ayub al Saif. Probablemente pasaré la noche a bordo y él me traerá de vuelta mañana.

Belmonte movió la cabeza, dubitativo.

—¿Es eso posible? ¿Un árabe en el puerto de los Caballeros de Malta?

El griego deslizó una bolsa pequeña en uno de los bolsillos de su chaqueta; la más grande la ató a su cinturón. Cuando hubo terminado, abrió los brazos y sonrió:

—Amigo mío, en este momento reina una paz sanguinaria, en la que solo cuentan el dinero y el propio beneficio —dijo riendo por lo bajo—. En la guerra, que a veces no es tan sanguinaria, es exactamente al revés.

# El esclavo y el tesoro

Nuestra flota topó con otra, a la que había estado esperando. Ambas echaron el ancla en Port Royal. Allí nos quedamos alrededor de un mes. Durante ese período sin duda se negociaron cosas de importancia, aunque algunos afirmaban que allí no se nos había perdido nada; que más bien, para aprovechar que la estación del año era favorable a nuestra empresa, habríamos debido llevar a la escuadra de las Indias Occidentales [...], al lado occidental de La Hispaniola, los necesarios pertrechos bélicos y viandas frescas.

Desde allí, habríamos estado en condiciones de navegar enseguida rumbo a Cartagena, antes de que el enemigo hubiera podido prepararse o tener la menor indicación de nuestras intenciones.

TOBIAS SMOLLETT,
*Las aventuras de Roderick Random*

El barco de Ayub se acercaba con las velas recogidas. Solo una estaba desplegada a medias para que, con aquel mar incómodo, al menos recibieran una cierta presión en los remos que permitiera evitar el serpenteo y cosas peores. El paño de la vela era ocre, y alguien había pintado un gran ojo enfadado en él. El barco era el jabeque más grande que Belmonte había visto nunca, con veinte portillas en el lado que miraba hacia ellos. Ortiz dijo que le parecía el resultado del apareamiento de una galera y un galeón. Papadopoulos se hizo trasladar en un esquife; dijo que tenía que cambiar tres palabras discretas con Ayub, y que le haría una seña cuando todo estuviera aclarado.

Belmonte hizo acopio de paciencia. Pasó alrededor de media hora hasta que el griego agitó los brazos e hizo furiosas señas. El viento y las olas hacían que el esquife se sacudiera con fuerza. Desde la hondonada que dejaban las olas en su retirada no se podía llegar hasta la escala del árabe, y la siguiente ola amenazaba con estrellar el esquife contra la borda del buque grande. Al cuarto intento Belmonte logró agarrar un peldaño, luego el pasamanos, y trepó por ella.

Papadopoulos le esperaba junto a la portilla.

—Venga; Ayub parece tener prisa.

Lo precedió hasta el alcázar de popa, con los brazos entreabiertos para no perder el equilibrio sobre la vacilante cubierta.

Belmonte le siguió; mientras lo hacía, echó un vistazo a su alrededor. Más adelante, vigilados por hombres armados, distinguió a un grupo de figuras enflaquecidas y harapientas, probablemente los esclavos destinados a ser liberados. Una parte de la tripulación también parecía estar formada por esclavos, vigilados, dirigidos y acicateados por otros hombres armados. Con el rabillo del ojo, Belmonte vio que de repente varios hombres alzaban la vista, hacia el cielo o hacia la punta de los mástiles. Luego, un fuerte golpe en la espalda lo impulsó varios pasos hacia la popa, y tras él crujió algo sobre las planchas de la cubierta.

Gritos, pasos; alguien lo sujetó por el brazo y lo puso de pie. Era un hombre delgado, de pelo oscuro, vestido con harapos y descalzo. Detrás de él yacía lo que se había desprendido del mástil durante los trabajos. Una percha con todo su pesado aparejo y toda clase de cordelería. Belmonte alzó la vista; en lo alto, vio rostros asustados. Al parecer, tres hombres —¿esclavos?, ¿marineros?— estaban allí cambiando o sujetando algo, y con el oleaje se les había soltado.

Belmonte miró a la cara al de pelo negro.

—Gracias por el empujón, amigo —dijo en español—. Te debo algo.

El hombre se encogió de hombros.

—No entiendo, pero seguro que tienes razón. —Su inglés tenía acento irlandés.

Belmonte repitió su agradecimiento en inglés. El irlandés asintió y se apartó, porque uno de los vigilantes armados lo estaba llamando con brusquedad.

Papadopoulos había contenido el aliento. En ese momento, lo soltó con fuerza y movió la cabeza.

—Por un pelo, o dos —dijo—. Mal principio del negocio, ojalá siga un mejor final. Venga.

Ayub al Saif estaba en el alcázar de popa, apoyado en la baranda junto a la subida.

—Alá está con los que saben hacer negocios —dijo cuando Belmonte llegó hasta él—. ¿Entiendes el árabe, español?

—Incluso lo hablo un poco —respondió Belmonte apuntando una reverencia, y se llevó la diestra a la frente, la boca y el pecho—. Pero no era necesario, señor de la espada, saludarme con tanto dispendio a bordo de tu espléndido barco.

Ayub guiñó un ojo.

—A veces hay que tomarse especiales molestias.

Aquel hombre, que tenía fama de duro negociante e implacable corsario, parecía tener sentido del humor. Hasta entonces nadie había dicho nada parecido de él, hasta donde Belmonte sabía. Nunca se acababa de aprender, se dijo, y miró el rostro del árabe, que debía rondar los sesenta años. El paño que cubría su pelo, atado con cintas de colores, era tan blanco como la barba, y las arrugas del rostro parecían en ese momento no tan marcadas como joviales.

—¿Vamos rápidamente al asunto? —propuso Papadopoulos. Cambiaba el peso de una pierna a la otra—. Tengo que pedirle que me lleve de vuelta a La Valeta, don Osvaldo. El príncipe Ayub tiene otros planes. El viento...

—Podría haber tormenta —dijo Ayub señalando hacia el suroeste, donde el cielo se estaba oscureciendo—. No puedo pasarme varios días amarrado en un puerto enemigo.

—Claro. ¿Hay algo más de lo que hablar?

Ayub hizo una seña a un criado, que se acercó y se arrodilló ante él. Llevaba en las manos una bandeja de plata con pan, un recipiente con cristales blancos y dos cuencos de arcilla.

—Pan, sal y agua —indicó Ayub—. Que nada se interponga entre nosotros. O caiga. —Su mirada fue hacia las ruinas que habían estado a punto de matar a Belmonte.

—Me honras, príncipe.

Ayub cortó un trozo de pan, le echó sal y se lo tendió

a Belmonte. El español mordió la mitad y le entregó el resto. Ayub comió, le tendió un cuenco, tomó el segundo. Ambos bebieron. Luego, el corsario dio una palmada.

—Arregladlo todo —exclamó. Se dirigía a los hombres armados, que vigilaban al grupo de esclavos al pie del mástil.

—Todo está en orden —dijo Papadopoulos—. Los he llamado siguiendo la lista, están todos aquí.

Belmonte miró hacia el *Santa Catalina* y levantó el brazo derecho como señal a Ortiz de que enviara el segundo esquife. Luego se volvió hacia Ayub.

—Alá está con el misericordioso príncipe y con el justo. Dar gracias a quien merece gratitud quizá no sea necesario, pero es justo. ¿Qué quieres por el hombre que acaba de salvar mi vida?

—Déjeme hacer a mí —indicó Papadopoulos—. Sin intervenir.

—Si al príncipe le parece justo.

—Lo es —dijo Ayub. Hizo una seña a Papadopoulos. Hablaron en voz baja. Belmonte oyó voces excitadas a proa. Trató de distinguir algo en el tumulto que rodeaba la escala. El ruido amainó, y poco después pudo ver el esquife, que había soltado amarras con el primer grupo de rescatados y se dirigía al *Santa Catalina*. Uno de los antiguos esclavos, empapado, probablemente se había caído al agua al subir al esquife y había provocado la agitación.

El segundo bote se acercaba con rapidez, y se volvió invisible para él al pie de la borda.

Papadopoulos tosió.

—¿Don Osvaldo? —preguntó.

—¿Maestro Konstantinos?

—Tiene usted a su hombre. Hay algún asuntillo que

arreglar, pero es parte del negocio. Del precio hablaremos más tarde —dijo el griego, y en voz baja añadió—: Pero quizá podría redondear el asunto mediante un regalo entre hombres. No para mí, para el príncipe.

—¿Regalo entre hombres? ¿De dónde quiere que saque ahora un caballo o...? —Se interrumpió, asintió y soltó del cinturón la daga con su vaina, la sostuvo en las palmas de las manos y tendió los brazos—. Un sencillo puñal, señor —dijo—. Su único adorno es que me ha permitido sobrevivir dos veces y ha enviado enemigos al Yahannam. ¿Puede hacerme el honor de aceptarlo?

Ayub apuntó una reverencia, cogió el puñal, se lo llevó a la frente y lo metió en su cinturón.

—Bien hecho —murmuró Papadopoulos—. ¿Nos vamos?


Belmonte ordenó a algunos miembros de su tripulación que se ocuparan de los rescatados. Él les había dado la bienvenida a bordo, pero consideraba razonable dejarlos solos por el momento. Sabía por experiencia —era la quinta empresa de esa clase— que muchos, quizá la mayoría, solo querían algo que podría llamarse «existir sin ser visto». Algunos se habían sentado junto al palo mayor y miraban fijamente al frente, otros caminaban de un lado para otro, conversaban entre ellos o intentaban hablar con los marineros.

—Ingleses —dijo Papadopoulos—, franceses, italianos, holandeses, alemanes, españoles...

—Lo sé, he visto las listas y he negociado con los intermediarios de las familias. Pero, dígame, ¿qué es lo que trató con Ayub? No quiero estar en deuda con usted.

Papadopoulos miró al irlandés, que se había apoyado en la borda de babor y miraba al mar.

—Ayub aún me debía algo —murmuró—. Ajustamos cuentas. Puede pagarme la diferencia, si insiste. Veinte libras.

—Pero entonces le seguiré debiendo lo que Ayub le debía, como usted dice.

El griego gruñó algo; luego dijo:

—Una compensación por pecados que pesaban sobre mi conciencia. Confórmese con eso, don Osvaldo. No quiera saber más. Si insistiera en pagarme, el alivio de mi conciencia volvería a esfumarse.

Belmonte le dio una palmada en el hombro.

—El ser humano es una máquina complicada, ¿verdad? Bien, dejémoslo así —concluyó, sacó la bolsa, contó las monedas y se las tendió a Papadopoulos—. Aquí están las veinte libras. ¿Recibido?

—Recibido. Gracias.

El irlandés se apartó de la baranda, miró hacia el castillo de popa y se acercó. Al pie de la escalera se detuvo y carraspeó de manera audible.

—¿Me permite, capitán? —preguntó.

—Suba.

El hombre iba descalzo y no llevaba más que unos calzones desflecados que algún día podían haber sido blancos. Como los otros antiguos esclavos, no estaba en absoluto bien alimentado, pero tenía unos músculos fuertes y parecía sano. Belmonte calculaba que podía tener treinta y tantos años.

—¿Le pertenezco ahora?

—En carne y hueso, en cuerpo y alma.

El irlandés bajó la vista hacia sí mismo y extendió los brazos.

—No es mucho, un mal negocio, se podría decir —sonrió.

—Eso ya lo veremos. ¿Cómo se llama, de dónde viene, qué sabe hacer, qué quiere?

—Uf, cuántas preguntas de golpe... Fergus O'Leary, a su servicio, sir, quiero decir, ¿don Osvaldo?

—Basta con capitán.

—Capitán, pues. De Skibbereen. Pescador, marino, sé hacer todo lo que pueda hacer un pescador y un marino. ¿Qué quiero? Bueno, encontrar un tesoro en Sudamérica y volver a una Irlanda que ya no esté sometida a los ingleses.

Belmonte se echó a reír.

—Podría resultar difícil. Lo del tesoro y lo de Irlanda, quiero decir. ¿Y hasta entonces?

O'Leary miró hacia popa, hacia el oeste.

—Dentro de unos minutos se pondrá el sol. Cuatro años como esclavo en canteras y en barcos, la primera noche como... ¿como qué? ¿Siervo?

—Marinero, si quiere.

—Quiero. Y juro por el alma de mi madre que no me largaré hasta que hayamos aclarado lo que le debo.

—Cuando todo lo demás esté arreglado, puede contarme más de ese tesoro y de Irlanda; después ya veremos.


No hubo ninguna tormenta, pero se mantuvo el viento fuerte. En La Valeta, Papadopoulos se trasladó a tierra en un esquife que daba brincos sobre las olas. Belmonte no estaba dispuesto a entregarse a largas negociaciones con los caballeros de la Orden y su capitán del puerto; cuando el esquife volvió a estar en su sitio, se adentraron en la noche. Las estrellas estaban bien visibles, el viento del oeste era recio. Al este de Malta pusieron rumbo norte... Iban a tener que navegar de bolina, pero podían esperar alcanzar la ruta de Messina en un futuro no demasiado lejano. Por el camino, o a más tardar a la altura de Nápoles, tendría que ser posible encontrar la fragata inglesa a la que transbordar a los tres británicos rescatados, oficiales de la marina mercante. Los españoles a Messina, todos los demás a Livorno, y hasta entonces Belmonte iba a ocuparse lo menos posible de los «pasajeros».

Había varias razones para eso. Los hombres tenían que acostumbrarse a la libertad, respirar, circular por la cubierta sin molestar demasiado a la tripulación. Tenían que comer para recuperar fuerzas, y luego empezarían a plantear exigencias.

Como él sabía por los cuatro rescates anteriores, nunca pasaba mucho tiempo antes de que los antaños ricos y poderosos hubieran digerido la libertad, la alegría, el alivio, y exigieran mejor comida, ropa fina y cómodo alojamiento. Sin duda también caía en cautividad gente normal con pretensiones normales, pero raras veces tenían amigos o parientes que pudieran pagar su rescate. Según las listas, había acogido a bordo oficiales y mercaderes. Quizás estaba siendo injusto con este o aquel; quizás había entre ellos personas notables, pero la experiencia le decía que, junto a las habituales historias de padecimientos, cabía esperar toda clase de abusos: el capitán y el piloto Ortiz, los únicos oficiales, debían hacer el favor de dejar para el resto del viaje sus camarotes a esos hombres más nobles y más ricos que ellos, conseguir viandas mejores en el puerto más próximo, cubrir con alfombras las toscas planchas de la cubierta, amordazar a esos rudos marinos, planchar la mar gruesa. Propietarios de plantaciones que insultaban al piloto negro, y que la única conclusión que sacaban de sus meses de esclavitud era que hasta entonces habían tratado demasiado bien a sus propios esclavos; cristianos liberados de la esclavitud musulmana que no querían tener nada que ver con los dos judíos de la tripulación... «No mires al abismo; podría devolverte la mirada, y no querrás asustarle, ¿no?», le había dicho hacía años un viejo mendigo.

Por eso, saludó a los rescatados, les aseguró que se les daría el trato y la manutención habituales, mencionó los puertos a los que iba a llevarlos, les pidió que no estorbaran a la tripulación en sus tareas y que no pisaran el alcázar de popa sin ser llamados.

A pesar de que los vientos no fueron especialmente favorables, llegaron a Messina al cuarto día. Allí entregó a los españoles liberados al comandante español de la fortaleza, que se encargaría de todo lo demás. La esperanza de encontrar quizás en el puerto carga que llevar a Nápoles o Livorno no se hizo realidad. A mitad de camino entre Messina y Nápoles avistaron la fragata británica a la que podían confiar a los ingleses. Luego Nápoles y, finalmente, después de varios días de buen viento, Livorno.

Pero para entonces había ocurrido algo más. Cuando dejaron Malta, el irlandés, O'Leary, repitió que, si se le podía necesitar, quería quedarse a bordo por lo menos hasta Livorno y trabajar, ¿qué le debía al capitán por su rescate? Belmonte hizo un gesto desdeñoso, dijo que eso ya lo discutirían más adelante, cuando la cuestión de la necesidad, la utilidad y la capacidad tuviera respuesta, y pidió a Ortiz que pusiera aquel hombre a trabajar y a prueba.

La noche del tercer día, para ligera sorpresa de Belmonte, Ortiz entregó el timón al irlandés.

—Capitán —pidió—, ¿tiene unos instantes?

—Venga, vamos al camarote.

Cuando hubieron cerrado la puerta tras ellos y estuvieron donde la tripulación no podía oírlos, Belmonte señaló la mesa de mapas.

—Siéntate. ¿Vino?

Ortiz enrolló las cartas desplegadas y se sentó.

—Gracias. ¿Tienes especiales instrucciones para mañana? Si todo sigue así, tendríamos que llegar a Messina hacia el mediodía.

—Solo lo habitual. —Belmonte llenó dos vasos de latón, se sentó a su vez y tendió a Ortiz uno de los vasos—. Antes de que pasemos a tu petición... tengo la impresión de que no hay problemas con la gente ni con nuestros pasajeros, ¿verdad?

—Gracias a los dioses de los vientos —dijo Ortiz riendo entre dientes—. Delante del palo mayor están un poco apretados, pero, mientras el tiempo siga cálido y seco, todos pueden dormir en cubierta y no tienen que apretujarse.

—Bien. Dime, ¿qué te pesa en el alma?

—No quiero ser demasiado optimista, pero quizá con O'Leary hemos hecho una presa tan buena como... como la que hizo mi primer capitán conmigo.

Belmonte miró el rostro del piloto negro. No era la primera vez que se decía que Ortiz parecía más joven de lo que se sentía él mismo; aunque era seis o siete años mayor. ¿Sería cosa de su sangre africana?

—¿Qué sabe hacer? Si le has confiado el timón, tiene que tener experiencia.

Ortiz bebió, dejó el vaso y se frotó la nariz.

—Sabe leer, escribir, calcular, manejar instrumentos de navegación. Tenía un barco propio, un pesquero, hasta que los berberiscos lo atraparon delante de la costa sur de Irlanda y se lo llevaron.

—Está claro que hay algo más, ¿no? Lo noto en tu voz.

—¿Qué podría ocultarle, capitán?

—Todo lo que quisieras ocultarme. Escúpelo ya.

—Humm. —Ortiz pareció titubear; a media voz, dijo—: Hemos charlado un poco, durante la noche, al timón. Cuando mencioné, en algún momento, que en el año cuarenta yo había participado en la guerra en torno a Cartagena, hablamos de la oreja del capitán Jenkins y de todas las tonterías imaginables. Luego se quedó callado un rato y, por fin, me contó una historia asombrosa. Que deberías pedirle que te cuente.

Belmonte frunció el ceño.

—Hazme un resumen. He oído demasiadas historias irlandesas; la mayoría son sangrientas y emocionantes, y, aunque sean ingeniosas, la mayor parte de las veces son completamente falsas.

Ortiz rio.

—Todos las hemos oído. Pero... escucha. Tiene treinta y cinco años, así que nació en el año treinta y cinco.

—Típico —dijo Belmonte—. Las historias irlandesas empiezan casi siempre con alguna duplicación.

—Poco después de nacer, dice, su padre se fue al Caribe con unos cuantos contrabandistas ingleses y galeses. Y nunca regresó.

—Suena como..., bueno, sigue.

—Todo lo que viene a continuación solamente es capaz de armarlo de manera creíble. De reconstruirlo. O no de armarlo del todo, porque hay otro testimonio tangible.

Belmonte gimió.

—Y es el siguiente. Fueron, como tantos, y como sabemos condenadamente bien, a algún pequeño puerto para vender sus mercancías. En algún momento, un guardacostas estuvo a punto de atraparlos.

—¿Qué significa a punto?

—Pudieron escapar, pero con unas cuantas balas de cañón en el casco. Con vías de agua, claro, así que intentaron tocar tierra. Y lo lograron. En algún sitio, probablemente, un poquito al noreste de Cartagena. Los supervivientes remontaron en dos esquifes un delta pantanoso y luego un ancho río; supongo que era el río Magdalena.

Belmonte movió la cabeza.

—Es demasiado exacto para ser reconstruido. ¿Quién va a reconstruir una historia así en Irlanda?

Ortiz alzó la mano.

—Espera, enseguida llegamos a eso. Así que subieron río arriba, porque esperaban encontrar a alguien que pudiera decirles dónde estaban y cómo podían salir de allí. Luego vienen las habituales historias confusas... fiebre, mordeduras de serpiente, hambre, constante disminución de la tropa, ya sabemos. Pasaban de noche ante los asentamientos españoles porque no querían que los detuvieran; luego estuvieron en un pueblo indio durante mucho tiempo, y en algún momento oyeron decir algo acerca de oro y piedras verdes.

Belmonte rio por lo bajo.

—¡Los chicos de la isla verde y las piedras verdes! ¿Irlandeses y esmeraldas? Encantador. No, fabuloso. Legendario.

—Eso pensé yo. Pero el resto de la historia...

—Estoy en ascuas.

—Todo se extiende a lo largo de unos años, por supuesto.

—Por supuesto. ¿Años irlandeses o humanos?

—Tanto lo uno como lo otro. —Ortiz hizo una mueca—. ¿Qué tal si me dejas contar hasta el final? Luego podrás burlarte hasta que vuelva a salir el sol.

Había oscurecido. Belmonte se levantó, trajo una pequeña lámpara, la puso encima de la mesa y la encendió.

—Bien. Ya que no me creo la historia, por lo menos te quiero ver la cara. Para ver si estás hablando en serio.

—Años junto al río y en las montañas —prosiguió Ortiz—. Encontraron oro y piedras. Quizá lo robaron, quién sabe. No, no digas nada, limítate a escuchar. Luego volvieron a ir hacia el norte, en dirección a la costa. Al final no quedaban más que tres. Habían oído decir a los indios que había muchos barcos ingleses en Cartagena, y que había guerra. Entonces decidieron dirigirse allí. Pero, como la zona bullía de españoles, escondieron el botín en alguna parte de las montañas. Partían de la base de que los ingleses iban a conquistar Cartagena, los indios les habían hablado de más de cien barcos de guerra y de que los españoles no tenían más de una docena.

—Podemos dar testimonio de eso —dijo Belmonte—. Al fin y al cabo... algo parece encajar en el cuento. Pero así es como es, me dijo una vez un poeta fracasado. Si quieres vender una historia embustera, tienes que envolver las mentiras en verdad como cebo, o nadie se la tragará. Sigue.

—Uno de ellos, el padre de nuestro irlandés, escondió el tesoro. Querían abrirse paso hasta los ingleses victoriosos y, si todo iba bien, volver después a por el botín. Un poco complicado, pero no necio, dadas las circunstancias. Si los atrapaban los españoles, dirían que eran náufragos vagando por el país. Quizá los matarían, quizá los dejarían ir. Pero, si llevaban consigo oro y esmeraldas, iban a matarlos en cualquier caso.

—Probablemente. ¿Y bien?

—Llegaron hasta cerca de Bocachica. Y fueron a topar con una tropa de indios comandada por un joven oficial español.

Belmonte se irguió:

—¡Ah!

Ortiz lo miró con una sonrisa irónica.

—¿Te acuerdas?

—Oscuramente, sí. ¿Tres, dices? Uno se nos escapó, a otro lo alcanzó una flecha y murió. Al tercero lo atrapamos. Se llamaba... espera...

—¿Se llamaba... Archie McBride? —Ahora la sonrisa era sarcástica.

—Diablos, sí. Qué..., bah, sigue hablando.

—El que se escapó era el padre de O'Leary. El que había escondido las esmeraldas. Llegó hasta los ingleses, pero también tenía una herida de flecha. Luego, como sabemos, los británicos se fueron. Habían desembarcado muchos enfermos y heridos en Jamaica. McBride estuvo en nuestras prisiones, y en algún momento, años después, fue liberado o canjeado, regresó por caminos extraviados a Irlanda y, dice O'Leary, se mató a beber, sin parar de hablar del tesoro perdido.

Belmonte movió lentamente la cabeza, una y otra vez.

—El mundo es mucho más pequeño de lo que uno piensa —dijo—. ¿Y ahora, qué? Si te conozco bien, aún falta algo.

—O'Leary dice que de algún modo creció con esa historia, y entretanto ha soñado una y otra vez con encontrar en las montañas del río Magdalena las esmeraldas que su padre escondió allí.

—Empresa desesperada, si no se conocen más detalles.

—Es lo que él dijo. Por eso se dedicó a pescar, hasta que los corsarios berberiscos lo atraparon en una de sus razias. Y ahora viene la siguiente parte de la historia que muestra lo diminuto que es el mundo.

Belmonte cruzó los brazos delante del pecho.

—Empiezo a tener miedo a los azares —murmuró.

—Haces bien. O'Leary trabajó algún tiempo en una cantera, hasta que a uno de los responsables se le ocurrió la idea de emplear conforme a sus capacidades a la gente con especiales conocimientos. Entonces O'Leary tuvo la oportunidad de reparar barcos en un puerto y cosas por el estilo. Encadenado, para que no desapareciera en uno de los barcos reparados. Allí había otros esclavos europeos, entre ellos, un viejo contramaestre inglés, que había estado en la flota de Vernon y había sido uno de los enfermos que habían dejado en Jamaica. Le contó que había visto a un irlandés enfermo, O'Leary, que había muerto en una especie de hospital auxiliar en algún sitio entre Kingston y Spanish Town. Al final había dicho cosas confusas que nadie había entendido, pero que sin duda eran importantes para él, porque las repetía continuamente. ¿Qué, exactamente? Aquel hombre ya no lo recordaba; pero aún se acordaba del médico que se ocupaba del hospital.

—Ah, ¿y ahora vas a decirme, o me lo va a decir O'Leary, que el médico quizá sabía algo, que había oído y quizá comprendido las cosas que decía el padre de O'Leary? ¡Por el amor de Dios! ¿Y que ahora que es libre

O'Leary pretende buscar a ese médico inglés en todos los puntos cardinales?

Ortiz no movió un músculo. Sin énfasis alguno, como de pasada, dijo:

—Y tú puedes ayudarle a hacerlo. Pero yo aún no lo he dicho. Eso debes hacerlo tú mismo.

—¿Yo? ¿Cómo voy yo a ayudarle? No conozco muchos médicos ingleses. Quizás ahora esté, qué sé yo, en Calcuta.

—No lo está —dijo Ortiz, se levantó y fue hacia la estantería de libros que había junto al coy de Belmonte. Abrió la rejilla destinada a evitar que los libros desertaran cuando había mar gruesa, sacó un volumen, volvió a la mesa y lo puso delante de Belmonte—. Mira. Tal como me contaste hace poco, este famoso poeta vive hoy cerca de Livorno. Adonde llegaremos en algún momento dentro de las próximas dos semanas.

Belmonte se quedó mirando el libro.

—¿Ese? Sí. Era médico. Escribió acerca de Cartagena. ¿Y luego estuvo en ese hospital? ¿Pretendes que me lo crea?

—Pregúntale a O'Leary.

—Eso... primero tengo que pensarlo. —Cogió el libro y lo hojeó, sin ver gran cosa. Era uno de los mayores éxitos de las décadas anteriores, traducido a muchas lenguas y popular en toda Europa: *Las aventuras de Roderick Random*, escrito por alguien que había trabajado como médico durante la campaña inglesa contra Cartagena: Tobias Smollett.

—No lo creo —dijo débilmente.

# Recuerdos irlandeses

El arte de recordar consiste sobre todo en la capacidad de no molestar a la memoria imaginativa cuando está trabajando. De ese modo, consigue con el tiempo convertir el fracaso en renuncia, la propia vileza en travesuras y las limosnas ajenas en ofensas. Los historiadores son especialmente buenos en esto, y a menudo notablemente desinteresados, en tanto que no rinden homenaje a su persona, sino a su patriotismo o a cualquier otra cosa absurda. Una revisión a fondo convierte a todos los truhanes en héroes y santos. Tan solo los tontos siguen siendo tontos; quizás eso los convierte en los auténticos héroes.

ESMERALDA MORPURGO

El capitán Osvaldo me ha dado tinta y papel, y una pluma piojosa como los quebradizos cabellos de una vieja irlandesa. Pensaba que sería bueno escribir algo acerca de los primeros días que han seguido a mi renacimiento, antes de que vuelva a pasarme algo y me lo haga olvidar todo. Excepto lo que quiero olvidar, pero, tal como es el mundo, probablemente nunca olvidaré las canteras y los astilleros, el látigo y el hambre. Es gracioso, me falta algo a bordo. Aire, comida, hay incluso vino, trabajo ligero, hasta ahora al menos, pero ya vendrá el mal tiempo, cuando sea. Olores de especias en la cocina... La buena comida nunca era para nosotros, pero olía hasta que el estómago hacía más ruido que los martillazos y las perforaciones. Y nunca habría pensado que podría echar de menos el suave y borboteante tenor del último muecín. Pero lo echo de menos. El viento y las olas, de vez en cuando el romper de alguna, el susurro del aparejo, todo es espléndido, pero el muecín... A qué no se acostumbrará uno.

He llorado en el puerto de Messina al oír las campanas de las iglesias, por primera vez desde hacía años. Campanas y muecín, y el susurro del viento en el cordaje. Arpas. ¿Cómo se llamaba aquel ciego? ¿Aquel ciego irlandés del arpa? Ah, lo he olvidado.

Maldita pluma. Rasga, salpica y escupe. Alguien debería inventar algo de una vez, en lugar de seguir desplumando gansos. Los gansos son estúpidos, y, por tanto, también lo son sus plumas. ¿Qué tonterías estoy escribiendo? Quería escribir cosas de las que quiero acordarme, y en vez de eso...

Pero está bien. Puedo sentarme al pie de una vela henchida y escribir, y, por tanto, da igual lo que escriba. Nadie me molesta, nadie agita el látigo. Unos cuantos de los nobles rescatados me miran de vez en cuando, como si quisieran decir: «Qué hace ese ahí, lo hemos conocido en otras circunstancias, ¿cómo es que un simple marinero sabe escribir?»

Simples marineros... Aquí no parece haberlos; pero ¿quién es simple —o noble— si se mira con más atención? Curiosa tripulación, en cualquier caso. Dos judíos de Salónica, un viejo indio, tres mulatos, unos cuantos italianos y españoles. Y el negro Ortiz. Buen hombre. Tiene que andar por la mitad de los cincuenta, aún tiene casi todos los dientes, nada de grasa, apenas arrugas. Músculos y cerebro en abundancia. Y el capitán...

Parece un buen tipo. Cortés. De alguna manera, todo el mundo es cortés aquí. Puede ser que eso contribuya al ambiente. Belmonte habla inglés como si hubiera crecido en Londres, mejor que los auténticos *cockneys*. Creo que Ortiz ya le ha contado algo; no sé si toda la historia. Y no tengo ni idea de si me la compra. Si se la cree.

De verdad, O'Leary..., si alguien se te acercara en el *Ancla oscura* de Skibbereen y quisiera largarte esta historia de un pescador y contrabandista irlandés que ha encontrado oro y esmeraldas en la América española, las ha escondido y luego ha muerto en un hospital de Jamaica, ¿le creerías? Y Smollett, precisamente Tobias Smollett, el famoso escritor, metido como joven cirujano en esa catastrófica expedición inglesa a Cartagena. Es un poquito demasiado, ¿no? Demasiado de todo, y demasiado poco preciso.

Al menos yo sé lo que valgo. Veinte libras. ¿Quién puede decir de sí mismo que sabe lo que vale? Veinte libras fue lo que le pagó al griego, y a Ayub probablemente un poco menos.

Ayub al Saif. De alguna manera no puedo creer que ya no... Quizá sea un sueño, del que, por favor, no quiero despertar. Estoy en un barco y sueño, y el verdadero O'Leary mete a remo al puerto el jabeque de Ayub y recibe un latigazo porque ha osado dirigirle una mirada descarada. O está apoyado en la pared de un cobertizo de los astilleros, medio encima medio debajo de un duro saco, y sueña. Sueña que está a bordo de un pailebote, que el capitán le ha dado papel, pluma y tinta, y que puede escribir y reír y llorar y respirar la brisa marina y pensar en Irlanda y en las tabernas del puerto de Skibbereen.

¿Cuál de los dos es real? Y, si soy yo, el que está sentado aquí, en la cubierta del *Santa Catalina*... ¿Cómo puedo decirme a mí, el otro, que los dos somos libres y puede dejar de soñar con latigazos y esperar la llamada matinal del muecín?

Irlanda. Pero en realidad... Lo intento una y otra vez. Las verdes colinas, las landas herrumbrosas, rostros y sonidos, olores. Sigo pudiendo ver a mi madre, que lleva muerta diez años. Es curioso que su rostro se vea tan claro y los rostros de mis hermanos estén borrosos. ¿Qué pasa con los olores? Alguien me dijo en una ocasión que uno no se acuerda de los olores, pero que los olores abren el recuerdo de otras cosas. Quizás aquí nada huele a Irlanda, y por eso es todo tan borroso.

E impreciso. Fergus, Fergus..., ¿las tabernas del puerto de Skibbereen? Allí no hay ningún puerto, hombre, unos cuantos cobertizos junto al río, algo así como un muelle, y aún quedan ocho millas hasta el mar. De alguna manera todo se junta: Skibbereen, el río, los barcos —bueno, botes—; Baltimore, que hace ciento cuarenta años fue saqueado por piratas berberiscos; Schull; la bahía de Kenmare, más allá, claro, pero allí tenía un tío, y la playa de Sneem, donde vi por primera vez a un francés. Había abandonado su país, por culpa de tener problemas con el rey o algo por el estilo, ofrecía su larga nariz a la brisa marina y se quejaba de la comida. Todo mezclado, toda la costa sur, una papilla de recuerdos, y probablemente meta también a Cork. Faltan los olores. Si pudiera oler el río, el cobertizo de Eddie O'Driscoll... Es gracioso: cuando olía la pez en aquel asqueroso puerto tunecino, podía ver el cobertizo de Eddie. Ahora que pienso en el cobertizo de Eddie, ya no sé cómo huele la pez.

¿Habrá pez en Livorno? Seguro. Donde hay barcos, hay talleres. Y tabernas, pez y cieno y aguas de sentina y peces muertos. Y mujeres vivas. ¡Ah! Mujeres con rostro, mujeres con olores. Algunas como prados recién segados, otras como pescado viejo. Delante, detrás, arriba, abajo. Tengo que preguntar al capitán...

Pero veinte libras. Cuatrocientos días de trabajo. ¿Cómo voy a devolverlas? ¿Y luego pedir dinero para poder visitar a las rameras? Después de todos estos años. Uh. Mujeres esbeltas, mujeres gordas, pechos como capullos o ubres temblorosas, varices y junglas en las ingles. Hace tanto tiempo, más de cuatro años de esclavitud, y antes...

Dinero. ¿Cómo puedo ganar dinero, si le debo veinte libras a Belmonte? ¿Cómo puedo ganar veinte libras? ¿Cuánto se necesita para ir a buscar esas esmeraldas que tal vez no existan? Escondidas en alguna grieta en la montaña o encontradas hace mucho por otros, con el camino bloqueado por patrullas españolas o por indios que llevan flechas envenenadas en el carcaj.

Ortiz dice que en Livorno es posible moverse libremente. Al menos si se es blanco. Allí, algún príncipe, duque o rey abolió hace años o siglos la Inquisición, más o menos, y por eso no solo los judíos y los mahometanos, sino hasta los protestantes, pueden vivir y practicar el comercio. Pueden hasta morir y que los entierren. Es un sueño... Los protestantes, los protestantes ingleses, oprimen a nuestra católica Irlanda, la saquean; ¿cómo puede parecerme bien que puedan moverse libremente en un país católico como Italia? Que los entierren me parece bien, donde quieran, si es posible ahora mismo, o antes.

¿Hablaría Smollett con un irlandés? Ese hombre es un escritor famoso, y sin duda no es un inglés, pero sí un escocés no católico, lo que es casi peor. Primero habría que encontrarlo, habría que moverlo a escuchar, y quizás a decir algo. ¿Y si, después de todos estos años, ya no sabe nada, o no se acuerda? ¿O sí que se acuerda, pero no quiere hablar con un necio irlandés?

Si supiera dónde murió mi padre, al que nunca he visto, cómo olía al final... ¿Se podría fabricar de algún modo ese olor, y entonces Smollett se acordaría? Si quiere, si es posible encontrarlo, si todavía vive. También los ingleses, bueno, los escoceses, mueren; también la mayoría de los poetas inmortales están muertos. Muertos hace mucho más tiempo que inmortales, mucho menos inmortales que muertos.

O'Leary, estás escribiendo tonterías. Es maravilloso escribir tonterías y no esperar el golpe del látigo. Comer carne salada de ternera o de cerdo en vez de mijo, carnero y pescado. No es que hubiera carnero o pescado a menudo. El viento huele a cerveza. ¡Cerveza! Dadme cerveza, y dejaré por ella toda el agua y el vino del mundo. Aunque... después de toda esa agua, y un poco de café o té de vez en cuando, he llorado al primer sorbo de vino. Vino y lágrimas, y eso que no quería tener las dos cosas.

El sabor de la cerveza, el olor de la pez. Y el de las mujeres. ¿A qué olerá Smollett? ¿A escocés sin lavar? ¿A poeta perfumado? ¿A carnero sacrificial de Liguria?

Ya veremos. Oiremos. Oleremos. Quizá ni siquiera

baje a tierra en Livorno y tenga que quedarme a bordo. Quizá Belmonte no quiera saber nada de mi historia. Quizá..., ah, quizá.

Dos días más lejos de Ayub, dos días más cerca de Livorno. Entretanto no ha pasado gran cosa, salvo lo que suele pasar a bordo, y aun así han pasado tantas cosas... Larga conversación con el capitán, que no sabe si creerme, pero me ha dicho que por el momento no hable más de eso, que tiene que pensar un poco.

Y mucha conversación general con los otros. No con los otros esclavos, oh, no; hasta hace unos días éramos compañeros de fatigas, ahora ellos vuelven a ser señores y ricos y distinguidos, y yo, el vil pescador irlandés. Antes eran esclavos de Ayub, ahora vuelven a ser esclavos de su condición y de su arrogancia.

Bueno, no todos; uno de los británicos de la marina mercante, un español y un alemán siguen siendo tratables, pero... digamos que distantes. Solo me han pedido que no cuente historias de desesperación y lágrimas que puedan tener que ver con ellos. Como si alguna vez hubieran llorado con desesperación; no, ellos no. Los nobles gustan de dejar la desesperación a los que de todos modos están acostumbrados a ella. Como los pescadores irlandeses.

De alguna manera, el español es un caso especial. Trabajó conmigo en los astilleros y, justo al principio, encontró un trozo de madera tallado con especial belleza. Con buena voluntad se le podría considerar una pequeña estatua, incluso apunta unos rasgos en la cara. Dijo que era su santo patrón, y que iba a cuidar de él. Qué no se le meterá a uno en la cabeza cuando fuera de ella no tiene nada. Se la llevó a bordo del barco de Ayub metida entre sus ropas, aunque en realidad los esclavos no pueden poseer nada. Y, luego, a bordo del *Santa Catalina*. Ahora se pasa la mayor parte del tiempo en un rincón, entre la proa y la borda, y habla con su patrón.

Los del barco están bien, pero son una mezcla grotesca. Los dos judíos, por ejemplo. Nunca he tenido nada que ver con judíos, tan solo conozco las historias habituales de que roban niños y de que asesinaron al Redentor. Estos dos de aquí, Abner y Salomón, me han enseñado una palabra nueva: son apóstatas. Eso significa, dicen ellos, que uno puede estar enredado en una fe como en una gran red y librarse de ella. También se puede expresar de otro modo.

O sea que son judíos renegados, que en algún momento han decidido que, si Dios ha hecho el mundo como es, prefieren no tener nada que ver con él, y si no es él el que lo ha hecho así, ¿por qué iban a preocuparse de él? Nunca lo había visto de este modo; de alguna manera, temía que podía ser el caso. Además, ellos dicen que al Redentor lo mataron los romanos, y que de todos modos tenían que matarlo para que fuera de verdad el Redentor; ¿qué tenía eso de espantoso? No sé... Entonces, ¿Judas no es un miserable traidor, sino el instrumento de Dios y, por tanto, sagrado? ¿El verdadero héroe de la historia? Tampoco sé lo que el padre O'Malley diría al respecto. ¿Se lo habrá preguntado alguna vez? Es probable; y también es probable que tenga un par de excusas de primera. O razones; a menudo es lo mismo. En cualquier caso, me condenaría desde el púlpito. Me tacharía.

Al pensar en el padre O'Malley he sentido una cosa totalmente distinta. Está tan lejos, como todo en Skibbereen.

Hace dos días yo todavía pensaba que tenía que tomar nota de todo lo que había vivido durante los últimos cuatro o cinco años, antes de olvidarlo. Ahora me doy cuenta de que tengo que poner por escrito cuanto antes todo lo que recuerdo de Skibbereen. Antes de olvidarlo por completo. Mi madre, la casa, el río, el olor de la sopa de guisantes y el pan recién hecho y las ascuas de turba en la chimenea, el ruido que hacía el helecho mojado sobre las perneras de los calzones cuando se pasaba a través de él, los labios de Siobhan, la boca de Deirdre, los dedos de los pies de...

Basta. Si hay algo de bueno es el hecho de que nunca me he casado. Hermosos recuerdos a los que uno se puede agarrar y levantarse cuando es esclavo, y terribles pensamientos que lo aplastan a uno. Cuántas veces he oído en la cantera, y luego en los astilleros, y al final en las grotescas galeras a vela de Ayub, decir a otros que es enloquecedor no saber de qué van a vivir la esposa y los hijos, si es que siguen vivos.

Naturalmente, eso solo vale para nosotros, el pueblo llano. Los nobles y ricos tienen otros problemas. ¿Administrará de manera decente su patrimonio la dama de su corazón y madre de sus hijos? ¿Seguirá el viejo criado arrastrando sus torcidas piernas por los pasillos de la casa solariega? ¿Se habrán hecho entretanto sombríos rivales con el negocio? No cabe descartar que de verdad se irriten, pero sin duda no están preocupados por el hambre y la miseria en casa mientras pasan el hambre y la miseria de la esclavitud.

En cambio, la pobre familia de un pescador irlandés, si yo tuviera una... La idea de poder volver a algo con lo que se ha soñado, que se ha anhelado y deseado, y que ya no esté, que haya muerto de hambre, de sed, mendigando en la calle, o que eso... ella, ella y los niños, si es que aún viven, lo hagan en miserable dependencia de otros, de malvados parientes o babosos desconocidos.

¿Por qué digo babosos? ¿La baba del recuerdo? Eso ha dicho Miguel, el indio. No sabe qué edad tiene, más o menos cincuenta, dice, y tampoco conoce su verdadero nombre. Lo bautizaron, muy pequeño, un 29 de septiembre, y por eso lo llamaron así. Dice que la baba del recuerdo, resecada por el calor de las experiencias, termina por cubrir con una costra los recuerdos, y al final solo queda la costra, la costra de la memoria vacía, hasta que uno solo se acuerda de que ha olvidado algo.

«¿De qué te acuerdas tú?», le he preguntado. Dice que recuerda sueños de los dioses de sus desconocidos antepasados. Sin duda, los franciscanos le han hablado de los dioses. Lo bautizaron, lo instruyeron un poco —dice que sabe garabatear y descifrar con lentitud letras, no más, y naturalmente tuvo que aprenderse de memoria la mitad de la Biblia— y luego lo hicieron trabajar en la cocina, en el jardín, en sus talleres. Más adelante, cuando cumplió los quince, se largó del convento y se abrió paso hacia la gran ciudad, hacia Cartagena. Hasta ese momento, dice, no sabía que el mundo no terminaba al otro lado del gran río Magdalena, y que también había blancos pobres; con ellos vivió durante años de míseros trabajos secundarios, y en algún momento fue a parar al barco de Ortiz y Belmonte.

Sea como fuere, no solo se acuerda de la costra de los recuerdos. He estado pensando en qué me pasa a mí, y he comprobado que tengo muchas costras muy graciosas. Una vez viajé con un tal Sean (¿cuál era su apellido? Lo he olvidado) en su barco, el más grande que yo había visto, hasta Terranova, a pescar bacalao. El apellido de Sean se ha esfumado, el barco ha desaparecido con la excepción de sus contornos, me acuerdo de manos doloridas, hígado de bacalao asado, boinas y témpanos, pero ni de un solo bacalao.

También con Ortiz he hablado de los recuerdos, de noche, junto al timón, en el que al principio aún me vigilaba un poco. Afirma no poder acordarse de nada más que de lo que quiere olvidarse; luego se echa a reír. Creo que simplemente es uno de esos que son reservados por naturaleza o han vivido cosas terribles y, para no mencionarlas y revivirlas, prefiere callarlo todo. Hubo una alusión a que alguna vez tuvo mujer e hijos; no quiso hablar de lo que había pasado con ellos.

Fue algo más locuaz cuando le pregunté por el barco y el color de su piel. El barco es suyo y de Belmonte; él posee el cuarenta por ciento... Entonces me ha preguntado si sé lo que significa «por ciento». Cuando le he preguntado qué tanto por ciento de los negros de América son esclavos, se ha echado a reír.

Pero luego la cosa se ha puesto muy emocionante. Hemos charlado acerca de la esclavitud, aquí, allá y acullá. Que si los marinos obligados a prestar servicio forzoso en la Navy no son también esclavos, que qué pasa con los siervos en muchos países, que si prefiero ser esclavo de Ayub o aparcero hambriento de un terrateniente en Irlanda. En los países españoles, dice, los esclavos pueden comprar su libertad, pero casi ninguno reúne el dinero necesario; pueden —como él— ser adoptados, y luego son libres, y hay una ley que dice que un esclavo bautizado se convierte desde ese momento en súbdito libre del rey católico. Nadie sabe, dice, cuánto de eso es papel y cuánto (por ciento) realidad, y si quiero saber más, por ejemplo, qué ocurre en Norteamérica con los ingleses o cuántos esclavos negros de las minas y plantaciones de la América española revientan cada día, que adquiera en los próximos puertos los libros que cuentan esas cosas.

Creo que antes de poder comprarme libros tengo que ganarme mi propio precio... Pero el capitán Belmonte tiene libros en su camarote, y cuando, después de nuestra larga conversación sobre mi padre y las esmeraldas, me he quedado parado un momento delante de su estantería, me ha preguntado si quería que me prestara algo para leer. Claro, he dicho, pero ¿qué? Antes, en Skibbereen, cuando tenía tiempo leía todo lo que me caía en las manos. Naturalmente, ante todo, la Biblia, del derecho y del revés, pero también todo lo demás, solo que no había mucho que tomar prestado para leerlo. El padre O'Malley tenía libros en latín y en griego, y de algunos otros ha dicho siempre que no eran para mí. Los O'Driscoll, de los que siempre se oía decir algo en la región, y, naturalmente, los ingleses, tienen bibliotecas propias, pero no son para pescadores con las manos sucias.

El capitán quiso darme un libro de Smollett. No me atrevo a eso; es como si... no sé cómo expresarlo. Bueno, está el tesoro (si es que lo hay), y mi padre muerto y la historia del hospital y el médico, y en cierto modo tengo una sensación grotesca: que cuando empiece a leer las cosas de ese médico y escritor Smollett todo se disolverá en la nada, y no será más que invención.

Entonces me ha dado un libro de Shakespeare. Todavía recuerdo que hace años vi una representación de unos cómicos errantes, y luego pasé días con Banquo y las brujas y la lady metidos en la cabeza. Y hablaba como ellos, hasta que los chicos del *Ancla oscura* me amenazaron con darme una paliza. Voy a dejar esta pluma piojosa y voy a seguir leyendo *Hamlet*. Empieza bien, con un fantasma. Espero que la próxima vez que esté junto al timón, solo y helado y con el corazón enfermo, no venga ninguno.

# Livorno

Puerto: Lugar donde los barcos que buscan refugio de la tormenta quedan expuestos a las furias de la aduana.

AMBROSE BIERCE,
*Diccionario del diablo*

... no solo el más grande, sino, en realidad, el único puerto del gran ducado de la Toscana. Entre las mercancías que allí se suministran están los buenos vinos de Cerdeña y el Languedoc; en cualquier caso, a veces los aranceles eran tan caros que uno prefería beberse el vino a bordo, en el puerto, con lo que los barcos se transformaban en tabernas flotantes.

Viajero inglés (siglo XVIII)

Después de varias largas conversaciones, Belmonte sabía que Skibbereen, la ciudad natal de O'Leary, se escribía en realidad Sciobairín; que allí no se hablaba inglés, sino el más puro y melodioso irlandés, y que no se podía afirmar que se era de verdad un hombre hasta que se habían dominado las sutilezas de aquella lengua y disfrutado las bellezas de la región, que, con su suave clima, sus verdes colinas, el río Ilen, tan hechicero como rico en pescado —aunque aprovechable para barcos grandes solo unas cuantas millas más abajo del pueblo— y sus habitantes, encantadores sin excepción, era sin duda alguna el lugar más agradable de la tierra.

No le interesó especialmente, ya que sabía por experiencia que casi todo el mundo considera su propia patria el lugar más hermoso, y su propio ombligo, el centro del universo. Lo que le pareció más interesante fueron las historias de O'Leary sobre el pasado de aquel lugar famoso, que sin duda era antiguo, pero de algún modo había sido casi refundado por supervivientes del verdadero puerto de Baltimore, que había sido saqueado por piratas berberiscos hacía poco menos de siglo y medio y cuyos habitantes habían sido arrastrados a la esclavitud.

Y, naturalmente, la historia del padre. Belmonte hizo muchas preguntas, para las que recibió respuestas de poca utilidad; aun así, las escasas indicaciones temporales y geográficas parecían encajar, por lo que se sentía inclinado a creer a O'Leary. O al menos a creer que O'Leary mismo se creía la historia, que podía ser un cuento, y no la había inventado para deslumbrar a otros.

Pero... echó atrás la cabeza, entornó los ojos y miró el cielo sobre el Mediterráneo. Azul, como el que cubría el Caribe. ¿Qué le retenía aquí? Por otra parte... ¿no era aquella historia demasiado fantasiosa como para arriesgarse a cruzar el Atlántico? ¿Como para renunciar a las relaciones construidas durante años, abandonar su red de negocios en el Mediterráneo?

Arriesgar no es lo mismo que renunciar, se decía. Se podía volver de América. Algo lo atraía con fuerza y lo rechazaba con la misma fuerza. América, de algún modo era su segunda patria, Cartagena, La Habana, la Florida, Jamaica, escenarios de los mayores triunfos y de las más terribles catástrofes. El triunfo general, la catástrofe personal: el incendio que había devorado su casa, a su esposa y a sus hijos, y que lo había empujado, expulsado, al mar.

Volver a preguntar a Rafael, se dijo. Pero Ortiz ya se había manifestado, ¿cambiaría de opinión en una segunda conversación? Había que preguntar al resto de los hombres. Probablemente a los procedentes de América les gustaría volver a cruzar el Atlántico, pero ¿y los europeos? Al fin y al cabo, no le pertenecían... salvo O'Leary.

Naturalmente, el irlandés quería volver a ser su propio dueño lo antes posible, devolver las veinte libras, visitar tanto Irlanda como América, si era posible a un tiempo, o en cualquier caso en ese orden. ¿Y qué probabilidad tenían de encontrar en Livorno a Smollett? ¿Hablaría siquiera con ellos, él, el gran escritor... y, si lo hacía, se acordaría después de tres décadas de un irlandés moribundo, de sus últimas palabras, si es que había dicho siquiera unas últimas palabras? Si todo encajaba, cuando era un joven médico, Smollett había estado al cargo de centenares de personas, primero en el barco, luego en el hospital de Jamaica. Heridos, enfermos, moribundos.

De todos modos, se podía intentar. Belmonte sabía a quién preguntar y pedir consejo en Livorno. Pero antes tenían que llevar a tierra a los rescatados, había que cerrar el negocio, pensar en nuevos negocios. O no, si es que se iba a marchar a América, a la región interior de Cartagena, a buscar las míticas esmeraldas en una grieta mítica de las rocas o donde fuera.

Belmonte suspiró y reanudó su peregrinaje por la cubierta de popa. De aquí para allá, de allá para aquí, los pasos tan largos como los pensamientos, y en ambos casos sin avanzar nada.

Al principio, por precaución, el irlandés había hecho como si no entendiera el español. De hecho, durante su período de esclavitud había aprendido un poco de árabe y, de los otros presos, suficiente español como para que las conversaciones no tuvieran que ser en inglés, para alivio de Rafael Ortiz, que lo hablaba bien, pero no especialmente a gusto. La cubierta de popa era solo para ellos, la tripulación y los pasajeros se encontraban más adelante. Ortiz estaba al timón y miraba de vez en cuando a estribor, donde, a la última luz del atardecer, la costa de Italia parecía más amenazadora que atrayente.

—Distancia —solicitó—. Hay allí algunas rocas a las que no quisiera ir a parar. Y menos de noche.

—De noche, todas las rocas son gatos —dijo O'Leary—, y todos los barcos ratones grises. O algo parecido. ¿Ha tomado una decisión, capitán?

—Entre nosotros, y en vista de lo que nos espera, deberíamos renunciar al tratamiento de cortesía.

—De acuerdo... don Osvaldo —O'Leary hizo una mueca—. Naturalmente, podríamos hablar mi miserable inglés, en el que eso no representa ningún papel.

—No quiero tratarte todo el tiempo de vos —dijo Belmonte—. Y, desaparecido el viejo *thou*, solo me quedaría el *you*. Al grano. Rafael está de acuerdo en que tenemos que preguntar al resto de la tripulación, cuando los pasajeros se hayan ido. Hasta entonces, silencio, ¿eh? Si te parece bien, O'Leary, ahora voy a hacerte una propuesta bastante limitada; todavía tenemos que pensar los detalles.

—Suena como el principio de un discurso político.

—Es la siguiente: cuando estemos en Livorno, probablemente mañana, y todo lo demás esté resuelto, voy a intentar saber más de Smollett, con ayuda de viejos socios en los negocios. Puede ser que lo encontremos y hable con nosotros. Puede ser que se acuerde de tu padre y pueda darnos información útil.

Ortiz gruñó.

—Eso sería estupendo, pero no deberíamos contar con ello.

—Así es.

—¿Y si no sabe nada? —preguntó O'Leary.

—Vamos a intentarlo. Iremos a Cádiz. Allí conozco bastante gente que tiene que ver con registros y permisos. Y otros que probablemente se alegrarán si un barco lleva sus mercancías al otro lado del mar.

—¿No se puede hacer sin permiso?

—Con permiso es mejor; no queremos que nos detengan los guardacostas españoles, ¿verdad?

—Yo conozco eso desde el otro lado —dijo Ortiz—. Y no quiero vivirlo como, bueno, como víctima.

—Ahora no podemos determinar lo que haremos allí; dependerá de las circunstancias. Y de cómo estén las cosas. Haremos una... vamos a decir, caja de expedición. Rafael dice que quiere participar. Pero yo estoy en contra.

Ortiz torció el gesto, pero guardó silencio.

—¿Por qué? —dijo O'Leary.

—Me debes veinte libras. Las aportarás a la caja. Yo también. Rafael quiere aportar lo mismo, pero como tú no le debes nada sería injusto para él.

—Mal razonamiento —dijo Ortiz.

—¿Por qué?

—El dinero ausente no puede ser una injusticia presente. Tú pagas a la tripulación. Nosotros formamos parte de la tripulación. Los tres aportamos a la caja veinte libras cada uno, seguimos trabajando y tú nos pagas. *Eso*, amigo mío, es injusto. Si hemos de cofinanciar el viaje, todos debemos estar no pagados por igual.

O'Leary se rascó la cabeza.

—Demasiado complicado para un esclavo irlandés.

Belmonte asintió.

—Y para mí también. Dejemos la cuestión de la justicia para más adelante. Para el día en que encontremos ese increíble tesoro y lo dividamos de forma desigual, ¿de acuerdo?

Ortiz hinchó los carrillos.

—Buah. Es tu barco, Osvaldo. Es decisión tuya.

—Exacto. Por eso lo haremos sencillamente así. Eres un hombre libre y vuelves a ser tu propio dueño, O'Leary. Te descontaré las veinte libras; sencillamente, cobrarás menos salario del que te correspondería.

—Muy generoso, capitán. ¿Cómo iba a negarme? Pero...

—Ya sé —Belmonte sonrió—. Años de esclavitud, sin mujeres ni cerveza, ¿no? Te daré un anticipo cuando estemos en Livorno.

—¿Puede uno besarle la mano a su capitán?

—No puede. Le daré vueltas a todo esto y haremos un contrato en regla, y lo firmaremos todos.

—Por mí, aunque sea con sangre.

—Y si te largas y no vuelves, iremos a buscarte hasta Skibbereen —dijo Ortiz. Pareció dudar un momento—. Pero tengo otra pregunta, Osvaldo.

—¿Y es?

—Esas veinte libras... ¿no podemos hacerlo más fácil? No me importa, es un asunto entre vosotros, pero dime, ¿cuánto valen tu vida y una buena historia?

Belmonte pensó un momento, luego asintió.

—Claro, tienes razón. ¡Cómo se puede ser tan obcecado! ¿Estás de acuerdo, O'Leary?

—¿Puedo saber de qué estáis hablando?

—Tú me has salvado la vida. Si tú y tu vida valéis veinte libras, entonces la mía también. Y en realidad incluso te debo algo por tu historia.

—Yo, eh, oh, ¿puedo aceptar eso?

Ortiz le dio una palmada en el hombro.

—Hazlo.

—Si queréis decir... Capitán, no sé qué decir —sonrió—. Excepto sí, gracias.

—¿Qué te debo por la historia?

—Te la regalo.


En la rada había cuatro barcos de guerra británicos, y según las señales del capitán del puerto, las dársenas y muelles estaban llenos. Amarraron en una de las escolleras exteriores. Mediante las banderas de señales, el *Santa Catalina* comunicó al puerto y al mundo que llevaba esclavos rescatados a bordo y que pedía a los cónsules competentes que lo preparasen todo para recoger y dar la bienvenida a sus conciudadanos.

Ortiz chasqueó ligeramente la lengua y se llevó el catalejo al ojo.

—Enseguida empezará la cacería. Ya han zarpado al menos tres barcazas.

—Entonces, voy a advertir a nuestros huéspedes. Y a despedirme de ellos.

Belmonte bajó hasta la multitud que se apretujaba en torno a los dos mástiles, donde todo el mundo iba de un lado para otro, hablaba y gesticulaba.

O'Leary se esforzaba por separar a la tripulación de los pasajeros, de manera que todo fuera en alguna medida controlable. Dio varias palmadas:

—¡Silencio para el capitán!

Como Belmonte no dominaba todos los idiomas necesarios, pidió ayuda a algunos pasajeros; luego, pronunció un breve discurso en el que pedía comprensión por la falta de comodidades durante el viaje, les deseaba todo el bien imaginable y un rápido regreso a casa, y recomendaba no subir en el primer o segundo bote, sino esperar a la gente de sus correspondientes países.

—Se ocuparán de ustedes en lo que concierne a alimento y vestido —dijo.

—¿Y si nadie viene a recogernos? —Varios rescatados hicieron la pregunta al mismo tiempo.

—Entonces los llevaremos al puerto y veremos qué se puede hacer.

Alguien propuso que Belmonte les diera dinero a cambio de pagarés, para que ellos mismos pudieran hacerse cargo del asunto.

—Sobreestiman ustedes mi bolsa, caballeros. Empecemos por esperar antes de tomar en consideración esas u otras medidas de emergencia.

Los primeros botes se acercaron y se pusieron en facha. Como Belmonte había esperado, en ellos iban marinos de Livorno, que ofrecieron sus servicios y, al parecer, hacía mucho que se habían puesto de acuerdo en las sumas a exigir por ellos. Algunos intentaron subir a bordo; a O'Leary y la tripulación les costó trabajo impedírselo.

Al cabo de algún tiempo llegó una gran barcaza con hombres de uniforme a los remos. Un representante del gobernador de la ciudad, el cónsul francés y un delegado de una casa comercial de Lübeck se hicieron cargo de los pasajeros. Rogaron a Belmonte y a los representantes de los distintos grupos afectados que a la mañana siguiente se presentaran ante el gobernador para tramitar el resto de los asuntos pendientes y extender documentos.

De pronto, hubo agitación, tumulto, alguien gritó, los otros se volvieron para ver si se les había olvidado algo.

Belmonte acababa de regresar a la cubierta de popa y estaba de pie junto a Ortiz.

—¿Qué pasa ahí?

Ortiz se encogió de hombros.

—Ni idea. ¡O'Leary!

El irlandés se apartó del tumulto y fue a popa.

—¿De qué se trata?

—Es uno de los españoles. —O'Leary borró una sonrisa de su boca—. Está buscando su santo.

—¿A quién has dicho?

—Tiene un trozo de madera con algo parecido a rasgos en la cara. Es su santo patrón. No quiere irse sin él.

Belmonte suspiró.

—Qué...

—Un momento. —Ortiz fue unos pasos hacia la derecha, luego otra vez hacia la izquierda; miró de un lado a otro la cubierta con los ojos entrecerrados: los dos esquifes amarrados, rollos de soga, toneles de agua, cajas clavadas a las planchas, herramientas, gente que pasaba...

—¿Qué hace? —dijo O'Leary.

—Tiene unos ojos muy especiales. Ve una oveja de tres patas en medio de un rebaño, o un trébol de cuatro hojas en una pradera. Se podría decir que ve el desorden.

O'Leary rio por lo bajo.

—Ya podría ponerse a buscar tréboles en Irlanda.

—El segundo esquife —dijo Ortiz—. O'Leary... en el soporte trasero hay una cuña de más.

—¡Oh, por todos los santos, especialmente uno! —O'Leary dejó el alcázar, fue hacia el esquife, se agachó y levantó algo. Hizo una seña al español y le tendió el trozo de madera, que el hombre recogió resplandeciente y apretó contra el pecho.

En medio de la confusión del desembarco de los antiguos esclavos, se acercó un bote aduanero. El representante del gobernador de la ciudad ayudó a Belmonte a explicar a los aduaneros que el *Santa Catalina* no llevaba a bordo ninguna mercancía para Livorno, y que tampoco iba a entrar al puerto. Pero todo eso llevó algún tiempo.

Cuando por fin todos hubieron descendido, el sol ya se acercaba al horizonte. Belmonte asintió mirando a Ortiz y fue a su camarote para recoger la carpeta preparada con las listas y otros documentos. Oyó que Ortiz gritaba a los ocho marineros más cercanos —O'Leary entre ellos— que debían ir al puerto con el esquife.

—Guardaos de la codicia de las damas y de los encantos de las tabernas —dijo Ortiz—. Y, en lo que se refiere a los que os quedáis a bordo para que yo no me sienta tan solo..,. no lloréis, mis pequeños. Vamos a quedarnos por lo menos tres noches aquí; mañana y pasado mañana nos tocará a nosotros, y podréis desfogaros.

En el esquife, de camino al muelle, se habló sobre todo de dinero. Los hombres habían manifestado distintos deseos en lo que a su salario acumulado se refería. Uno quería todo lo que le correspondía para llevarlo a un banco y hacerlo transferir a sus parientes en una ciudad del interior. Abner, el carpintero de finos dedos, quería intentar hallar fuera de una sinagoga unos cuantos judíos impíos y «divertirme además un poco, capitán», pero también tenía una larga lista de objetos (clavos de todos los tamaños, ganchos, determinadas maderas y hierros destinados a la reparación de herramientas) que había que adquirir a toda costa. Belmonte le dijo que según las últimas estimaciones en Livorno vivían alrededor de quince mil judíos; sin duda era posible encontrar entre ellos algunos renegados. Luego repasó con él la lista y le dio el nombre de un proveedor que podía conseguir la mayoría a precios decentes, y al que Ortiz y Belmonte en persona irían a visitar antes de zarpar, lo recogerían todo y se lo pagarían. Algunos estaban en Livorno por primera vez, y pidieron indicaciones de adónde ir y de qué guardarse, y de con qué tenían que contar en este o aquel caso.

Cuando O'Leary les dijo que nunca había estado en un puerto italiano, los otros lo abrumaron con consejos soeces, malvados o útiles. Belmonte escuchó, terminó por echarse a reír y dijo que lo mejor era que O'Leary empezara por acompañarle; iba a visitar a un hombre experimentado, que sin duda también tendría buenos consejos para él.

—¿Experimentado? —O'Leary arrugó la nariz y miró de reojo a Belmonte—. ¿Qué significa eso? ¿Entiende de caballos, que yo no necesito, o de curas que puedan tomar en inglés una confesión que no quiero hacer? ¿Consigue camellos que se dejen montar, si se le pide?

—Sabe por dónde anda. Te dirá dónde hay un buen cordero asado, un baño caliente, una pelirroja exuberante o un barbero discreto.

—¿Un barbero discreto? Eso no existe. ¿Quizás ese hombre experimentado sabe también dónde encontrar bailarinas rusas, escritores ingleses u hortelanos islandeses?

—Sin duda.

—Muy bien, capitán; le seguiré como si fuera su sombra.

—Eso será difícil —dijo Abner—. El sol se pondrá pronto y entonces las sombras escasearán.

# Un hombre experimentado

Todo el mundo puede extraviarse en una ciudad desconocida.

Y, sin embargo, para perder completamente la orientación se necesitan los buenos consejos de los nativos.

Trotamundos anónimo (siglo XX)

Amarraron en el muelle junto a una escala de hierro. Belmonte esperó a que los otros subieran, fue el penúltimo en abandonar el bote y subió por la escala. Lanzó una maldición en voz baja.

—Herrumbre y mierda de pájaro —dijo, se secó la mano en los calzones, estiró el brazo y ayudó al irlandés a subir al muelle—. Y demasiada gente.

Solo un rápido paso a un costado le libró de ser empujado a las apestosas aguas del puerto por un par de estibadores cargados hasta la ceguera. La gaviota posada en un noray cercano lo miró con la cabeza inclinada; parecía burlarse.

—Se está bien aquí. —O'Leary contempló el trajín delante de los almacenes; el sol poniente los cubría todo de sangre y sombras de mástiles—. Casi como en casa —tosió—. ¿Así que aquí es donde vienen los ingleses cuando quieren pasar su muerte en el Mediterráneo? ¿Por qué no vienen todos a la vez?

—Contente. Probablemente las tabernas del puerto estén llenas de ellos. Necesitamos información, no navajazos.

—Qué aburrido.

Belmonte trató de recordar el camino. Hacía mucho tiempo... Hacia el sur, pasando por delante de cobertizos, tabernas y tiendas, hasta el callejón que se bifurcaba delante de una casa de cambio inglesa, luego la tercera calleja a la derecha. Oyó jirones de conversaciones, maldiciones, bromas y gritos en lenguas como el toscano, el inglés, el francés, que entendía, pero también en el *vernacolo* de Livorno, que le obligaba a adivinar, y en árabe y portugués; sospechó que los dos hombres entrados en años, con oscuros casquetes en la cabeza, que conversaban en español antiguo, eran judíos, descendientes de expulsados.

A su lado, O'Leary dijo algo parecido a «*sweet colleen*»; una joven respondió a su sonrisa y trató de colgarse de su brazo. El irlandés sonrió de oreja a oreja, le agarró la muñeca con la mano izquierda y le arrebató con la derecha la bolsa que acababa de desprender de su cinturón. Ella se soltó, murmuró algo, probablemente una blasfemia, y desapareció entre la multitud.

—Has hablado en inglés —dijo Belmonte—. Probablemente por eso te tomó por muerto. O al menos por bastante indefenso.

—¿Por qué? ¿Lo de los ingleses muertos, quiero decir?

¿Acaso hay aquí un Gobierno sabio para el que todas las religiones y naciones sean iguales?

—No se debería apostar por la sabiduría o la tolerancia cuando hay motivos más firmes.

—¡Por el amor de Dios! ¿Qué motivos? Eres un cínico.

—Hace siglos, un príncipe inteligente averiguó aquí que podía hacer más y mejores negocios si admitía todas las religiones. Y, como es sabido, todos se mueren alguna vez, por eso aquí disponen del único cementerio para protestantes del católico Mediterráneo. Y para judíos, musulmanes, paganos... todo lo que tú quieras.

—¿Qué voy a querer yo? No morir. Ni aquí ni en ningún sitio. ¿Adónde vamos?

—A ver al hombre experimentado.

—¿A qué se dedica, ese viejo amigo experimentado? ¿Cómo logra vivir de sus sabios consejos?

—Hace negocios. Cuando llego a Livorno, es el que me proporciona provisiones buenas a precios razonables. Y, sobre todo, noticias, de las que luego salen los negocios. Quién está buscando o ha encontrado algo, quién está dispuesto a pagar más por un cargamento especial, a quién hay que preguntar si se quiere saber esto o lo otro.

—Ah. —O'Leary asintió—. Uno de esos.

El sol ya se había puesto cuando llegaron a la casa. Una luz mate salía al callejón por las ventanas. A Belmonte le pareció que la tienda tenía el mismo aspecto de su última visita, hacía seis años: una confusión intemporal de toneles rampantes, jamones colgantes, embutidos apilados y otros víveres, rodeados de toda clase de herramientas y sogas. Puede que su propietario hubiera envejecido un poco; pero quizás esa impresión solo era el efecto de la pobre iluminación.

—Viejo truhan —profirió Belmonte, cuando estuvo a dos pasos del mostrador.

Sin levantar la vista del libro en el que anotaba cifras, el dueño de la confusión dijo:

—Viejo pirata. —Dejó la pluma a un lado, alzó la mirada, sonrió ampliamente, se levantó y gritó—: ¡A mis brazos, cerdo negro! —Rodeó la mesa con los brazos abiertos y fue hacia Belmonte.

—¿Qué nuevo diablo me has traído? —preguntó, cuando terminó el opulento saludo.

—Un diablo irlandés. Fergus O'Leary. Para terminar las presentaciones: este es Marco Castiglione, señor de la miseria y de la abundancia.

—Venid, venid. —Castiglione los empujó a ambos hacia una trastienda en la que, entre mercancías y cachivaches, había sillas, una mesa y la estatua de tamaño natural de una Venus de hermosas nalgas—. Sentaos, voy a cerrar.

O'Leary miró a su alrededor, asintió como si quisiera confirmar una audaz conjetura, sonrió a la Venus y se dejó caer en una de las sillas.

—Se está bien aquí —indicó—. Es casi tan amplio como tu camarote.

Cuando Castiglione volvió a aparecer, traía una botella y tres vasos, uno dentro de otro:

—¿Qué te trae por aquí, viejo amigo? —Sirvió y repartió los vasos—. ¿Suerte o desgracia?

—Como de costumbre, una mezcla de todo —dijo Belmonte—. Pero aclaremos las cosas importantes antes de que nos hundamos en vino y recuerdos.

—¿Hay cosas importantes? ¿Qué puede ser más importante que el vino y los recuerdos?

—Buscamos a un inglés.

—De esos tenemos más que suficientes.

—Smollett —dijo O'Leary.

Castiglione guiñó un ojo.

—¿El escritor?

Belmonte asintió.

—¿Qué pasa con él?

—Lo buscamos para presentarle nuestros respetos y hacerle unas cuantas preguntas.

—¿Preguntas? —Castiglione los miró por encima del borde de su vaso—. No sé si en su estado puede contestar preguntas. O quiere.

—¿Por qué no? —quiso saber el irlandés.

—Está enfermo. Enfermo y débil.

—¿O sea, pobre? —Belmonte alzó una ceja.

—¿Quién ha sido nunca tan cínico? —dijo O'Leary.

—Un amigo de la verdad. —Castiglione rio entre dientes—. No ve las cosas como deberían ser, sino como son. Sí, Smollett es pobre. Y más viejo de lo que tendría que ser. Débil —reiteró, y señaló con el pulgar detrás de sí, por encima del hombro—. Vive en una casa a las afueras, que pertenece a amigos ingleses. En Antignano. Barata, para él. Se supone que aún recuerda esto y aquello. No mucho. —Castiglione se inclinó hacia delante—. Y tampoco es especialmente tratable.

—¿Así que habría que sobornarlo? ¿Para saber algo?

—Digámoslo así: si le envías jamón, embutido y vino, y quizá también un buen asado, te recibirá. Probablemente. Quizá.

O'Leary se movía en su silla.

—Ah. Hum.

—¿Qué le pasa a la silla?

—Nada. —Belmonte resopló ligeramente—. Creo que

no quiere participar de largos regateos. Creo que tiene otros deseos. De poderosa urgencia.

—Ah. Hum —dijo Castiglione—. ¿Dónde queréis pasar la noche?

—Justo —contestó O'Leary.

—Yo aquí, si me puedes alojar como siempre en tu trastero.

—Claro. ¿Vino, larga conversación y luego a dormir? Bien, amigo. Y en lo que a ti concierne... —reflexionó un momento—. ¿Chicas?

O'Leary sonrió y asintió.

—Ven. —Castiglione se puso en pie—. Te llevaré hasta la puerta. Luego ve a la izquierda, y otra vez a la izquierda. Una casa con una terracita y lámparas verdes delante de la puerta. Pregunta por Margherita y dile que te envía Castiglione.

O'Leary se despidió de Belmonte con una cabezada, dio al pasar una palmadita en las nalgas de Venus y siguió al dueño de la casa hasta la puerta.

—Smollett —dijo Belmonte cuando Castiglione volvió a sentarse—. ¿Cómo es que sabes tanto acerca de él?

—Se habla de vez en cuando sobre él. Y sobre otros huéspedes extranjeros. He leído sus libros. No todos, pero me ha divertido. Además... hay que saber todo lo que se pueda si se quieren hacer negocios. Para alguien que no quiere morir de hambre y sin recursos no hay conocimiento inútil.

—Quizá Smollett se ha dedicado a recopilar conocimientos inútiles. Pobre, viejo, enfermo... —Belmonte reflexionó un momento—. Podrías preparar algo para él. Lo que has dicho... jamón, vino, esas cosas. Que uno de tus mozos se lo lleve mañana temprano, con el anuncio de que aquellos de quienes viene el regalo pasarán mañana por su casa, a cambiar unas palabras con el famoso autor.

—Si tú pagas.

—Yo pago.

—¿Qué pasa con el irlandés?

—Es una parte de todo lo que ha sucedido en los últimos años, y que quizás haya que mencionar.

Castiglione volvió a llenar el vaso.

—Menciona, entonces, amigo mío.

Belmonte cerró los ojos un momento para reflexionar, volvió a abrirlos y dijo:

—Me rugen las tripas, Marco. Tan alto que no puedo pensar.

El italiano gruñó por lo bajo, se levantó y empezó a cortar finas lonchas de un jamón colgado con un afilado cuchillo. Sacó de una alacena pan y una bandeja de madera que podía utilizarse como plato y lo señaló sin decir palabra. Luego volvió a sentarse.

Belmonte alargó la mano. Con la boca llena, habló de los años pasados, de tormentas y negocios peligrosos, que lo habían llevado por el Mediterráneo y el Atlántico hasta Islandia por arriba y hasta la Costa de Oro por abajo. Y del último y quinto viaje para rescatar esclavos europeos de las manos de príncipes árabes.

—Sin problemas, esta vez —dijo para terminar—. Hemos podido liquidarlo todo en el mar; no tuve que tocar ningún puerto de Túnez ni más al Oeste.

—Me acuerdo de las historias anteriores —dijo circunspecto Castiglione—. Las de los viajes en busca de documentos y supervivientes que podían contar algo. Mucho más lejos, más aventurero que lo que has hecho últimamente. ¿No lo echas de menos?

—No; eso se acabó. La buena fama del héroe ha sido por fin restablecida. Pero fue costoso. Y... sí, se puede decir que emocionante.

—¿Y todo solamente para procurar una posteridad de fama a tu almirante, ese Blas de Lezo? —dijo Castiglione.

—No solo. Esa era la preocupación de sus descendientes; la mía era hacer cosas para ellos y ganar dinero a cambio. De algo hay que vivir.

—Vuestro rey debería pagaros a ti y a otros por todos vuestros servicios.

—Nuestro rey no tiene dinero. Ya sabes lo que escribió uno de nuestros más grandes poetas: «Don Dinero nace en las Indias honrado, viene a morir a España y es en Génova enterrado.»

Castiglione rio entre dientes.

—Sí, sí, los bancos italianos. Pero nunca he entendido por qué ocurre eso. ¿Tú lo sabes?

—Nuestros antepasados hicieron cosas audaces, pero también eran muy tontos. Parece que la audacia y la necedad se llevan bien, ¿verdad?

—Demasiado verdad. ¿No dijo algo parecido un romano muerto? ¿Que solo quien es lo bastante tonto para no ver el peligro puede hacerle frente, o algo así?

—Puede ser. En cualquier caso, hoy todos sabemos que un país no puede sobrevivir si no cuenta con inteligentes ciudadanos que guarden y acrecienten lo que otros consiguen. Y mi brava España puede haber conquistado y dominado medio mundo, pero cuando se trataba de conservar lo conquistado... Digámoslo así: ha habido muchos campesinos, algunos grandes guerreros, gran cantidad de políticos inútiles, numerosos nobles aburridos e innumerables curas ociosos.

—Bueno, tan ociosos no estaban; cuando pienso en la Inquisición...

—Eso también lo había en otros lugares. En cualquier caso, no hicieron nada por cuidar el país. Soldados, conquistadores, buenos marineros, armadores, pescadores y campesinos. Lo demás que se necesita para la vida, artesanos, banqueros, comerciantes, lo eran sobre todo los judíos y los moros que expulsamos, cuando no los matamos. De ahí nos vienen todos esos ricachones italianos, en cuyos sótanos termina enterrado el oro americano. Mi almirante era un gran guerrero y un buen marino, pero venía de una familia en absoluto noble, y mucho menos rica. El rey apenas le pagó por sus servicios, y el virrey de Cartagena se encargó de que él, perteneciente a la alta nobleza, se quedara con toda la fama que le correspondía al almirante.

Estuvieron aún un rato hablando de unas cosas y otras, hasta que Castiglione bostezó.

—¿Y tú, amigo? —preguntó—. ¿Cómo están tu cuerpo y tus necesidades? Disfruto de nuestra conversación, pero también tú llevas mucho tiempo en el mar y has tenido que conformarte con los encantadores rostros de tus marineros. Si quieres ir a regocijarte con las bellezas de la ciudad, lo comprendería perfectamente.

—Veo que no te tomas la molestia de reprimir tus bostezos.

—En verdad ha sido un largo día, pero...

Belmonte alzó la mano.

—Dejémoslo así; me iré enseguida. Dime únicamente dos cosas más.

—Sin duda la duquesa estará encantada de verte. —Castiglione sonrió y guiñó un ojo—. Tan solo deberías avisarla a tiempo. Como sabes, no eres el único que visita su casa a veces.

—Gracias, querido consejero; ¿puedes encargarte de eso?

—¿Cómo te gustaría que lo hiciera?

Belmonte bajó la vista hacia su propio cuerpo.

—La urgencia no cederá si la cultivo hasta mañana, y solo me acercaré a la noble dama después de un baño a conciencia y con ropa nueva.

—Mañana temprano le enviaré flores, y te anunciaré para media mañana. ¿Está bien así?

—Magnífico.

—¿Y la segunda cosa que debo decirte?

—Necesito cierta información que tiene que ver con la guerra entre Inglaterra y España en el Caribe. Ya sabes, hace treinta años, la catástrofe de Cartagena.

—Eso es lo que dice el lado inglés; para ti fue una victoria.

—Supongo que solo un inglés sabe lo que quiero saber.

—¿Por eso queréis ir a ver al señor Smollett? Él tomó parte en esa guerra.

—También, sí, pero quizás haya otros. Viejos soldados o marineros. Ahí fuera sigue habiendo barcos ingleses.

Castiglione pareció reflexionar; luego le describió el camino hacia varias tabernas por las que los ingleses sentían predilección.

—Puede ser que... Espera. Creo que alguien me ha hablado de un viejo marinero que perdió una mano en Portobello y cuenta historias terribles. ¿Algo así?

Belmonte se puso en pie.

—Quizá. Y quizá no. Veremos. Gracias por todo, amigo; pasado mañana, después de la visita a Smollett, tendremos una conversación más larga.

—Será, como siempre, un placer para mí.

—Ah, otra cosa. ¿Puedo dejar esta carpeta aquí hasta mañana por la mañana? No debería andar por las tabernas.

Castiglione cogió la carpeta y la deslizó bajo un estante.

—Ya está; no bebas tanto como para no saber dónde está mañana, ¿me oyes? Tengo cosas que hacer, y no estaré de vuelta para recordártelo. Ah, toma, la llave de la puerta de atrás.

# La canción de Portobello

*As near Porto-Bello lying*
*On the gently swelling flood,*
*At midnight with streamers flying*
*Our triumphant navy rode;*
*There while Vernon sate all-glorious*
*From the Spaniard's late defeat;*
*And his crews, with shouts victorious,*
*Drank success to England's fleet...*

(Cuando, cerca de Portobello, con banderas al
viento se mecía nuestra triunfante armada sobre las
suaves olas donde Vernon gozaba glorioso de la última derrota española, y sus tripulaciones brinda-
ban victoriosas por el éxito de la flota inglesa...)

RICHARD GLOVER,
*Admiral Hosier's Ghost* (1740)

En las dos primeras tabernas a las que acudió, tomó
unos tragos de vino y escuchó las conversaciones, pero no

tuvo la impresión de poder averiguar nada sobre poetas escoceses o guerras alejadas en el tiempo. Delante de la tercera taberna, le rozó algo parecido a un soplo: sonidos convertidos en viento. Dentro, marineros ingleses cantaban a gritos una canción que él conocía y odiaba, la balada del fantasma del almirante Hosier. Un tipo llamado Glover, de cuyo nombre no lograba acordarse (¿Richard? ¿Robert?, algo con R), había compuesto hacía años aquel texto patriótico, que no se dejaba cantar especialmente bien, por lo que se cambiaban los versos a voluntad, lo que lo hacía aún más desagradable.

Belmonte chasqueó ligeramente la lengua y entró. Por entre una muralla de olores (cerveza, vino, sudor, tabaco barato, pies putrefactos), se abrió paso hasta la barra. El local, iluminado por unas cuantas velas, ofrecía espacio a quizá treinta personas, pero en él se apiñaban al menos cincuenta, y alrededor de la mitad de ellas intentaba con mayor o menor fortuna encontrar el tono para rugir aquel texto. Trataba de la gloriosa victoria de Britania en Portobello; el almirante Vernon y sus hombres celebraban el triunfo sobre los españoles, cuando, a medianoche, aparecían los fantasmas y transformaban la embriaguez en horror: el fantasma del almirante Hosier, seguido por miles de pálidas sombras. Les encargaba a los vencedores que, en Inglaterra, cuidaran de que no se olvidaran de él, y de su gente muerta absurdamente de fiebres y otras enfermedades, y que se les honrara al menos a posteriori un poco, porque, si un vergonzoso gobierno no los hubiera condenado a la inactividad, Portobello habría caído ya entonces en sus manos, como ahora había caído en las de lord Vernon.

En medio del estrépito, Belmonte consiguió indicar

con gestos al tabernero que quería un vaso de vino. El hombre, que al parecer también era inglés, lo miró con desconfianza mientras llenaba el vaso con el líquido de una jarra. Belmonte dejó una moneda encima de la mesa, alzó el vaso, guiñó un ojo y bebió. Cuando el posadero dejó caer algunas monedas pequeñas en un charco de vino, Belmonte cogió la mitad, señaló el resto y luego al posadero. En ese momento terminaron los rugidos, la balada había sido acuchillada con éxito, y cuando, entre el pataleo con el que los hombres se aplaudían a sí mismos, se dejaron oír los sonidos de un violín, en el que un músico empezó a tocar una rápida giga, Belmonte se inclinó hacia delante y dijo, con un acento *cockney* no demasiado intenso:

—Hay un poco de ruido aquí, ¿eh? Gracias por el vino, compañero; ponme otro.

La desconfianza desapareció de los ojos del posadero, el hombre respondió al guiño y volvió a llenar el vaso. La calderilla que quedaba en el charco parecía bastar.

Más a la derecha, alguien decía, con voz grave y ronca:

—Yo estuve allí, chicos, y os digo que no hubo espíritus ni fantasmas. Vernon, al que el diablo se lleve, no tenía ninguno, y Hosier no se dejó ver.

Alguien gritó:

—¡Cállate, Danny, ya conocemos la historia!

Otros tantos, probablemente nuevos en la ronda, lo acallaron chistando, y dos o tres gritaron:

—¡Que cuente!

Alrededor de una docena de marinos británicos salieron de la taberna.

—No lo aguanto otra vez —dijo uno—. Vámonos, habrá algo que beber en otro sitio.

El local no quedó mucho más vacío con su marcha, pero al menos Belmonte alcanzó a ver al hombre que iba a hablar de Portobello. Tenía que tener más de cincuenta años; su rostro parecía provisional, como si le hubieran pegado las distintas piezas. Bajo la enorme nariz, que al menos había sido rota una vez y cambiaba dos veces de dirección entre la frente y el labio superior, se asentaba una boca diminuta, en la que solo había cuatro dientes visibles. La ceja derecha era una espesura boscosa, la izquierda faltaba a consecuencia de una fea quemadura, que había depilado y teñido de rojo de forma permanente la mejilla izquierda, mientras que en la derecha proliferaba una barba de un blanco ceniciento. En la mano derecha sostenía un vaso al que daba vueltas para demostrar que estaba vacío; el brazo izquierdo terminaba en un garfio.

—Tengo la garganta seca —espetó.

Belmonte hizo una seña al posadero con la cabeza y empujó otra moneda hacia él.

El violinista, que estaba sentado junto al sediento, había dejado a un lado el instrumento. Se esperó hasta que el vaso pasó de mano en mano y llegó a su destinatario. Un murmullo pastoso llenó la estancia. El músico volvió a empuñar el violín y produjo un triple sonido desafinado. Alguien gritó:

—¡Silencio para Danny!

Danny levantó el vaso.

—Salud al donante —dijo.

Belmonte silbó entre dientes.

—Si tu historia no es buena —declaró en voz alta—, tendrás que volver a escupirlo.

—Es buena, pero no hermosa.

—Suéltala —dijo alguien que estaba cerca de la puerta.

Danny carraspeó.

—Vernon —dijo—. Lord Vernon. Dijo que necesitaba seis barcos para tomar Portobello. Se los dieron, y con ellos nos fuimos a la costa de Panamá. ¿Sabéis por qué era tan importante Portobello?

Algunos asintieron o gimieron, pero la mayoría no parecían saberlo.

—Nooo, dilo —gritó uno.

—Oro —dijo Danny. Se lamió los labios—. Oro y plata. Y piedras preciosas, todo lo que los *dagos* roban en Sudamérica. Lo llevan en barcos de Perú a Panamá, luego por tierra desde el Pacífico hasta Portobello, y entonces las grandes flotas de los tesoros lo recogen y lo llevan a España. Guardacostas, un puerto angosto con fortificaciones a derecha e izquierda, y unas cuantas baterías extras. Y nosotros queremos entrar con seis barcos.

Un joven dijo:

—¿Grandes? ¿Pequeños? ¿Con morteros? ¿Bombardas? ¿O qué?

—No, navíos de dos y tres puentes. Navíos de línea. Cuando, como tú, no se va nunca más que en gordos mercantes, no se sabe lo que es eso.

—Sí, sí —indicó el más joven riendo entre dientes—. Con vosotros siempre se va apretado, he oído decir, quince pulgadas de espacio por hombre bajo cubierta, ¿eh? Y manutención de primera clase. ¿Qué tal saben los gusanos con pan duro?

—Los sacudimos primero, idiota. —Danny tuvo que alzar la voz para superar un gemido general que claramente no se refería a los gusanos, sino al ignorante marinero mercante—. Bueno, pues arribamos el veinte de noviembre, con un bochornazo. Apestaba bastante debajo de cubierta, más que de costumbre, pero a nadie le molestaba, porque solo pensábamos en la mañana siguiente. Pensar, sabes, atasca la nariz; por eso los señores no piensan mucho, o no podrían hablar con las narices.

—¿Vas a hablarnos de Portobello o de las narices del almirantazgo?

—De Portobello. Por la mañana pudimos ver bien lo que nos esperaba..., todas esas baterías a derecha e izquierda, por encima y por debajo, pero... Bueno, si todo se hacía bien, allí no entraría ningún barco. Todo lo que pasara por allí sería tiroteado, rasgado y hundido. Pero los *dagos* tenían aquello bastante abandonado. Ya nos lo habían contado en Jamaica: desertores y espías, claro. Se supone que su gobernador, el de Panamá, llevaba años escribiendo al rey a Madrid, pidiendo más dinero, más hombres, más munición, por favor, por favor, pero no había conseguido nada.

—¿Nada de nada?

—Bueno, casi nada. Pero continúo. Teníamos que entrar al puerto, esa era la orden, y cerca de la fortaleza de la orilla sur; eso es nuestro lado de estribor.

Algunos de los marineros gruñeron y empezaron a cuchichear. Uno de ellos dijo:

—Creía que eso estaba en la costa norte de Panamá.

—Cierto, pero la bahía se abre hacia el Oeste. Así que navegamos hacia el Este, ¿está claro? Y bastante cerca de la orilla sur. De ese modo seguíamos alejados de las baterías de la orilla norte; los chicos de la fortaleza que teníamos encima no podían utilizar los cañones porque estábamos demasiado profundos para ellos, y la batería de la costa recibiría saludos cariñosos de nuestros cañones de estribor. La ciudad está en la orilla sur de la bahía, así que cuando pasamos de largo la fortaleza ya casi estábamos ahí. ¿Está claro? Bien; sigo. Acabamos de enviar nuestra primera ronda de saludos a los españoles, y con el tiroteo no nos damos cuenta de que casi no nos devuelven nada. De pronto el viento se para, y nos quedamos clavados exactamente delante de las dos fortalezas construidas una encima de la otra en la orilla sur. Sí.

Danny hizo una pausa, vació su vaso y lo levantó, agitándolo en el aire.

—¡Sigue, hombre! —gritó uno.

—Algo para el gaznate; si no, no es posible.

Alguien al extremo de la barra gimió y estampó una moneda en el tablero. El siguiente vaso lleno pasó de mano en mano.

—Ah, así es mejor. —Danny dejó el vaso y se secó la boca con la mano sana—. Así que íbamos sin viento, con un poquito de impulso que nos quedaba, pasando por delante de varias filas de cañones, y cuando llegamos de verdad allí... Como siempre, hay algún gracioso que canturrea en ese momento «Bendito sea lo que nos has dado», y media cubierta ruge: «¡Amén!». Pero de los *dagos* no viene gran cosa, solo un poco de fusilería. Nosotros seguimos disparando, y nuestros infantes de marina bajan de los muros a unos cuantos españoles con los mosquetes.

—Pero ¿por qué no disparan? —preguntaron varios oyentes a la vez.

—Enseguida llego a eso, muchachos. Como estamos en una calma chicha, nos llegan nuevas órdenes..., señales con banderas del almirante a todos: ¡A los botes, al ataque! Y eso hacemos. Entretanto caen al agua, a nuestro alrededor, unas cuantas balas de cañón, y a unos cuantos de los nuestros les toca algo de los mosquetes españoles, pero no es gran cosa. Todavía me acuerdo de estar al pie de la batería, con la cabeza echada hacia atrás, por encima de mí, el muro y un cañón, y arriba del todo, el cielo azul, y en ese momento pienso que un pelícano que pasa volando tiene un aspecto muy gracioso y que ojalá no se cague ahora, y entonces tiramos los garfios por encima de los muros y empezamos a trepar, siempre arriba, y el que va delante de mí resbala y se descuelga y me rompe la nariz con su calloso pie, pero solo me doy cuenta después, y nosotros subimos y nos colamos por las saeteras y otros huecos libres...

—¡Almenas! —grita alguien.

—Como quieras. Los primeros que llegan arriba se lanzan a por los *dagos* con sables y dagas, y los siguientes empiezan a tirar de los torpes muchachos de la infantería de marina. Y todo se acaba. Unos cuantos *dagos* muertos, la mayoría se largan, el resto se entrega.

Silencio. Finalmente, el joven marinero del barco mercante dijo:

—¿Y eso es todo? ¿La gran victoria de Portobello? —sonaba más indignado que decepcionado.

—Eso fue, sí. O casi. Los barcos calentaron un poquito las otras baterías, hasta por la tarde, y al día siguiente habían capitulado las otras fortalezas y la ciudad.

Después de una corta pausa, un marinero entrado en años dijo:

—No puede ser. ¿Para eso todo el gasto y el alboroto en casa?

—De eso me enteré después. —Danny resopló—. Todo Londres tiene que haberlo celebrado como si hubiera sido algo. Fuegos artificiales, fiestas y campanas y todo eso.

Y creo que fue entonces cuando tocaron y cantaron esa canción por primera vez, ¿no?

El violinista se llevó a la cara el instrumento y tocó los primeros acordes de *Rule, Britannia*, pero al parecer nadie quería cantar.

Danny alzó la mano con el garfio y la agitó en el aire.

—Este fue mi regalito —dijo—. No hubo mucho más. ¡Oro y plata, ja! Apenas había nada en la ciudad, no sacamos más que unas pocas monedas para cada uno. Supongo que los oficiales y el almirante se llevaron más.

—¿Qué pasó con la mano?

—Tenían un montón de cañones de bronce; los empaquetamos, con lacitos, para los señores de Londres. E inutilizamos los cañones de hierro. Pero uno de nuestros muchachos tuvo que ponerse a fumar un cigarro cuando estábamos trasladando la munición. Y se llevó mi mano y mi belleza —dijo tocándose con el garfio la mejilla desfigurada—. Pero el muchacho quedó despedazado, se ahorró la paliza que yo le hubiese dado, y seguramente también el gato de nueve colas.

—¿Y ya está? —se quejó otra vez el joven marinero—. ¿Por tan poca cosa existen ahora *Portobello Farm* y *Rule, Britannia* y todo eso?

Al violinista debió de parecerle que ya habían hablado bastante, y quizás había oído ya mil veces la historia de Danny; en cualquier caso, empezó a tocar, algo lento, que Belmonte no conocía. Algunos cantaron con él, la mayoría enterró la cara en los vasos.

Danny siguió hablando, pero su voz se perdía entre las charlas y el sonido del violín antes de llegar donde estaba Belmonte. Quizá más tarde, cuando el espacio en torno al viejo marinero se aclarase un poco, podría conseguir algunas respuestas. Respuestas a algunas de las numerosas preguntas que quería hacerle. Sabía que la expedición de Portobello, celebrada con entusiasmo en Inglaterra, había sido absurda desde el punto de vista militar, y desde el económico había sido una pérdida para los británicos. Los españoles habían estado dormitando a conciencia y se lo habían puesto fácil a los ingleses; cuando se produjo el ataque del almirante Vernon, casi dos tercios de los de alrededor de doscientos cañones de las fortalezas estaban inutilizables, la mayoría incluso carecían de cureñas —porque en ese húmedo clima tropical la madera se pudría deprisa— y, con treinta y cinco hombres, la guarnición estaba muy por debajo de la fuerza mínima prevista para tiempo de paz. Vernon había recibido, el 19 de julio de 1739, la orden de atacar los asentamientos españoles en las Indias Occidentales y perturbar por todos los medios las comunicaciones marítimas de España. Con esas órdenes había salido de Inglaterra; sin embargo, la declaración de guerra no tuvo lugar hasta el 19 de octubre, y probablemente el día del ataque, el 21 de noviembre, en Portobello aún no se sabía nada de ella. Un largo camino desde Madrid hasta uno de los puertos atlánticos, un camino muy largo desde allí hasta La Habana o Cartagena, y Portobello aún estaba más lejos y probablemente lo ignoraba todo en el momento del ataque.

Belmonte se rascó la barba, que empezaba a crecer. Durante unos instantes dudó de si vaciar el vaso y salir de la taberna o esperar un momento tranquilo para formular unas cuantas preguntas al viejo marinero. Preguntas que no tenían nada que ver con la reparación y mejor equipamiento de las fortalezas de Portobello poco después del asalto de Vernon; preguntas a las que probablemente Danny no iba a poder contestar. Aun así... «quien nada intenta nada averigua», se dijo.

Así que siguió bebiendo lentamente, pensó en Colón, que había llamado «Puerto Bello» a la bahía, se preguntó por qué hoy se escribía Portobelo, sonrió al pensar en las letras perdidas, intercambió unas palabras con el posadero y se enteró de que hacía una década que gestionaba esa taberna en Livorno, después de haber comprado la licencia a un mercader de Levante.

—¿Aquí solo beben ingleses, o también otros?

El posadero se sorbió el contenido de la nariz.

—Irlandeses, escoceces, galeses... —contestó.

—¿Italianos?

—Nooo. Se van a beber a otro sitio. Aquí solo se habla inglés.

—¿Qué pasaría si apareciera, digamos, un español?

—Supongo que estos —señaló con la cabeza a su clientela— primero lo molerían a palos y luego se emborracharían con él. Si es que en ese momento no hay guerra. ¿De dónde vienes? Suenas como de Londres, pero tu piel...

—Estuve mucho tiempo en Virginia, y luego en Jamaica. Allí hay más sol.

Poco después, algunos de los marinos se fueron; algunos se tambaleaban visiblemente, y tenían que ser sostenidos. Entraron nuevos huéspedes, y antes de que pudieran repartirse, Belmonte pidió otro vaso y lo llevó al rincón en el que Danny se sentaba no lejos del violinista y seguía el compás de la música con los ojos cerrados.

—Seguro que aún tienes sed —dijo Belmonte. Se sentó en un tocón de madera junto a Danny.

El viejo abrió los ojos.

—¿Sed? Siempre. Gracias, compañero. —Parecía casi

sobrio, y al parecer no tenía dificultades para envolver su lengua en palabras.

—¿Dónde te pusieron ese garfio tan bueno?

Danny bebió y eructó.

—En Port Royal —dijo—. Allí había un médico; me ofreció también una mano de cuero suave. Pero había que pagarla aparte.

—¿Port Royal..., el hospital? ¿Un poquito a las afueras, en dirección a Spanish Town?

—Conoces aquello, ¿eh? ¿Has estado allí enfermo alguna vez?

—No, visitando a alguien. Ahora me acuerdo de que un viejo amigo me contó algo acerca de un irlandés loco...

Danny gruñó.

—Todos los irlandeses están locos.

—Eso dicen ellos de nosotros.

—¿Qué pasa con tu viejo amigo?

—Bueno, pues el irlandés... Dime, ¿cuándo estuviste allí?

—Después de Portobello. Y otra vez después de Cartagena.

—¿Es decir, en la primavera del cuarenta y uno?

Danny asintió.

—Entonces también tuvo que estar el irlandés. Murió en el hospital. Y dicen que contaba historias increíbles.

Danny se encogió de hombros.

—Todos lo hacen. Cuentan historias increíbles, y se mueren de todos modos. ¿Por qué me lo cuentas?

—Por hablar de algo. Dicen que al final deliraba con algo de un tesoro que podía encontrarse en alguna parte del interior, detrás de Cartagena. ¿Sabes algo de eso?

—Nooo. Y créeme, lo sabría.

—Creo que el encargado era un médico llamado Smollett.

Danny alzó el vaso vacío.

—El mío, quiero decir el médico, se llamaba Lawrence. No sé nada del tuyo. ¿Otro vaso?

# Un amable recibimiento

Nací en la parte norte de este reino unido, en casa de mi abuelo, un *gentleman* con un considerable patrimonio e influencia, que se había distinguido en muchas ocasiones en pro de su país y gozaba de notables conocimientos jurídicos, que aplicaba con gran éxito en su puesto de juez, especialmente contra los mendigos, hacia los que sentía una fuerte aversión.

THOMAS SMOLLETT,
*Las aventuras de Roderick Random*

Abrió la puertecita trasera con la llave que Castiglione le había dado. Volvió a cerrar por dentro y avanzó a tientas en la oscuridad hasta el artefacto que Marco llamaba no-cama, y en el que pasaba la noche de vez en cuando, cuando a la mañana siguiente tenía que estar muy temprano en la tienda o cuando en casa «el dragón está despierto y no me deja dormir, sino que destruye la noche con sus disputas».

Incluso sin dragos discutidores, Belmonte apenas concilió el sueño. La empresa, esbozada a bordo con mano ligera, le parecía cada vez más insensata. Como si el suelo vacilante del barco sobre las olas fuera adecuado para fantasías vacilantes y bailonas, que ahora, en la tierra firme de Livorno, se revelaban trompicones de gente con los pies torcidos. Oro y esmeraldas en una grieta en las rocas. Un médico que quizá se acordaba después de treinta años de algo cuya importancia no podía saber. Un médico que hacía mucho que no lo era, y que había convertido sus recuerdos en novelas. ¿Viajar a América para eso? Los gastos del viaje, el salario de los marineros, las provisiones necesarias, las inventadas razones con las que tenía que conseguir en Cádiz el registro de la mercancía y los permisos, las tormentas, las olas y las enfermedades, los piratas ingleses, franceses u holandeses. Gimió en la oscuridad, se volvió del otro lado y trató de concentrarse en el encuentro con el gobernador y los mercaderes. Todo puramente comercial, listas de nombres, los nombres de los dos que habían muerto antes de poder rescatarlos, el resto del dinero. Quizás una nueva relación comercial, o problemas.

Para distraerse, pensó en la duquesa. Francesa, viuda de un comerciante francés muerto en Livorno. Podía estar al final de la treintena, y al contar los años que hacía que la conocía se relajó imperceptiblemente. Había gestionado en Marsella un pequeño y refinado burdel, se había casado con el comerciante, no había tenido hijos y había venido con él a Livorno, donde poseía, a las afueras de la ciudad, una bella casa que una vez había pertenecido a una duquesa... Después de su muerte, ella había vendido el negocio propiamente dicho y reanudado su antigua industria en la hermosa casa, y debido a la casa la llamaban duquesa, y en realidad hacía mucho tiempo que ella no trabajaba, salvo si le apetecía, y mientras él pensaba en un baño caliente y en la ropa limpia, que, una vez allí, se quitaría lo antes posible para perderse en los exquisitos campos ducales, se quedó dormido.

Castiglione todavía no se había dejado ver cuando Belmonte abandonó su alojamiento de emergencia y, con la carpeta bajo el brazo, buscó una taberna en la que hubiera buena bollería y café fuerte. Luego se hizo arreglar por un barbero.

El encuentro con los comerciantes, los diplomáticos y el gobernador de la ciudad discurrió más o menos como había imaginado. No hubo problemas: se revisaron las listas, se recibió el resto del dinero, se expidieron recibos, le dieron las gracias y le desearon todo lo mejor en sus futuros negocios. ¿Cuál era el destino de su próximo viaje? Cuando mencionó Cádiz, uno de los mercaderes alemanes dijo que un catalán cuyo barco había sido devorado por los gusanos le había dejado una gran cantidad de finas copas, jarrones y otros recipientes que un mercader de Málaga estaba esperando, y preguntó si quizá podían hablar de ello. Belmonte concertó una cita con él para dos días más tarde, deseó felicidad y prosperidad a los caballeros y se fue a casa de la duquesa.

O'Leary esperaba en el muelle, según lo acordado. Belmonte intercambió unas palabras con el barquero Falconetti, que tan solo tenía de Ortiz el mensaje «sin novedad a bordo».

El irlandés se sentó en un noray y miró fijamente las sucias aguas hasta que Belmonte y Falconetti terminaron.

—Alegría por todas partes —dijo cuando se levantó—. Se podría pensar que has dejado atrás unas cuantas horas agradables.

—Deja de parlotear y coge esto. —Belmonte le tendió una bolsa de rafia con cuatro botellas de vino y un pan recién hecho.

—¿Más vino aún? Yo creía que Castiglione...

—Lo hizo. Vino y jamón y unos cuantos pollos muertos y más cosas, pero el vino nunca hace daño.

—Eh —indicó O'Leary—. ¿A qué distancia estamos?

—Milla y media.

—¿Y tengo que hacer yo todo el camino?

—Eres más joven que yo, y yo soy el capitán.

—Ay, ay, señor.

—¿Has oído alguna cosa más? ¿Has sabido algo?

O'Leary rio entre dientes.

—Solo que al parecer Smollett es pendenciero y gruñón. Alguien dice que es incapaz de no empezar una pelea. Y otros se preguntan cómo lo aguanta su mujer.

—Probablemente no le queda más remedio, aquí en el extranjero.

—Puede ser. En cualquier caso, dicen que es muy cordial. Tratable. Amable. Y se supone que él ha dicho alguna vez que es tonta.

Belmonte rio.

—El importante poeta es un perro gruñón... Pero, si es algo así como misógino, probablemente tomará por tontos a todos los que le sonrían de vez en cuando, en lugar de enseñarle los dientes.

—Aparte de toda la cháchara y un par de observaciones por tu parte, no sé nada de ese gran hombre al que vamos a visitar. Gruñón, pobre, escritor. Podrías contarme algo acerca de él por el camino. Para que no quede como el último de los imbéciles.

—¿Qué quieres saber? ¿Quieres que te cuente el contenido de todas sus novelas? Tampoco las he leído todas.

—No. Pero quizás algo de su vida, en líneas generales.

—Bueno, no sé mucho. Tampoco es importante. La vida de los escritores, quiero decir; lo que cuenta son las obras.

—Puede ser; pero vamos a ver a un hombre, no a sus libros.

Belmonte estuvo reflexionando durante sus siguientes pasos. El camino ascendía con suavidad, pasaba por huertos y pequeños sembrados. Aquí y allá había cabañas, ya fueran para trabajadores de la tierra o para aperos. Había calma chicha, cálida, pero no desagradable. Un gavilán se cernía sobre un sembrado, más arriba.

—Bien —dijo por fin Belmonte—. Es, si no me equivoco, uno de los varios hijos de un escocés que no se casó conforme a su condición social y que por eso fue más o menos desheredado por su padre, es decir, el abuelo del escritor. Quizá simplemente no le gustó la esposa; no lo sé. En cualquier caso, no había mucho dinero. Tobias Smollett quería escribir, estudió toda clase de cosas, estudió medicina con varios médicos, luego se marchó de Escocia a Londres, creo que de hecho hizo a pie la mayor parte del camino. Más tarde (de algo hay que vivir) aceptó un puesto de ayudante médico a bordo de un barco que unía a la flota del Caribe, estuvo en la operación de Cartagena, conoció en Jamaica a una mujer, unos años después se la llevó a Londres, se casó con ella, y entonces se puso a escribir. ¿Te basta con eso?

—Veremos. Así, como resumen... es un poquito breve, pero quizás él nos contará más. ¿La mujer de Jamaica es la que se supone que es amable y tonta?

—Creo que sí; al menos no tengo noticia de ningún divorcio ni muerte. Bueno, sí que hubo una muerte: tuvieron una hija, que murió joven. Y recuerdo haber oído o leído en alguna parte que la mujer tenía que recibir una dote importante. Algo así como tres mil libras.

O'Leary silbó entre dientes.

—Mucho dinero. Pero «tenía» significa que al final no recibió nada, ¿no?

—Creo que hubo pleitos, y al final todo terminó en nada.

La casita estaba en una ladera, muy a las afueras de Livorno. Una vieja italiana, probablemente una criada, abrió en respuesta a su terca insistencia y cogió el bolso con el pan y el vino. Los guio por un pasillo de azulejos desiguales hasta una puerta abierta tras de la que se abría un exuberante jardín, como dijo O'Leary a media voz, repantigado al sol. Al salir de la casa, disfrutaron de una espléndida vista hacia el suroeste, casas de campo desperdigadas y el mar.

Tobias Smollett se levantó de un sillón de mimbre situado debajo de unos árboles, junto a otros asientos y una mesa de madera. Belmonte se esforzó por no mostrar el espanto con el que observó su rostro consumido. Se dijo que Smollett era unos meses más joven que él, y esperó no sentirse tan viejo si algún día llegaba a serlo tanto como Smollett parecía. Viejo y enfermo.

Pero la voz era fuerte:

—Los nobles remitentes de las placenteras comidas y bebidas, supongo —dijo Smollet. Cuando señaló con un movimiento de la mano los asientos libres, Belmonte vio los remiendos en la manga de la raída levita—. ¿A qué debo el placer... si es que lo es? ¿Y quién es usted?

—Osvaldo Belmonte, capitán del pailebote *Santa Catalina*, y Fergus O'Leary, mi segundo oficial.

—¿Un *dago* y una rata de pantano irlandesa? Aun así, siéntense. —Smollett se dejó caer en el sillón—. ¿Qué es lo que quieren comprar con jamón y vino? Supongo que no han venido para disfrutar de las vistas o para decirme que admiran mis libros.

Volviéndose a la criada, que se había quedado a unos pasos de distancia, pronunció unas cuantas palabras en un italiano estremecedor. Belmonte adivinó más que entendió que le pedía vino, agua, pan y fruta. Ella giró sobre sus talones y regresó al interior de la casa.

—La mujer no está —aclaró Smollett, como si hablara de un insecto—. Ayer y esta mañana probó vuestros amables regalos. Me manda decirles que le supieron bien y que los agradece.

—Lo lamento —dijo Belmonte.

—¿El qué? ¿Que le hayan gustado?

—Que no esté. Sin duda la presencia de una amable dama haría menos desagradable el trato con su grosero marido.

O'Leary hizo una mueca, pero no dijo nada.

Smollett enseñó los dientes. Estaban amarillentos, y entre ellos se veían huecos.

—Me alegro, me alegro. Si me importaran algo, podría decirme aburridas cortesías a mí mismo delante del espejo. Así que... ¿qué quiere de mí?

—Admirar su desflecado sombrero de paja —indicó Belmonte—. Y comprobar si su memoria es mejor que sus modales.

—Esto no empieza bien —suspiró O'Leary—. ¿Podemos empezar otra vez desde el principio? ¿Me alegro de verlo, noble poeta, o algo así?

—El español lo está haciendo muy bien —reconoció Smollett—. ¿Cómo es que su inglés no tiene acento? No suele ser el caso entre sus compatriotas.

—Lo sé. La mayoría hablan casi tan mal el inglés como usted el italiano, si acaso. Mi madre es de Londres.

—¿Así que es medio español, medio inglés? Lo siento por usted, pero es mejor que ser completamente irlandés.

O'Leary se reclinó en su asiento y cruzó los brazos delante del pecho. Parecía un muro defensivo, desde el que lanzó una mirada a Belmonte que decía algo así como «hazlo tú; yo no quiero».

—Venimos a saquear su memoria, *mister* —dijo Belmonte—. Al final, es posible que salga algo de esto para todos.

—¿El qué?

—Dinero. Mucho dinero.

Fue una inspiración repentina, y en absoluto preparada. Belmonte vio temblar la ceja izquierda de O'Leary. Si hay algo que sacar de aquí, pensó, quizás esa sea la forma.

—Hábleme de todo ese dinero.

La criada vino con una bandeja llena de jarras, copas y fruta, la puso encima de la mesa y se fue. Belmonte estaba seguro de que la habría dejado caer en la mesa de haber sido posible.

—Alguien podría haberle dicho algo que puede conducirnos hasta un tesoro. Si lo averiguásemos con ayuda de su memoria, lo compartiríamos con usted.

—Ah, ah, ah. —Smollett movió la cabeza—. Debería saber que los escritores tenemos una memoria imaginativa y solo respetamos los hechos en la medida en que no perturban la historia.

O'Leary se echó a reír, se levantó y tendió las manos hacia las jarras y las copas.

—Creo que es usted un monstruo —dijo—. ¿Puedo servir?

—Adelante. Un irlandés puede servir de esclavo copero. ¿Dónde se supone que se encuentra ese tesoro?

—Más allá de Cartagena —dijo Belmonte.

Smollet se inclinó hacia delante y abrió los ojos de par en par.

—¿Cartagena? Oh, la perdida juventud... Pero yo no he pisado esa tierra. Qué...

Belmonte lo interrumpió con un gesto.

—Déjeme terminar, *mister*. Su *Roderick Random* es uno de mis libros favoritos desde hace años. Por eso sé que vio unas cuantas cosas en la expedición de Vernon. Y oyó otras. Aquí se trata más de oír que de ver, y la tierra que usted tiene que haber pisado sería Jamaica.

—¿Jamaica? —Smollett cerró los ojos; algo parecido a una sonrisa transfigurada sobrevoló sus marcados rasgos—. Una vez más, oh, juventud perdida. La mujer es de allí..., la mujer a la que amo, aunque es necia. O quizá por eso.

O'Leary había servido vino con un poco de agua en las copas y tendió una de ellas al poeta.

—Beba, monstruo —dijo—. Aún no sé si voy a compartir mis esmeraldas con usted.

—¿Esmeraldas? Humm. Esmeraldas... ¿Y qué se supone que tengo yo que ver con sus esmeraldas?

—Usted fue médico en un hospital a las afueras de Kingston, ¿no? Después del asunto de Cartagena.

Smollett asintió y miró de arriba abajo al irlandés.

—¿Y?

—Mi padre murió allí.

—Allí murieron muchos; ¿quiere que me acuerde de cada pisapantanos irlandés al que allané el camino hacia el Más Allá? Si es que dejan entrar a los irlandeses.

—Es usted un mierda arrogante, ¿lo sabe?

Smollett rio entre dientes.

—¡Por fin lo dice alguien! ¿Qué pasa con su padre? ¿Con ese irlandés muerto?

—Murió entre sus manos, y dijo algo que podría ayudar a encontrar el tesoro.

Smollett guardó silencio. O'Leary volvió a sentarse, movió la cabeza y bebió. Belmonte cerró los ojos y escuchó las cigarras y el susurro de la brisa entre las ramas.

—Humm —dijo Smollett al cabo de un rato—. Tuvimos abundantes irlandeses muertos. Pero... no me acuerdo de nada que pudiera ayudarles. —Levantó la mano cuando O'Leary iba a decir algo—. Un momento, camorrista. Eso aún no significa nada. Podría ser...

—¿Qué? —dijo Belmonte, cogiendo la copa.

—Cuando se ha visto mucho, se olvida mucho; simplemente es así. Algunas de las cosas que uno recuerda ni siquiera las ha vivido, sino que ha pensado en ellas.

—¿Y en qué nos ayuda eso?

—Aún no lo sé. —Smollett cruzó las manos delante del vientre—. Usted ya sabe, si ha leído mi *Roddy*, que he visto mucho, escrito mucho e inventado mucho. Aludes, se podría decir, bajo los que posiblemente haya oculto algo. Enterrado, barrido.

—Durante mi cautividad, a menudo he pensado en cosas antiguas y se las he contado a mis compañeros de sufrimientos —dijo O'Leary—. Y, al contarlas, se me han ocurrido otras cosas que había olvidado. Que creía haber olvidado.

—¿Qué es eso de la cautividad? ¿Quién cautiva irlandeses?

—Inglaterra tiene a toda Irlanda cautiva y la mantiene esclavizada. Yo, además, he estado cuatro años en manos de los piratas berberiscos.

—Uh —dijo Smollett—. Duro, ¿eh? Pero tiene razón, Paddy. Quizá sencillamente deberíamos hablar. No puedo prometerles nada, pero nunca se sabe.

—¿Cuánto de lo que realmente ha vivido está en *Roderick Random*? —preguntó Belmonte.

—Todo y nada. —Smollett guiñó un ojo—. Mire, cuando uno se concentra de verdad, cuando se abisma, es un poquito como, bueno, digamos que como una borrachera controlada. El cerebro produce cosas, en el caso de un escritor, quiero decir, que no estaban antes. Cosas que lo que escribe necesita en ese momento para seguir fluyendo. Y después ni él mismo sabe qué es auténtico y qué es inventado.

—¿Qué pasó entonces con todo el dinero que Random tuvo que pagar para subir a bordo de uno de los barcos?

—Ah, eso fue realmente así. O al menos eso creo. Pero, de alguna manera... —Se mordió el labio inferior—. No estoy en condiciones para narrar a fondo. Es demasiado temprano, y la mujer, que podría animarme, no está aquí.

—Beba —dijo O'Leary—. Dicen que eso ayuda.

—Usted podría intentar ponerme en situación.

—¿Quién? ¿Yo?

—Sí, usted, necio irlandés. Cuénteme algo acerca de sus antepasados. Seguro que es capaz de mentir como nadie. Es una especialidad irlandesa.

—¿Que mienta para que usted se acuerde de algo cierto?

—Es muy fácil. —Smollett se levantó, dio una vuelta a la mesa y volvió a sentarse—. Estas viejas piernas, saben... Pero lo de la verdad es fácil, de una forma difícil. Usted miente para que yo me acuerde de algo verdadero que concierne a un irlandés moribundo, que, en el delirio de su última agonía, se supone que dijo algo, probablemente inventado o al menos desfigurado, y que usted quiere tomar por cierto. Espléndido.

—Suena como la introducción a una obra histórica —dijo Belmonte.

—No, no; los historiadores no son tan concienzudos. La mayor parte de las veces se conforman con la primera mentira. Creo que suena más como la forma de trabajar de los colegas Homero, Shakespeare y Cervantes. Vamos a ver lo que yo saco de ahí.

# Intermedio irlandés

Muchos otros han [...] escrito sus supuestos viajes y casuales extravíos por países desconocidos, y cuentan cosas increíbles de animales enormes, hombres salvajes y extrañas costumbres y formas de vida. Su gran maestre y precursor en esa forma entretenida de tomar el pelo a la gente es el famoso Ulises homérico, que cuenta a Alcínoo y sus simplones feacios una larga historia de [...] tuertos devoradores de hombres [...] animales de varias cabezas, metamorfosis de sus compañeros en formas animales y un montón de necedades por el estilo. No les tomo a mal las mentiras a todas estas despiertas gentes [...], tanto menos cuanto que he visto que incluso los hombres que solo pretenden filosofar no lo hacen en absoluto mejor.

LUCIANO DE SAMOSATA

O'Leary se rascó la nuca y miró a Belmonte.

—¿Lo hago? —preguntó; sonaba medio confuso, medio enfadado.

—Adelante.

—Solo quiere hacer bailar a un necio pisapantanos irlandés y reírse en su cara.

—Si eso le ayuda a recordar lo que queremos saber... O'Leary gimió.

—Está bien. ¿Por dónde empiezo?

—Por donde quiera —dijo Smollett; pareció reprimir una sonrisa—. Lo principal es que sea genuinamente irlandés.

—¿Quizá por un remoto antepasado? —O'Leary frunció el ceño, como si tuviera que concentrarse muchísimo—. El pobre hombre tenía tres hijas. Dos eran charlatanas, y en cambio la tercera era en extremo silenciosa. En algún momento hizo una pregunta importante..., algo sobre amoríos y propiedades, creo. Las dos hijas charlatanas respondieron explayándose, la silenciosa se mantuvo en silencio como de costumbre..., inusual para una chica irlandesa, pero a veces ocurren esas cosas. Algo completamente fuera de lugar, ya sabe; dicen que incluso hay ingleses decentes, que no se lo quitan todo a los pobres irlandeses. Roban, si entiende lo que quiero decir. En este caso el antepasado desheredó a las hijas parlanchinas, y la silenciosa, que se quedó con todo, pudo ocuparse luego de su padre. La historia no es especialmente original, lo admito, pero de todos modos un inglés la robó, invirtió el reparto de la herencia (los ingleses no aprecian a las irlandesas silenciosas), y además retiró el esencial «O» del nombre del antepasado.

—Ja, ja, ja —rio Smollett—. Nunca ha besado usted esa piedra que hay en algún sitio de Bla-bla-blarney, ¿verdad?

—¿Qué quiere? Puedo dárselo. Ahora le toca al nieto de aquel antepasado, digamos que el fundador de mi estirpe. Hace... ¿cuántos años?

»Ah, ¿qué le voy a contar? Solo existe el pasado que nos agobia, el futuro que va a despedazarnos, pero no el presente, ¿no? El presente es como un *leprechaun,* que se ve con el rabillo del ojo, pero, cuando se mira, no se ve a nadie, porque no hay nadie... dicen los unos. Los otros dicen que los *leprechaun* existen, pero son tan rápidos que siempre desaparecen justo cuando uno pensaba que estaban allí. Da igual..., así que no hablemos del presente. Como de todos modos lo compartimos, no habría nada que decir que ustedes no supieran ya. Como mucho, puntos de vista; pero con ellos pasa lo mismo que con las miradas de reojo y los *leprechaun.*

»Así que empecemos por el pasado. Uno de mis tatarabuelos se encontró en una ocasión con el loco Sweeny, que estaba subido a un árbol y se alimentaba de berros. Cambiaron elevados y profundos discursos sobre los héroes de la antigüedad y el absurdo de la no existencia. En algún momento, mi tatarabuelo dijo:

»—Sweeny, oh, príncipe fugaz, he oído decir que en tu camino errante has dejado atrás una hija encantadora. ¿Es cierto?

»—Cuchullain la acosaba, y Finn la codiciaba —dice Sweeny—. A otros les gustaría acosarla o admirarla, otros piensan en ella. Yo lloro por ella.

»—¿Por qué lloras por ella?

»—Porque me gusta —contesta Sweeny—. Y porque hasta ahora ella nunca ha gozado de la magia de esa varita mágica que, dicen, encanta a las mujeres y casi siempre priva de su entendimiento a los hombres.

»—Ah —dijo mi antepasado, que por otra parte procedía de Skibbereen, donde, como se sabe, el embuste y los embusteros son endémicos—. ¿Y cómo es que tu hija, similar a los elfos, se encuentra en tal estado de asedio, rico en privaciones?

»—En una ocasión se burló de un pretendiente. Por el número de sus rabos.

»—Oh —dice mi antepasado. Que por otra parte se llamaba Conor, dicho sea de paso—. Tiene que haberse tratado de un pretendiente inusual. ¿Estaba, de algún modo, desfigurado?

»—No puede decirse así. —En ese punto, si la tradición familiar no miente, Sweeny lanzó un salvaje alarido.

»—Si no así, ¿cómo? —pregunta Conor, el de Skibbereen.

»—Hay muchas maldiciones —responde Sweeny—. Por eso aúllo una y otra vez; por lo menos una por cada árbol.

»—Ah —dice mi antepasado—. ¿Qué tiene eso que ver con esas maldiciones? Si me permites que te lo pregunte.

»—Puedes preguntar, pero no esperes una respuesta útil.

»—Los de Skibbereen estamos acostumbrados a no recibir nunca información decente —indica mi lejano progenitor—. Así que exprésate con toda tranquilidad sobre maldiciones y pretendientes.

»—Entonces tengo que maldecirte también a ti —expresa Sweeny. Y tras breve reflexión añade—: Pero también puedo proyectar esa maldición hacia el futuro, hacia uno de tus tataranietos.

»—Hazlo —dice Conor—. ¿Qué me importan mis lejanos sucesores? Además, puede ser que para entonces la maldición se haya desgastado o extinguido. En ese caso habría desaparecido, y una maldición desaparecida es lo que hace atractivas a las familias.

»—Como tú digas —dice Sweeny—. ¿Empiezo por la maldición? ¿O por la historia de las otras maldiciones?

»—Oh, empieza por la maldición, y así la dejaremos atrás —responde mi antepasado.

»—Entonces, voy a maldecir a ese descendiente tuyo.

»Como Sweeny guarda silencio, Conor el de Skibbereen dice:

»—¿Ya está?

»—No, no; estaba pensando en los berros. Maldigo a tu descendiente a morir lejos de Skibbereen.

»—La verdad es que Skibbereen no es tan bello como para tener que morir en él; ¿eso es todo?

»—De ninguna manera —dice Sweeny—. Vagará por el océano, y un día irá a parar a un país al noroeste de la Isla Brasil. Allí encontrará algo muy valioso, pero morirá siendo un anciano, antes de poder tenerte a ti o a nadie de vuestra estirpe.

»—Qué estúpida maldición —asegura mi antepasado—. Háblame de las otras maldiciones. ¿Es cierta la historia que se cuenta de ti?

»—No lo sé —dice Sweeny—. Llevo ya tanto tiempo volando por Erin y hace tanto tiempo que estoy loco, que he olvidado el comienzo.

»—Había algo de un cura y un salterio —añade Conor—. ¿No tiraste el salterio a un lago? Dicen que el cura te maldijo por eso.

»—¿Lo hizo? Tenía que haberlo tirado también a él al lago.

»—Eso querías hacer, pero te llamaron a una batalla.

»—Lo ves. De ahí viene —aclara Sweeny.

»—¿Fue entonces lo de tu hija? —dice Conor—. Dicen que es encantadora como la pelusa del diente de león que flota en una suave brisa, de miembros finos como...

»—Sí, sí, y tiene pies de libélula, labios como babosas entrelazadas, su canto es como el de un ruiseñor cebado y sus ojos como quiera que sean —dice Sweeny—. Pero está maldita.

»—Has hablado de un pretendiente —añade Conor—. Y de la burla por el número de sus rabos. Confieso que no entiendo muy bien qué y cómo y por qué, y sobre todo quién puede segregar maldiciones eficaces en una situación así.

»—Era un pretendiente especial —dice Sweeny.

»—¿Debido al número de sus rabos?

»—No solo. El pretendiente pertenecía a una clase inferior de demonios.

»—Ah —dice Conor—. Eso explica la eficacia de la maldición. ¿Qué clase de demonio?

»—Un *Pooka*.

»—Oh —exclama mi antepasado.

»—Exacto —dice Sweeny.

»—Un *Pooka* —dice Conor—, puede ser bueno o malo.

»—¿Por qué no? —aclara Sweeny—. Puede ser ambas cosas. Este era mucho de ambas cosas.

»—Pero ¿qué fue eso tan malo que dijo tu hija? ¿Sobre sus rabos?

»—¿Estás completamente seguro de que quieres saberlo? —pregunta Sweeny.

»—No completamente, pero bastante.

»—Entonces fíjate, escucha y comprende. El *Pooka* era un adorador de los números impares.

»—Ajá —dice Conor—. La verdad es un número impar, ¿verdad? La trinidad, los siete pecados capitales, los once mandamientos, ¿algo así?

»—Tréboles —especifica Sweeny—. Sin olvidar el número de hojas de un tallo de berro. Por eso el *Pooka* se puso un frac cuando fue a pretender a mi hija. Con las dos colas del frac tenía tres rabos, y eso le parecía digno y bien.

»—Entiendo —señala mi antepasado—. Pero ¿qué pasa con la burla?

»—Mi hija se echó a reír y dijo que con el frac tenía cuatro rabos, y que ella nunca se iría con un pretendiente que tuviera un número par de rabos.

»Entonces mi antepasado también se ríe y comenta:

»—Chica lista, tu hija. ¿Aún está disponible?

»—¿También tú estás loco? —pregunta Sweeny.

»—Al nornoroeste —dice Conor—. El resto de mi rosa de los vientos está más o menos sana.

»—Ya —dice Sweeny—. Vayamos a lo de la maldición. Naturalmente, el *Pooka* estaba enfadado; por eso dijo que desde ese momento ella volaría invisible detrás de mí, se alimentaría de la sombra del berro y saciaría su sed con el susurro del agua.

»—Oh, oh, oh —exclama Conor—. Duro destino. ¿Está aquí ahora?

»—Pasa hambre, suspira y tiembla junto a mí en la rama.

»—¿No hay nada que pueda levantar la maldición? —pregunta Conor.

»—Sí —responde Sweeney—. Deberá pertenecer, lo quiera o no, al hombre que nos cuente a mí y a ella un determinado número de mentiras sin respirar más de siete veces siete.

»—Supongo que tiene que ser un número impar de mentiras —aclara Conor.

»—Cierto.

»—¿Dijo exactamente cuántas?

»—Lo hizo. La verdad es un número impar y, como la verdad es indivisible, salvo por sí misma y por la unidad, tiene que tratarse de un número primo.

»—Oh, ah, hum —dice mi antepasado.

»—No conozco el número que acabas de mencionar —dice Sweeny.

»—No era un número, sino una serie de ruidos —aclara Conor—. ¿De qué número se trata, pues?

»—Se lo diré al que cuente la cantidad necesaria de mentiras. Y solo cuando las haya contado. ¿Por qué quieres saberlo?

»—Una mujer invisible que se alimenta de berros tiene ciertas ventajas —dice mi tatarabuelo—. En cierto modo estoy buscando novia. ¿Tu hija puede hablar?

»—Puede, pero solo la oirás cuando la maldición haya sido levantada —contesta Sweeny.

»—¿Y se le puede tocar?

»—Se puede. Pero, dime, ¿por qué no te buscas una novia en otra parte?

»—En este momento en Skibbereen y sus alrededores todas las mujeres buenas están prometidas —responde Conor—. O no están prometidas, pero no me quieren. O yo no las quiero.

»—¿Por qué no te quieren, y por qué no las quieres tú tampoco?

»—Es difícil de explicar —rebate Conor.

»—Inténtalo; tenemos tiempo.

»—Entonces voy a sentarme al pie de tu árbol; no se habla bien de pie.

—En verdad —Smollett lanzó un profundo gemido—,

no querrá aburrirnos ahora con las dificultades que su antepasado tenía con las doncellas posiblemente bellas o feas de Skibbereen que no podían contener su gozo, ¿no? ¿Podemos dar un gran salto adelante?

—¿Hasta dónde, más o menos?

—Hasta las mentiras; la mayoría de los irlandeses mienten bien.

—De acuerdo —dijo O'Leary—. Dejemos a un lado a las otras mujeres y vayamos al intento de liberar y pretender a la hija de Sweeny. Así pues, mi antepasado respiró hondo y empezó a hablar muy deprisa:

»—Soy el mediano de cuatro gemelos, todos ellos aún vivos, por lo que después de la muerte de mi padre me quedé solo. Una mañana, quise pelar un sueño maduro. Encontré en la cocina dos cuchillos; uno estaba roto, y el otro no tenía filo. Con él logré abrirme paso hasta el sueño. Allí había un paisaje de valles azul pálido con dos arroyos tumultuosos, de los que uno estaba seco y el otro era de arena. Cuando miré el arroyo de arena, vi dos codornices con agallas; una ya estaba muerta y la otra aún viva. Cogí la codorniz muerta y la maté, rajándola con el cuchillo sin filo. En una isla que flotaba en el arroyo seco vi dos jarras; una estaba rota, la otra no tenía fondo. Cogí la que no tenía fondo y metí dentro la codorniz. Bajé arroyo abajo hasta llegar a un pueblo. Allí había dos pozos; el uno estaba lleno de piedras, y el otro seco. Llené en el pozo seco la jarra sin fondo. En el pueblo había dos casas; una estaba en ruinas y la otra no tenía ni tejado ni muros. Entré en ella y fui hacia una mesa sin patas en la que había dos cacerolas. Una era de tinta, la otra no tenía asas. En la ausente pared del fondo había un hogar sin chimenea. Colgué la marmita sin asas de la chimenea y vertí en ella el agua de la jarra sin fondo, y metí la codorniz con agallas rajada. Como no había fuego, la guisé en agua fría hasta que los huesos se le desprendieron, pero la carne aún estaba cruda. Saqué la codorniz y me la comí. Luego no me sentía saciado, pero sí tan cansado que tuve que cerrar los ojos un momento. Cuando desperté, seguí mi camino y llegué hasta un muro de cristal opaco. En medio había una puerta de helecho rojo, que no se podía abrir. Tenía una cerradura de madera oxidada, y logré colarme por el ojo. Detrás llegué a una duna en la que patinaba una liebre muerta a tiros. Pero era hembra, y mientras corría parió un niño de aire. Un niño de rizos rubios de pelo negro como ala de cuervo, que descansaba en una alfombra voladora al pie de la colina, saltó de ella, cogió el niño de aire, me lo dio y dijo que se lo entregara a Sweeny como dote para su hija. Entonces me echó del sueño pelado, y así he llegado aquí... esta es mi dote.

»Mi antepasado mostró a Sweeny la palma vacía de su mano derecha.

»—Lo he contado —dice Sweeny—. Has respirado menos de siete veces siete, y han sido veintinueve mentiras, si se restan un par de ellas que están repetidas y se quiere ser generoso con algunas fallidas.

»—¿Serás generoso, oh, Sweeny de los árboles?

»—Lo seré —responde Sweeny—. Creo que con eso la maldición queda abolida. Mi hija tendría que ser visible de inmediato.

—Por el amor de Dios —dijo Smollett—. No nos haga ahora ninguna descripción de una dama irlandesa visible. Pero, dígame, en realidad, esas historias embusteras tienen siempre tres elementos, ¿no? Uno encuentra tres cuchillos, tres barcos, etc., no solo dos.

O'Leary sonrió.

—Ya ha oído usted que la verdad es un número impar. Así que las historias embusteras solo se pueden construir con números pares.

—Ajá. Y la hija de Sweeny, inventada con tanto éxito, probablemente fue su tatarabuela.

—Una tatara más o menos, sí. ¿Le basta con eso?

—Es más que suficiente.

Belmonte había escuchado con paciencia, y se sentía un poco agotado.

—Para resumir: O'Leary, este de aquí, estuvo pescando hasta que los piratas berberiscos lo atraparon en una de sus rapiñas —dijo—. Ahora está conmigo a bordo del *Santa Catalina*, y le gustaría ir a América siguiendo las huellas de su padre y en busca de un tesoro.

Smollett se levantó del sillón con un gemido, sacó un reloj del bolsillo de la chaqueta y contempló la esfera. Casi parecía como si tuviera que esforzarse en pensar que tenía que combinar y valorar las dos agujas.

—Ah, se podría decir que ha llegado la hora de un hambre cultivada —murmuró. Luego dijo más alto—: Por un extraño azar, han llegado a mi poder vino, jamón y un resto de pollo asado. ¿Me darían el gusto de ayudarme a liquidarlos? Mientras lo hacemos, puede contarme la sin duda creíble historia de su padre en busca de un tesoro.

# Las ventajas de la propaganda

Todavía en la primera mitad del siglo XVI fueron descubiertas las islas Sandwich, el país de los papúas y algunas zonas de Nueva Holanda. Esos descubrimientos anticiparon los de Cabrillo, Sebastián Vizcaíno, Mendaña y Quirós, cuyas Sagitaria Tahití, cuyo archipiélago del Espíritu, son las Nuevas Hébridas de Cook. Quirós iba acompañado por el audaz marino que más tarde dio su nombre al estrecho de Torres [...]. El mar del Sur fue durante mucho tiempo escenario exclusivo de las empresas de españoles y portugueses.

ALEXANDER VON HUMBOLDT,
*Cosmos II*

Durante la comida en el salón de la casa, Smollett, mientras masticaba, escuchó en silencio las explicaciones de O'Leary. En algún momento torció el gesto, dijo en voz baja «¡Ay!» y apartó el plato, todavía medio lleno.

Belmonte le preguntó cómo se encontraba, empezaba

a odiarlo cordialmente. Aun así, consiguió poner en su voz algo parecido a la compasión. Smollett dudó un momento, luego dijo que su esposa se encontraba hasta el atardecer en casa de un conocido, a unas millas de distancia, para descansar de él; quizá también viceversa. El dueño de la otra casa, el conocido, era un médico inglés, y le había dicho que probablemente entraría en el reino de las sombras a lo largo de los próximos doce o catorce meses y, dado que él mismo también era un poco médico, no podía ponerlo seriamente en duda.

O'Leary hizo unos ruidos corteses, que sin duda no debían expresar un lamento realmente profundo, y Belmonte abrió la boca para preguntar más.

Smollett hizo un gesto negativo. Ahora no quería hurgar con palabras en intestinos, vísceras y otras entrañas; al fin y al cabo, no era ningún arúspice, si es que había habido alguna vez algo parecido a alguien que interpretara hurgando en sus propias vísceras, y además partía de la base de que —dejando a un lado las cortesías superfluas— los españoles e irlandeses presentes no iban a interesarse de forma duradera por su cuerpo. Prefería, después de una breve pausa, que pensaba dedicar a aliviar el susodicho cuerpo, saber, tomando fruta y vino en el jardín, más acerca de las cosas largamente pasadas. En el fondo todo tenía que ver —como es sabido, la guerra es la madre de todos los monstruos— con la expedición a Cartagena, y hasta ese momento aún no se había hablado de la guerra. Los *gentlemen*, si es que se podía calificar de tales a españoles e irlandeses, estaban invitados a esperarle en breve plazo sentados a la mesa que había bajo los frutales.

Belmonte y O'Leary se dirigieron hacia allí. Ambos callaban. Cuando se sentaron, el irlandés lanzó un suspiro que Belmonte tomó más por un testimonio de hastío que de conmoción interior o de haber comido demasiado.

Él mismo se sentía observado. La criada había vuelto a traer agua, fruta y pan, y se había retirado al interior de la casa. Desde allí no se veía ese rincón del jardín; así que la observación que sentía no podía partir de la criada. Smollett, retornado a la mesa, y el pescador irlandés, se miraban el uno al otro mientras hablaban de toda clase de bebidas mezcladas calientes destinadas a hacer más soportable el frío invierno del norte.

Sentía miradas a su espalda. Algo que en tantos combates le había advertido le advertía también esta vez. Un sentido para el que no había nombre. Belmonte se volvió. Y se echó a reír en voz baja.

En aquella luminosa tarde de junio, Smollett les había pedido a él y al irlandés ir donde había más sombra, cerca del alto muro sudoccidental de la finca, bajo los frutales. Azares del viento y de las plantas... unas cuantas cerezas sin madurar, las ramas y las hojas: el rostro de un fauno malhumorado, un demonio de jardín, cuyos ojos de cereza bizqueaban un poco.

—¿Qué le divierte, señor Belmonte? —la voz de Smollett era recia y quebradiza a la vez. No la voz que en *Roderick Random, Peregrine Pickle* o *Lancelot Greaves* había susurrado y bromeado dentro de las cabezas de tantos lectores. Enferma, descompuesta, marchita... hojarasca de octubre, no el fresco verdor del demonio de las cerezas. Si es que se pueden comparar las voces con las hojas, pensó Belmonte. Y a todo ese hombre con un arbolito moribundo: un tronco arrugado, el cuello, una rama seca, el rostro, una fruta pasada.

—¿Ve ese rostro de ahí? ¿Ojos de cereza, mandíbula de hojas, frente de ramas?

Smollett y O'Leary siguieron el dedo de Belmonte con los ojos. El irlandés resopló.

—Veo lo que usted dice —dijo Smollett—. Pero ¿qué tiene de divertido?

—A ese fauno o demonio le falta la oreja izquierda.

—Présteme su oreja, capitán —murmuró O'Leary. Luego rio entre dientes.

—¿Ha visto alguna vez la famosa oreja? —preguntó Belmonte.

—Una vez, en unos disturbios en Londres. Un tipo insoportable, ese Jenkins. —Smollett torció el gesto—. Pero ¿por qué voy a hablar con ustedes de orejas inglesas? Un pisapantanos irlandés y un estúpido *dago*...

—Como dijo Belmonte, grosero escocés, en Londres, cuando aún era joven y sano, ya pasaba por ser descortés y colérico —dijo O'Leary—. No parece haber cambiado.

Belmonte se tiró del lóbulo de la oreja derecha.

—¿Por qué nos odia tanto?

—¿Quién? ¿Yo?

—No. Su gente, su país. Por qué lo de estúpido *dago*.

—Yo también me lo he preguntado —dijo el irlandés—. Me refiero a lo que a nosotros, los irlandeses, nos toca. Bueno, somos los vecinos de la isla pequeña. Donde a los londinenses armados se les ha perdido más o menos lo mismo que a los españoles armados en Inglaterra.

Smollett arrugó la nariz, pero no dijo nada.

—Supongo que no nos quieren porque nunca quisimos aceptar la ocupación inglesa y la masacre de Cromwell como un sacrificio sublime. Pero ¿qué pasa con los españoles? ¿Todo esto tan solo por la Armada? ¿O porque no aplaudieron cuando el grotesco rey inglés inventó una nueva religión para saquear iglesias y poder casarse con más mujeres?

Smollett se encogió de hombros.

—*Oderint dum metuant.*

—Solo sé un poco de latín de iglesia...

—Es de Calígula, ¿verdad? —dijo Belmonte—. Que nos odien, con tal de que nos teman.

—Se supone que fue el lema electoral de Calígula. Pero probablemente es obra de un colega escritor, completamente olvidado. —Smollett sonrió—. Lucio Accio. Cicerón todavía le conoció.

—¿A qué se refiere con eso del odio y el temor? ¿Quién a quién, por qué, cómo?

—Creo que es así como lo ve su Gobierno. O lo ha visto así durante largo tiempo. Tome ejemplo.

—A mí no me teme nadie, me temo. —Belmonte rio—. Y, en lo que a los reyes se refiere..., puede ser que tenga usted razón, pero es algo ocurrido en el pasado. ¿Cree de veras que fue así?

—¿De qué está hablando? —O'Leary los miraba de hito en hito.

—España, pobre paleto irlandés, dominaba medio mundo —dijo Smollett—. De Sicilia a las Filipinas y de Perú a los Países Bajos, cuando nosotros, me refiero a los ingleses, no a los escoceses, aún no habíamos siquiera acabado con los irlandeses. ¿Sabe cómo funciona la propaganda?

—Buhoneros —precisó O'Leary.

—Azincourt —apostilló Belmonte.

—Un momento. —Smollett entrecerró los ojos—. ¿Qué quiere decir con buhoneros?

—El buhonero que vende tirantes baratos a un convento antes de quemarlo y violar a las monjas. —O'Leary abrió los brazos—. ¿No es lo mismo que hace el inglés que ocupa nuestra hermosa y verde isla..., la isla que san Patricio liberó de las serpientes? Y ahora viene un inglés y dice: «Vamos a ocupar esta isla para protegeros de las serpientes, y antes vamos a matar a la mitad de vosotros para no tener que proteger a tantos de las serpientes.» Al final, acaba creyéndoselo. Eso es la propaganda. Y, como buen buhonero, el inglés todavía consigue que los irlandeses paguen un par de siglos por todo lo que, en realidad, no quieren tener.

—Si lo ve usted así... Y, usted, Belmonte, ¿qué quería decir con Azincourt?

—Su colega Shakespeare no es del todo inocente de eso. Azincourt, esa grandiosa victoria de los arqueros ingleses contra la noble caballería francesa. En la Guerra de los Cien Años, ¿verdad? Digamos en la primera. La segunda Guerra de los Cien Años es la que han sostenido Inglaterra y España. Quedémonos en la primera. Al principio, a ustedes les pertenecía media Francia. Al final, Francia era libre, salvo un trocito de tierra en Calais. Sufrieron ustedes una terrible derrota en la guerra, pero sus buenos propagandistas consiguieron hinchar de tal manera la pequeña victoria de Azincourt que la guerra perdida desaparece detrás de ella.

—Buena propaganda, tiene razón.

—Sigo sin haber entendido del todo lo del odio y el miedo —insistió O'Leary—. ¿Me lo puede aclarar alguien?

—Teníamos miedo de los españoles —dijo Smollett—. Ellos tenían medio mundo, la flota más grande, los soldados más duros. Antes de que pudiéramos atrevernos a medirnos con ellos, teníamos que encogerlos. Solo después de haber insistido lo bastante a nuestros marineros y soldados en que podían acabar sin esfuerzo con los españoles, se atrevieron a hacerlo. De lo contrario, ni siquiera hubieran ido al combate. O solo con los pantalones cagados, y, como es sabido, en esas condiciones no se pelea bien.

—Con lo que, me refiero a la lucha, no a los pantalones cagados, volvemos a la palabra clave —dijo Belmonte—. Creo que ahora le toca el turno a usted, *mister*.

—Muy bien. —Smollett cruzó los brazos detrás de la nuca y entornó los ojos—. ¿Por dónde empiezo?

—Yo no soy más que un embustero irlandés —dijo O'Leary—. El contador de historias es usted, sir Toby. Usted es el que mejor debería saber por dónde empezar.

Smollett cerró completamente un ojo; con el otro, miró uno tras otro a sus invitados:

—Seguro que no querrán que empiece mis recuerdos por los pañales, los juguetes y un abuelo malvado, ¿no?

—¿Empezaría usted por eso? —preguntó Belmonte—. ¿Es capaz de remontarse tan atrás?

—No, pero sí de inventarlo. Y eso tan solo porque no puedo evitarlo. Además, no habría que contar nada sobre niños ingleses a españoles e irlandeses; podrían sacar conclusiones equivocadas.

—¿Eso también vale para los críos escoceses? —resopló el irlandés.

—Igual.

Belmonte torció el gesto.

—¿Vamos a estar mucho tiempo hablando de qué vamos a hablar? ¿Acabaremos escribiendo un libro sobre la escritura de libros? ¿O sobre su no escritura?

—Ríspida idea —dijo Smollett, y esta vez cerró por

completo los dos ojos—. *Medias in res?* Muy bien. Pues era joven, quería ser escritor y ganarme el pan como médico. ¿Así?

—Mejor. Casi como una historia de mentiras irlandesas.

—Colaboré con algunos médicos, y observé. Estudié, se podría decir. Malos médicos, por supuesto; los buenos piden más dinero para enseñar del que yo podía pagar. Para aprender de verdad y después trabajar decentemente se necesita más dinero, que yo no tenía, o mecenas, que me faltaban.

—Suena un poco amargo —indicó el español.

—Más bien agridulce —murmuró O'Leary.

—Estúpido irlandés. Agridulce, bah... Sea como fuere.

—Pare el carro —dijo Belmonte—. ¿No hubo algo con la Universidad de Glasgow?

—Ahora quiere conocer todos los detalles, *caballero*. Sí, Glasgow; allí estudié un poquito. Anatomía, medicina, filosofía, lógica, cosas inútiles. Inútiles pero razonables, se podría decir. Y estudié con dos médicos. De forma laxa, pero concienzuda. Luego me fui sin título a Londres. Había terminado una obra de teatro, *El regicida*, pero los reyes del teatro no quisieron asesinar conmigo.

—¿Era una buena obra?

—Era asquerosa... digo hoy. Según se demostró cuando al fin pude representarla. Naturalmente, entonces me pareció el punto culminante de toda creación dramática.

—¿Cómo fue a parar, en vez de al teatro, a bordo de un buque de guerra inglés? —preguntó O'Leary.

—Eso fue trabajoso, caro y, sin embargo, mereció la pena. Si hubiera tenido más dotes dramáticas... Digamos, si mi musa hubiera sido otra, después de todo eso habría podido cantar a las armas y a los hombres. Pero es más bien frívola que sanguinaria, mi musa. Lo que, desde luego, no excluye unas cuantas verdades ásperas en relación con la guerra. Verdades, sobre todo, que tienen que ver con la forma de tratar como bestias a los simples marineros y soldados, con el absurdo sacrificio de hombres valientes. Verdades sobre el fracaso de lord Vernon y de ese idiota de Wentworth, y naturalmente sobre la genialidad estratégica y táctica del almirante español, Blas de Lezo.

O'Learu alzó unas manos entrelazadas en gesto implorante:

—¿Un británico que atribuye genialidad a un almirante español? Quisiera saber más acerca de eso. Perdón, Osvaldo, pero yo no conozco a ese tipo. ¿Qué hay de él?

Belmonte titubeó. Miró a Smollett.

—En realidad le tocaba a usted. Si he de hablar ahora de don Blas, puede llevar tiempo.

—Dispare. Yo tampoco sé demasiado de él; seguro que saber más no puede hacerme daño. Y, honradamente, no tengo muchas ganas de hablar de mi parte, no especialmente gloriosa, en aquella en absoluto gloriosa expedición. Quizá más tarde..., quizá me ponga usted en situación.

# El almirante

Todo buen soldado o marinero español debería
volverse para mear en dirección a Inglaterra.

Atribuido a BLAS DE LEZO

—Bien, Blas de Lezo —dijo Belmonte—. Nombre
completo, Blas de Lezo y Olavarrieta, nacido en Pasajes
en el año mil seiscientos ochenta y nueve.

—Un momento. —Smollett dejó caer las comisuras de
la boca—. Conozco unas cuantas madrigueras de *dagos*,
como Madrid y cierto lugar de La Mancha del que no vale
la pena acordarse, pero ¿dónde está eso?

—En el norte, en el País Vasco, entre San Sebastián y la
frontera francesa.

—Ah, ¿entonces no es español, sino vasco?

—Igual que usted no es inglés, sino escocés. Ese lugar
está en la desembocadura de una ría..., como un largo
tubo, que permite tener un buen puerto. Durante mucho
tiempo, fue el puerto más importante allá arriba. Y, como
suele ocurrir en los puertos pequeños, todo gira en torno

al mar... velas, sogas, pesca, construcción naval, navegación.

—A nosotros nos pasa igual —terció O'Leary—. En Skibbereen, quiero decir. ¿Nos me has contado alguna vez algo sobre los vascos y Terranova?

—Se supone que los de Pasajes estuvieron en América mucho antes que Colón. Iban a pescar bacalao a Terranova y volvían.

Smollett hinchó los carrillos.

—Bah. Eso no significa nada. Cualquiera puede afirmarlo. Se supone que vuestro grotesco santo, eh, Brendan, también estuvo allí.

—¿A qué viene eso de grotesco? —O'Leary guiñó un ojo—. ¿No son grotescos todos los irlandeses? ¿O todos los santos, sean irlandeses o lo que sean?

—Blas de Lezo —dijo Belmonte—. Su padre era, creo, armador, y el joven Blas quería ingresar en la Marina a toda costa. Pero eran malos tiempos; cuando tuvo la edad, doce años, en España terminó la dinastía de los Habsburgo. La gran decadencia, con Carlos II. Por aquel entonces, prácticamente no había una flota española. Por eso, a los doce años, se enroló con los franceses.

—¿Quién era el responsable de la flota? —dijo Smollett—. ¿Era ya el bastardo de la Montespan?

Belmonte chasqueó levemente la lengua.

—Dicho sea con amabilidad, sir. Sí. Luis Alejandro de Borbón, conde de Tolouse, almirante de Francia, hijo de Luis XIV y la marquesa de Montespan. Los británicos lo conocieron a fondo. Creo que el almirante Rooke lo apreciaba especialmente.

O'Leary murmuró algo acerca de la dudosa valoración de los oficiales navales enemigos.

Smollett apoyó los codos en la mesa, puso la mandíbula sobre las manos entrelazadas y dijo:

—Ahora tendría que venir la Guerra de Sucesión española, ¿no? Naturalmente, tendría que haber imaginado que Blas de Lezo había participado. ¿Cuándo empieza a separarse de sus miembros?

—Enseguida vamos a eso. Al principio de la guerra...

O'Leary carraspeó.

—Disculpen, señores, esto va demasiado deprisa para mí. No soy más que un estúpido pescador irlandés de Skibbereen —sonrió—. ¿Por qué fue la guerra, en realidad?

Belmonte miró a Smollett, pero este guardó silencio.

—Bien, lo diré yo —dijo el español—. Fue por lo de siempre, dinero y poder. Papistas contra protestantes, Francia, Inglaterra y España y el emperador en Viena, y cambiantes aliados en ambos bandos... Saboya, Baviera y los Países Bajos. El último Habsburgo español, Carlos II, no tenía herederos; los Habsburgo austriacos querían convertir al heredero de su trono, el archiduque Carlos, en rey de España. A la cercana muerte de su padre, habría sido emperador en Viena y rey en Madrid, demasiado poderoso para el gusto de los franceses. El viejo Luis, número catorce todavía, envía a su nieto Felipe a Madrid, como rey; pero eso no les gusta ni al emperador ni a los ingleses: Francia y España juntas también son demasiado poderosas. Así que han de decidir las armas.

—¿No podían dejar a los españoles elegir por sí mismos? —preguntó O'Leary.

Smollett rio entre dientes.

—Necia idea; ¿desde cuándo tiene algo que decir el pueblo? Típica ensoñación irlandesa.

—Bueno. —O'Leary adelantó el labio inferior; por un momento pareció que iba a echarse a llorar—. Hemos tenido ideas así de necias con bastante frecuencia, cierto, pero por suerte para los príncipes europeos los ingleses nos han apartado de ellas.

—Nosotros también, me refiero a los escoceses —dijo Smollett—. Puras masacres; pero ¿vamos a repasar ahora todas las guerras de las últimas décadas, Boyne y Culloden y todo eso? Siga, Belmonte; estamos en mil setecientos cuatro, ¿no?

Belmonte asintió.

—Voy a dejar a un lado todas las batallas en tierra, ¿de acuerdo? Quedémonos con Blas de Lezo. Cuando empezó la guerra, estaba a bordo del navío de línea francés *Foudroyant*, un gran buque, Fergus, ciento cuatro cañones. La flota francesa y lo que quedaba de la española fueron atacadas ante Vélez-Málaga por las flotas unidas inglesa y holandesa. El almirante Rooke debía en realidad decidir allí la guerra en el mar, de ahí el enorme gasto: alrededor de cincuenta navíos de línea y unas cuantas fragatas en cada bando. Al final, los ingleses y los holandeses tuvieron alrededor de tres mil muertos y heridos, los españoles y franceses, aproximadamente la mitad de ellos, nadie ganó, pero nadie perdió tampoco. Los ingleses dicen que fue una victoria estratégica para ellos, porque luego la flota francesa ya no se arriesgó a ninguna gran batalla naval; los franceses y españoles dicen que fue una victoria estratégica para ellos, porque no se dejaron echar a pique y la guerra siguió. Blas de Lezo tenía que ser entonces cadete o algo así. Durante la batalla, una bala de cañón le había machacado la pierna izquierda, que tuvieron que amputarle por debajo de la rodilla.

O'Leary hizo una mueca.

—¿Estaba consciente?

—Dicen que incluso se la cortó él mismo, porque los médicos tenían demasiado que hacer. —Belmonte se encogió de hombros—. Siempre quise preguntarle, pero nunca se dio la oportunidad. Uno no puede preguntarle eso sin más a su comandante.

—Siga, por favor —pidió Smollett—. ¿Qué hizo después?

—Lo condecoraron por su bravura, naturalmente. Creo que le ofrecieron que, en cuanto la herida sanara y se hubiera acostumbrado a su pata de palo, podía ir a la corte, como tercer suplente del subescribano o algo así. Pero lo rechazó. Al año siguiente, mil setecientos cinco, volvía a estar en un barco, y llevaba refuerzos a Peñíscola, sitiada. Luego, si no me equivoco, consiguió su primer pequeño barco y estuvo, bueno, merodeando con otros cuantos más delante de Génova. Muchos pequeños pueden molestar a uno grande, cuando uno de los pequeños es lo bastante audaz. El grande era un navío de línea inglés, el *Resolution*, al que acosaron de tal modo que los británicos lo estrellaron contra unas rocas para que no cayera en manos del enemigo.

Smollett movió la cabeza.

—Recuerdo haber leído algo acerca de eso, pero ¿no fue más tarde?

—Puede ser; en cualquier caso, mucho antes de nacer yo. Creo que luego estuvo en Vizcaya y apresó mercantes ingleses, hasta que volvieron a enviarlo al Mediterráneo. En el asedio de Barcelona, disparó balas de cañón huecas rellenas de material incendiario contra buques ingleses superiores al suyo, y cuando lo arrinconaron, en algún momento llenó de paja húmeda esquifes y balsas hechas a toda prisa y les prendió fuego. Y logró huir en medio del espeso humo.

O'Leary silbó ligeramente.

—Buen tipo. ¿Cuándo perdió el ojo y el brazo?

—El ojo, en el setecientos seis. Fue en Tolón, o cerca. Los ingleses habían bloqueado el puerto y los saboyanos habían sitiado la ciudad. Él había desembarcado refuerzos en alguna zona de las cercanías, y de allí los había llevado a la fortaleza, bajo continuo fuego. Le alcanzó un disparo indirecto: una bala de cañón destrozó algo a su lado, y un trozo de escombro o una larga esquirla se le metió en el ojo izquierdo.

—Ciego del ojo izquierdo, una pata de palo izquierda. ¿No basta eso para que uno pueda licenciarse con la mitad del sueldo, o algo así? —inquirió Smollett.

—Eso podía haberlo tenido mucho antes. —Belmonte sonrió apenas—. Tenía una docena larga de cicatrices de varios combates al abordaje, repartidas por todo el cuerpo. Pero no quería. Breve descanso, y luego empleos de teniente en distintos barcos, más adelante capitán de fragata; mientras lo era, volvió a maniobrar contra un navío de línea inglesa muy superior a su barco, el *Stanhope*, y lo tomó al abordaje.

—Si hubiera sido inglés o francés, probablemente le habrían hecho un monumento. Y nosotros, los irlandeses, le habríamos dedicado una docena de baladas sanguinarias, si hubiera sido uno de los nuestros. —O'Leary arrugó la nariz—. ¿Cómo es que los españoles...?

Belmonte le interrumpió.

—Fue en el mar, y aquellos a los que concierne, los de Madrid, no tienen ni idea. Y, si ahora puedo seguir hablando un poquito sin tener que esquivar constantemente preguntas y comentarios, hoy aún avanzaremos un trecho.

El irlandés asintió. Smollett hizo un movimiento casi ceremonioso con la mano.

—Prosiga, *caballero*.

Sin más interrupciones, Belmonte resumió la carrera del que luego iba a ser almirante.

—Cuando, hacia finales de la Guerra de Sucesión española, los nuevos responsables de Madrid cuidaron de que España volviera a tener una flota, Blas de Lezo tomó el mando de una de las modernas fragatas, y un año después, 1713, fue ascendido a capitán de un navío de línea. En el asedio de Barcelona, en 1714, una bala de mosquete le alcanzó en el brazo derecho, que desde entonces apenas podía utilizar.

Algunos años después, en los que solo llevó a cabo pequeñas operaciones y, durante largo tiempo, inspeccionó en Cádiz la construcción y armamento de nuevos barcos, tomó parte como capitán de un navío de línea en una expedición de la flota al Pacífico. Allí, tanto corsarios como barcos de guerra regulares (británicos y holandeses) asaltaban una y otra vez los asentamientos españoles situados en las costas entre Panamá y Chile, y capturaban mercantes españoles. Cuando el almirante volvió a España con una parte de la flota, Blas de Lezo obtuvo, en 1723, el mando del resto de los barcos; en pocos años, logró asegurar las costas y aumentar su pequeña armada (tres barcos al principio), rearmando e incorporando a ella barcos capturados a los holandeses y a los ingleses.

El nuevo virrey de Perú, que naturalmente pertenecía a la alta nobleza, vio ante todo en la flota de Blas de Lezo una oportunidad de otorgar puestos de mando a amigos y parientes. Lezo se negó a entregar sus barcos a nobles petimetres sin ninguna experiencia marítima. Entonces el virrey le negó los recursos necesarios, incluyendo el sueldo. Durante algún tiempo, mercaderes cuyos barcos se veían asediados por los corsarios financiaron lo más imprescindible, pero en 1729 la situación se había vuelto tan insostenible que Blas de Lezo depuso el mando y volvió a España con la intención de pedir la licencia. En el viaje le acompañaban su esposa, con la que se había casado en Lima en 1725, y...

—Una pierna, un brazo, un ojo menos... ¿y encima se había casado?

—Doña Josefa Pacheco de Bustos —dijo Belmonte; sonrió y, cuando siguió hablando, su voz sonaba suave—: Una mujer maravillosa, bella, generosa y valiente. Y media docena de hijos... El mayor persiguió durante años la rehabilitación de su padre, y ahora es marqués. Don Blas no llegó a conocer a su hija menor. Pero estoy anticipando cosas. ¿Por dónde iba?

—Enfado con el virrey y regreso a España —dijo Smollett—. ¿De veras quería dejarlo todo?

—Tenía esa seria intención. Pero, junto a muchos políticos estúpidos, todos los países tienen de vez en cuando derecho a contar con un hombre inteligente en un puesto importante. En este caso fue Patiño, el ministro de Marina, que sabía exactamente lo que tenía con don Blas, y se empleó en su favor ante el rey. No hubo licencia, sino ascenso a contraalmirante; pero no vamos a tener que recorrer cada paso, ¿no?

—Si fuera una de mis novelas... —murmuró Smollett.

—No lo es, ni tampoco una balada irlandesa. Da algún salto —dijo O'Leary.

—Muy bien. La familia se queda en Cádiz. Don Blas

recibe el mando de una escuadra con la que lleva a Italia al heredero del trono. Luego, tiene que recaudar fondos en Génova; el Banco San Giorgio debía dos millones de pesos a la corona española. Entra al puerto con seis barcos y los dispone de tal modo que los cañones expuestos cubren el palacio de los Doria y las fortificaciones del puerto. Luego, les hace saber que tienen veinticuatro horas para preparar los dos millones en oro, y que de lo contrario abrirá fuego. Quizá... —Belmonte movió la cabeza de un lado a otro—. Quizá con otro comandante hubieran esperado, pero don Blas era conocido. Así que le dieron el dinero, y, cuando se fue, los genoveses todavía tuvieron que disparar salvas y saludar a la bandera española.

—La buena reputación es mejor que el dinero, decían los romanos. —Smollett se frotó la mejilla para no sonreír demasiado—. Y, como puede verse, también en eso tenían razón.

—Dos millones —dijo con devoción O'Leary—. Lo de la buena fama... Bueno, sí, es mejor que el dinero, porque da crédito.

—Luego, don Blas luchó dos años contra los príncipes piratas de Orán y Argel. Fue una gran empresa, con muchos barcos y cañones y treinta mil hombres en tropas de desembarco. El éxito le reportó aún más fama y el ascenso a teniente general de la Armada. Regresó a Cádiz para preparar su siguiente empresa. Y allí fue donde yo lo conocí.

—Antes de que lleguemos a eso... ¿cuál fue su siguiente empresa? —preguntó Smollett.

—La última Carrera de Indias..., durante casi doscientos años, cada año, o uno de cada dos, enviábamos a América una flota con hombres y mercancías, que en el viaje de vuelta escoltaba los transportes de oro y plata. Entonces se decidió, quizá ya esperando un ataque inglés, no enviar en el futuro grandes transportes, sino varios transportes pequeños. Don Blas tenía el encargo de preparar el último gran viaje y luego, hasta que pasara la situación amenazadora, disponer la defensa de Cartagena.

—Un momento —solicitó O'Leary alzando la mano—. ¿En qué año estamos? ¿Treinta y siete?

Belmonte asintió.

—Salimos de Cádiz en febrero del treinta y siete. ¿Por qué?

—Pero la guerra no estalló hasta finales del treinta y nueve. ¿Ya era amenazadora la situación?

—Con el jaleo que había en Londres, estaba claro que antes o después iba a llegar la siguiente guerra. Los señores comerciantes, que tanto dinero habían perdido con su Compañía de los Mares del Sur; el indecible Jenkins, con su oreja en conserva; todo aquello se estaba alargando, y en algún momento Walpole no iba a poder contener más a la Cámara Baja. Naturalmente, nadie sabía cuándo iba a ocurrir, supongo, pero contaban con ello. Por eso.

—¿Y entonces fue cuando lo conociste?

—Un poquito antes; no el día de la partida.

Smollett cogió la jarra y llenó las copas; titubeó un instante antes de llenar también la suya solo de vino, en vez de, como antes, con nueve décimas partes de agua primero.

—Oigamos eso —dijo.

# Las divagaciones de Belmonte

En esa maravillosa época de la conquista (época de esfuerzo, violencia y vértigo descubridor por mar y tierra), se reunieron muchas cosas que, a pesar de la completa falta de libertad política, favorecieron la formación de los caracteres individuales y ayudaron a individuos de elevadas dotes a alcanzar alguna nobleza que solamente brota de las profundidades del ánimo. Se yerra al creer que los conquistadores solo estaban guiados por la codicia del oro, o incluso el fanatismo religioso. Los peligros siempre aumentan la poesía de la vida; a esto, la poderosa época que tratamos aquí de describir, en su influencia sobre la evolución de las ideas cósmicas, añadía a todas las empresas, como las impresiones naturales que ofrecen los viajes a lugares lejanos, un encanto del que nuestra era erudita empieza a carecer, en lugares ya tan explotados: el encanto de la novedad, y la asombrosa sorpresa.

ALEXANDER VON HUMBOLDT,
*Cosmos II*

Como había que empezar por alguna parte, Belmonte habló primero de su padre. Su mujer le llamaba Roddy. Cuando España y Francia luchaban contra el resto del mundo por la posesión del trono español, Rodrigo Belmonte trabajaba como carpintero naval en Cádiz, más tarde a bordo de una fragata que había sido capturada por los británicos. Los simples marineros habían sido forzados a servir en buques ingleses, o hacinados en barcos de prisioneros, los oficiales —la mayoría nobles— pronto habían sido canjeados, y a los artesanos se les había permitido ayudar a los británicos en la lucha contra sus enemigos. Al principio Belmonte lo hizo en un astillero en Portsmouth, naturalmente bajo estricta vigilancia; más tarde fue llevado, junto a otros, a un gran muelle de reparaciones al este de Londres. Hizo amistad con uno de sus compañeros de trabajo ingleses, un constructor naval llamado John McLeod. Uno de los hijos de McLeod también trabajaba en el muelle, y tuvo que ocuparse de su madre cuando John padre fue aplastado por un bloque de madera. A pesar de toda la cautela respecto a un enemigo, y encima español, a nadie le disgustó de veras que la hija, Amelia, anunciara un día que quería casarse con Roddy Belmont: lo conocían, trabajaba bien y descargaba al resto de la familia. El hecho de que fuera católico no molestaba a nadie; los McLeod también lo eran.

Poco después de la boda se firmó entre Gran Bretaña y Francia la Paz de Utrecht, con la que también terminaba el estado de guerra entre Inglaterra y España. El 13 de julio de 1713, en la catedral de St. Paul, se interpretó el *Tedeum de Utrecht* de Händel; Amelia estaba embarazada, y dio a luz en enero del año siguiente a una hija que murió poco después de nacer. Rodrigo Belmonte juraba que en un país más cálido la niña habría sobrevivido.

En primavera de 1715 murió también su segundo hijo. Entretanto, Belmonte había intercambiado cartas y mensajes con parientes, amigos y antiguos compañeros de trabajo, y se había enterado de que el rey Felipe de Borbón (Felipe V, nieto del rey Sol, Luis de Francia) buscaba expertos para restablecer el perdido poder naval de España. En contra de la voluntad de los otros McLeod, Amelia estuvo dispuesta a seguir a Rodrigo a España. En otoño de ese año llegaron a Cádiz, donde, en febrero de 1716, nació su hija Antonia, que sobrevivió. A lo largo de los años se añadieron tres hijos varones y otras dos hijas; en 1722 nació su segundo hijo varón, Osvaldo.

En enero de 1717, el rey nombró ministro de Marina a José Patiño y Rosales; Patiño recibió además el encargo de reformar y refundir las instituciones y organismos competentes para el comercio con las colonias de América. La nueva construcción de barcos de guerra era una de las tareas más urgentes; se necesitaba para ello mucha gente buena y nuevos o modernizados astilleros. El Real Carenero, el antiguo complejo de Puerto Real, al este de la bahía de Cádiz, estaba entretanto desecado en gran medida. No lejos de allí, al sureste de la bahía, se levantaron junto a San Fernando las nuevas instalaciones de La Carraca, y los astilleros de Cádiz fueron renovados y ampliados.

Para Rodrigo Belmonte había buen trabajo y buen dinero. La creciente familia tuvo que mudarse varias veces, de Cádiz a Trocadero, de allí a San Fernando, otra vez a Cádiz y, finalmente, a Puerto de Santa María, al noreste de la gran bahía. Allí se encontraba el mando superior de la flota del Atlántico, la Capitanía General de la Mar Océana, y allí tenían su asiento los grandes armadores, como también los mercaderes responsables del comercio con América, en sus parcas cabañas. Naturalmente, los Belmonte no podían permitirse un palacio como esos, pero su casa en las cercanías de los muelles, a la orilla del Guadalete, era espaciosa, con un pequeño jardín y espacio suficiente también para un par de criados.

Pronto se demostró que el hijo mayor, Jacinto, había heredado las diestras manos de su padre. Osvaldo no era necesariamente inútil, pero se las arreglaba mejor con palabras y números que con madera y hierro. «Que cada cual aporte lo que pueda», era uno de los lemas de Rodrigo, y «los pájaros no tienen agallas». Lo que no impedía que todo el mundo tuviera que hacer y aprender un poco de todo. Así que Jacinto tuvo que vérselas con números y palabras, mientras Osvaldo trataba con ásperas maderas, sogas y piezas de hierro.

Gracias al puerto y a su situación, la ciudad de El Puerto de Santa María siempre estaba llena de mercaderes y marinos extranjeros, a los que los chicos oían contar desbocadas historias y de los que pescaban obscenas frases. En algún momento, cuando Osvaldo tenía cinco años y discutía con Jacinto durante la cena en una mezcla de español, árabe, portugués e inglés, su madre dijo:

—Esto no puede seguir así, marido. Tú en Inglaterra, yo aquí, habríamos estado perdidos si no hubiéramos hablado mejor que estos críos.

—¿Qué quieres cambiar?

—A partir de ahora, yo solo hablaré con los niños en inglés. De todos modos, el español te lo oyen a ti y lo oyen por todas partes, el árabe lo picotean a derecha e izquierda, y te vas a encargar de buscar una criada francesa.

—Seguro que tú puedes hacer mejor eso. —Rodrigo

Belmonte guiñó un ojo—. Quizá yo tendría en cuenta cualidades que tú desdeñas, ¿verdad? ¿Qué tiene que hacer esa criada?

—Ocuparse de la casa y de los niños. Hablar con ellos. Yo me encargaré de que todo tenga su orden. —Se inclinó hacia delante y dio una palmada en la mesa—. Y los niños tienen que aprender de una vez a leer y escribir decentemente. Todos.

—¿También las niñas?

—¿Quieres que sean tontas como las hijas de los ricos? ¿Que no sepan hacer otra cosa que coser y bordar? ¿Quedarse aquí sentadas y esperar a que un día pase alguien y se case con ellas, y, si no, sobrevivir como criadas o ya sabes tú qué?

—¿Qué es «ya sabes tú qué»? —preguntó Josefa, de tres años.

—Te lo explicaré más tarde, Pepita. ¿Entonces?

—¿Qué opináis vosotros? —Rodrigo miró a los niños.

—Oh —dijo Antonia.

Josefa y Ana guardaron silencio. Osvaldo dijo en voz baja:

—Entonces no tendremos tiempo para... para todo lo demás.

Jacinto asintió.

—Leer y escribir es una tontería —gruñó.

—Ya lo ves —expresó la madre.

Rodrigo sonrió.

—Convincentemente, necio, ¿eh? Haz lo que consideres correcto, señora de la casa.

Así que aprendieron lenguas, a leer y escribir y a calcular. Quedó tiempo suficiente para vagar por la ciudad, y naturalmente todos los días los dos chicos mayores tenían que echar una mano al padre durante varias horas en el trabajo en los astilleros. En cambio, Carmelo, el más pequeño, era enfermizo y soñador...

Belmonte se interrumpió. O'Leary se frotaba los ojos, y Smollett bostezaba.

—Mis disculpas, *gentlemen*. Creo que esto no viene a cuento. La condición de mis hermanos...

O'Leary asintió, se levantó, dio una vuelta al grupo reunido en torno a la mesa y volvió a sentarse.

—Lo que me interesaría, antes de seguir con tu viaje a América, Osvaldo, es saber un poquito de Smollett —dijo—. Nos hemos alejado un poco de usted, *mister*. Siempre se habla de esa novela que no conozco, y de las coincidencias entre el héroe y el autor, o sus experiencias. ¿Puede contarme algo más, digamos que de necio escocés a necio irlandés?

Smollett se llevó las manos a la nariz, entrelazadas formando una especie de torre de iglesia, y tosió.

—Si se empeña... No sé para qué podría servirnos, pero quizá se me ocurra alguna cosa.

Empezó a hablar de un joven que entretanto se le había vuelto cordialmente ajeno, de una familia en Escocia, de cargos y propiedades que al joven no le servían de nada, porque padre y abuelo habían discutido...

Belmonte intentaba escuchar, pero sus pensamientos divagaban. La juventud de Smollett y la juventud de su protagonista lo llevaban de vuelta a su propia historia, la familia, el puerto, los astilleros y los talleres alrededor de la bahía de Cádiz, y al día en que Blas de Lezo había aparecido sin anunciarse en casa de la familia. Saludó a la madre, cambió con el padre tan solo una mirada, que Rodrigo respondió con una cabezada y un suspiro.

—Siéntese, excelencia —dijo la madre—. ¿Podemos ofrecerle algo? ¿Café, té, vino?

—Présteme su oreja, señora. —Lezo se apoyó en el borde de la mesa.

—¿Mi oreja? —La madre dirigió una mirada inquisitiva a su marido.

—Yo, eh —dijo el padre—. Debe decírtelo él. Quiero decir... —enmudeció.

Lezo se pasó la mano por la cuenca del ojo.

—El rey me ha encomendado una nueva misión —dijo a media voz—. Una muy honrosa, que me llevará lejos de Cádiz.

—¿Podemos saber más?

—La flota —aclaró Lezo—. La Carrera de Indias. Mercantes, unos cuantos barcos de escolta, emigrantes, soldados. Una parte irá, como siempre, a Veracruz; pero, cuando la flota se divida, yo voy a ir a Cartagena. Y a quedarme allí.

—Una gran y honrosa tarea —admitió con voz ronca el padre de los Belmonte—. Allí hay mucho que hacer para asegurar la ciudad y la comarca. Para el futuro.

—Mis antiguos compatriotas... —dijo la madre, frotándose las manos en el delantal—. ¿Es eso?

Lezo acercó una silla con la pata de palo y se sentó.

—Aún no, señora. Pero nunca se sabe.

—Y... —Ella titubeó un momento—. ¿A quién de los míos quiere quitarme?

Cerró los ojos. La conversación, las voces y O'Leary y Smollett, el jardín, todo se alejaba, se convertía en un insignificante telón de fondo hecho de ruidos sin importancia. Todavía, después de todos aquellos años, veía el rostro pálido y contenido de su madre, el brillo húmedo y mate de los ojos, los dedos aferrados al delantal. El rostro desfigurado del almirante, que ponía encima de la mesa el brazo derecho, casi completamente paralizado, con ayuda de la mano izquierda. Los rostros de sus hermanos, la espalda de la madre, que se volvía e iba hacia el fogón, donde la sopa de pescado amenazaba con quemarse. Olía el pescado y el vino, la pintura pegada a su propia ropa: hasta hacía pocos segundos, cuando había llegado Lezo, había estado pintando el más grande de los dos cobertizos que había detrás de la casa.

Blas de Lezo lo quería a él. Un joven diestro, que podía echarle una mano, más como criado que como secretario. O no, no más que, sino distinto. Quería un secretario que supiera algo de barcos, que entendiera de sogas, maderas y velámenes, que pudiera tratar tanto con los simples marineros como con los oficiales. Joven, diestro, solícito, con ganas de aprender. Para Osvaldo, un sueño; para la madre, un espanto. Pero entonces él no lo había entendido. No había podido entenderlo. Naturalmente, no sabía —cómo habría podido saberlo— que en Madrid se contaba con una nueva guerra contra Inglaterra. Y que iban a pasar años antes de que volviera a ver su casa, a sus padres, a sus hermanos.

Naturalmente, la gran partida había empezado con una gran espera. Siempre faltaba algo: un documento, una carga anunciada que se había quedado en algún sitio del interior, o la tripulación de uno de los barcos no estaba completa, o el estado mayor del almirante aún tenía que despachar una consulta de Madrid, o..., o...

Ya había estado antes en la mar, cortos tramos con barcos pequeños. Por eso sabía que lo aguantaba, al contrario que muchos, que le endulzaron con sus secreciones la estancia bajo cubierta en angostos espacios. Sin duda era algo así como el criado y secretario del almirante, pero no tenía más que un catre en el alojamiento habitual de la tripulación; todas las demás y mejores posibilidades de viaje estaban ya ocupadas por viajeros, porque incluso el navío de línea del almirante transportaba pasajeros, y los pasajeros que pagaban, sobre todo si eran de cierto rango, tenían, naturalmente, preferencia. La travesía del océano careció en gran medida de incidencias, excepción hecha de algunas tormentas que lo atemorizaron, aunque los marineros expertos las calificaron de leves. Y de que, por supuesto, los barcos de guerra de escolta tenían que reunir una y otra vez el rebaño de dispersos cargueros.

Cuando llegaron a Cartagena, al principio estuvo enfermo largo tiempo, como muchos otros. Al cabo de tres meses, quedaban poco más de la mitad de los soldados españoles que debían guarnecer la fortaleza y los fuertes exteriores. Mosquitos, fiebre amarilla, el calor bochornoso, toda clase de enfermedades redujeron las tropas; a eso se añadió la merma habitual causada por accidentes y deserciones.

Blas de Lezo quedó horrorizado con el estado de las murallas, fuertes y fortificaciones. Y con la falta de pertrechos. Los alimentos eran un problema menor; casi todo lo que necesitaba la incrementada guarnición se podía obtener del interior. Más difícil era el caso de las necesidades militares. Había cañones que reventaban al primer disparo, cuando las podridas cureñas no se habían roto antes bajo el peso de los tubos. Extrañamente, había abundancia de balas, pero las alrededor de tres mil libras de pólvora no alcanzarían en absoluto para una defensa larga contra unos sitiadores bien equipados. Lezo dictó cartas para Madrid y todas las instancias posibles entre Lima, México y La Habana para pedir suministros y, dado que Osvaldo Belmonte tuvo que escribir parte de ellas, pronto tuvo una visión de conjunto de la gravedad de la situación.

Pero fueron duros años de aprendizaje. Blas de Lezo no se lo ponía fácil a nadie, empezando por él mismo, y el que quería seguirle el paso tenía que esforzarse. El que no quería o no podía seguirle el paso, hallaba en Cartagena otras posibilidades de trabajar y de llegar a algo. Osvaldo no quería ningún otro puesto; habría sido imposible escribir a sus padres que había abandonado el servicio del almirante. Lezo era severo, estricto, correcto, no exigía a nadie más de lo que se exigía a sí mismo, pero tampoco menos. La paciencia no era una de sus virtudes y, como era devoto por necesidad —todo por Dios y por el rey—, después de sus estallidos de ira se retiraba a la capilla del convento próximo para recogerse y arrepentirse. La mayoría de las veces entraba en ella con las venas hinchadas, latiendo visiblemente, y el rostro enrojecido, rezaba un rosario sentado —porque no era fácil arrodillarse con la pata de palo— y, cuando salía de la capilla, su rostro había recuperado su habitual color pardo, curtido por el sol, el viento y el agua salada.

A menudo la causa del enrojecimiento era el gobernador de la ciudad y la provincia, Pedro José Hidalgo; el número de «rubíes faciales» descendió cuando Melchor de Navarrete fue nombrado gobernador, en 1740. Entretanto había guerra, de manera que eran evidentes muchas cosas de las que no había sido posible convencer a Hidalgo.

En parte las fricciones también se debieron a que sin duda Lezo era un grandioso marino y soldado, pero no tenía grandes dotes en el terreno de la diplomacia, sobre todo en el trato con los funcionarios.

Quizá tampoco quería. Al fin y al cabo, el rey le había encargado defender Cartagena contra un posible ataque inglés, y disponer todo lo necesario al efecto. Funcionarios que no creían en la guerra y no querían autorizar nada sin asegurarse por escrito diez veces. A Lezo, mover a toda esa gente mediante dulces sonrisas y palabras suaves le parecía superfluo, o simplemente molesto.

Así que se perdió mucho tiempo enviando cartas por largos caminos al virrey, a Lima, donde funcionarios de similares dotes empezaban por dejarlas dormir. Cuando llegaba respuesta de Lima —bastantes pocas veces— y el gobernador Hidalgo se dignaba leerla, volvía a pasar tiempo hasta que daba instrucciones al alcalde, el único competente para la adquisición del material y la aportación de trabajadores, y quizá ese corregidor había dormido mal o, en la última recepción, le habían servido una copa de vino menos que a Lezo.

En 1739 volvió a ser instaurado el virreinato de Nueva Granada, suspendido en 1719, y en 1740 llegó a Cartagena el virrey Eslava, aunque los ingleses habían hecho todo lo posible por atrapar sus barcos. Por fin los caminos hacia las decisiones y adquisiciones se acortaron, pero, para cuando Eslava llegó, Belmonte no estaba en Cartagena; Lezo había encontrado una misión especial para él.

A finales de 1739 llegaron distintos mensajes sucesivos. En verano los ingleses habían enviado una gran flota, pero solo en octubre consideraron necesario declarar la guerra a España. El almirante lord Vernon atacó Portobello con la parte principal de la flota; una agrupación menor debía tomar además La Guaira, en la costa de la provincia de Caracas. El comandante de aquella empresa mandó izar banderas españolas y entró tranquilamente al puerto de La Guaira; el capitán del puerto estuvo mirando con calma hasta que los barcos estuvieron al alcance de la vista. Entonces, según informó a Lezo, había dicho:

—Es curioso que navíos de línea cuyos nombres puedo leer con el catalejo estén catalogados como miembros de la flota británica de las Indias Occidentales pero enarbolen bandera española. ¡Fuego!

A pesar de sufrir graves daños, los ingleses lograron abandonar el puerto de La Guaira. En Portobello el ataque tuvo distinto resultado, y después de la toma de la ciudad y la fortaleza, lord Vernon envió una carta a Blas de Lezo en la que le describía la victoria británica y le anunciaba que iba a proceder de igual modo con Cartagena. Lezo respondió cortésmente que al parecer a los defensores les había faltado la necesaria voluntad de lucha, y que lord Vernon podía estar seguro de que no habría podido tomar una fortaleza bajo el mando de Blas de Lezo.

Belmonte escuchaba mientras Lezo dictaba la carta a uno de los otros secretarios. Cuando el escrito estuvo listo y firmado y esperando a ser sellado, el almirante se volvió a Osvaldo.

—Ven conmigo, hijo —le dijo—; tengo algo que decirte.

Belmonte le siguió a una habitación anexa, en la que Lezo dormía a veces cuando el trabajo le hacía parecer demasiado costoso dirigirse a su verdadero alojamiento. Allí, Lezo se apoyó en el pequeño y repleto escritorio y miró al joven con intensidad.

—Escúchame bien —dijo—. Este es un asunto peligroso. Tu padre es casi un viejo y buen amigo, y por eso no voy a darte una orden. Si aceptas voluntariamente, bien; creo que nadie sería más adecuado que tú. Entre otras cosas, porque has aprendido de tu madre a hablar inglés como un inglés.

—¿De qué se trata, excelencia?

Lezo se frotó la nariz.

—Puedes aceptarlo o rechazarlo, pero no puedes hablar a nadie de esto, ¿entiendes?

—Por supuesto.

—Alguien tiene que llevar la carta. Y echar un vistazo.

—¿Sabemos dónde está ahora mismo Vernon?

—Más o menos. Se van a hacer tres copias, que yo también firmaré y sellaré. Un documento es para nuestros archivos, los otros dos saldrán en barcos de parlamento. Hacia los lugares en los que podría estar Vernon. Si quieres, tú irás a Jamaica en un barco con bandera blanca.

Belmonte dudó poco más de un parpadeo.

—¿Jamaica, entregar la carta, echar un vistazo y volver? —dijo.

—Dando un pequeño rodeo. Y, si algo te parece urgente, puedes dar otro rodeo. O varios. Eso lo dejo en tus manos.

—¿Cuándo he de partir, excelencia? ¿Pronto?

Lezo asintió. Solo alguien que le conociera bien podría haber tomado por una sonrisa casi afectuosa la mueca que se extendió por el rostro desfigurado.

—Mañana temprano. Y cuando regreses, hijo mío, ya no te llamaré de tú, sino teniente.

# Un par de pequeños rodeos

Si te dejas detener por cualquier perro que te ladre por el camino, jamás llegarás a tu destino. Pero, si tu destino son los perros, estás en el mejor de los caminos para convertirte en marca de olor.

SEUDOCONFUCIO

Aún había algunos encargos especiales, todos ellos verbales. Uno se refería al primer destino de su viaje, el «pequeño rodeo», que era un gran rodeo. Alrededor de mil millas hacia el este, de Cartagena a Port Louis, en Guadalupe, de allí más al noroeste, hacia Haití; ambas posesiones francesas y posibles puertos de atraque de una flota francesa. En ambos casos, Osvaldo Belmonte tenía que identificarse como emisario del almirante español Blas de Lezo y hacer llegar al respectivo comandante un mensaje verbal. Luego de Haití a Jamaica, donde posiblemente estuviera lord Vernon.

Pero Vernon y la mayor parte de la flota no estaban allí. En el puerto de Port Royal, destruida por un terremoto como capital hacía décadas y ahora nada más que fortaleza adelantada de la nueva capital, Kingston, Belmonte pudo, tras mucho ir y venir, subir a bordo de un navío de línea inglés y entregar al capitán más antiguo la carta de Lezo a Vernon. Le dijeron que estaban esperando a Vernon en los próximos días, así que Belmonte pidió que le permitieran esperar tres días y repostar agua y víveres frescos en el puerto. Tuvo la impresión de que, a pesar de la bandera de parlamento, los ingleses hubieran preferido echarlo a pique, pero, tras ulteriores deliberaciones con otros capitanes y el gobernador, le fue permitido.

Vestido como un simple marinero, Belmonte fue remando por la tarde al muelle en uno de los botes que debían recoger pertrechos y agua. Y se perdió entre la multitud. Anduvo un rato dando vueltas por las tabernas del puerto, haciéndose pasar por un *cockney* recién llegado de Londres en un barco de suministros, escuchó cuando alguien tenía algo que contar, durmió un par de horas detrás de un cobertizo y, por la mañana, alquiló un caballo para visitar a un viejo amigo en el hospital, que estaba fuera de la ciudad, de camino a Spanish Town. Cabalgó deprisa, trazando un amplio arco alrededor del asentamiento que se había formado en torno al hospital, y hacia las diez de la mañana llegó a lo que quedaba de la antigua capital española de la isla: Santiago de la Vega, conquistada, como el resto de la isla, por los británicos, luego destruida en su mayor parte y reconstruida con el nombre de Spanish Town. Allí seguían viviendo muchos descendientes de colonos españoles; con uno de ellos Belmonte estuvo hablando en voz baja, rápido y a conciencia.

En el camino de vuelta, consideró las muchas novedades de las que se había enterado. Hacia el mediodía, descansó en las cercanías del hospital, al pie de un árbol cuya ancha copa ofrecía sombra. El borde del círculo de sombra tocaba un pozo amurado, con cuyo cubo sacó agua para él y para su caballo. Una muchacha con un asno, que llevaba dos odres de agua, llegó al pozo justo cuando él volvía a dejar caer el cubo.

—¿Puedo ayudarte? —preguntó, y, sin esperar respuesta, sacó el cubo lleno y empezó a llenar el primer odre.

—¿Cómo podría impedírtelo y, sobre todo, por qué iba a hacerlo? —Ella le sonreía, casi radiante. En el marrón de sus ojos brillaban puntitos claros, como astillas de oro incrustadas. La punta de la delicada nariz se torcía un poquito hacia la izquierda y, como él nunca había estado realmente enamorado, o al menos no con éxito, se enamoró en el acto.

—¿Dónde has estado toda mi vida? —dijo, cuando volvió a sacar el cubo por tercera vez.

—En otra parte —respondió ella volviendo a sonreír, y metió un mechón castaño bajo el sombrero de paja.

—Qué lástima. Y, cuando me vaya a otra parte, te quedarás aquí, me temo.

Aún charlaron un poco a la sombra del árbol, compartieron una manzana y medio trozo de pan. Cuando se puso en pie, él le cogió la mano y dejó un beso en ella. Ella rio, le cogió por ambas orejas, le estampó un beso en los labios y dijo:

—Hasta alguna vez.

Él se quedó mirándola, a ella y al asno, con el que se sentía emparentado. En la cabalgada de vuelta a Kingston, pasó un rato encerrado en sí mismo —o detrás de ella—, hasta que se obligó a volver a pensar en las noticias.

Después de haber llevado el caballo al establo, anduvo

vagabundeando por el puerto hasta que, al atardecer, el esquife lo recogió en el lugar acordado. A él y a otro tonel de agua.

Al día siguiente, Vernon seguía sin dejarse ver. Belmonte y el capitán, más antiguo, pero bajo las órdenes en ese viaje del ayudante de Lezo, deliberaron. Por la tarde, comunicaron a los ingleses mediante banderas de señales que no podían seguir allí y que esperaban que la respuesta de lord Vernon fuera comunicada a Cartagena de otro modo. Partieron con la brisa del atardecer. Cuando hubo oscurecido, cambiaron el rumbo de sur a oeste, más tarde a noroeste y norte. Tuvieron que navegar de bolina hasta que, al amanecer, cambió el viento. Se mantuvo durante días.

El comandante del arsenal de La Habana no hizo muchas preguntas.

—En este momento necesitamos cada barco que podamos conseguir —dijo—. Es usted un poco joven, ¿no? Pero si dice que don Blas de Lezo le deja manos libres... ¿Cuánta gente y material podría llevarse?

En realidad, el bizcocho y el fuerte viento ya eran demasiado para el pequeño jabeque, pero embarcaron pólvora y balas de cañón y, además, a veinte voluntarios de la milicia cubana. Les dijeron que el gobernador, Juan Francisco de Güemes y Horcasitas, había arañado todo aquello de lo que podía prescindir sin dejar completamente despojados los puertos de Cuba. No era mucho, pero también la parte contraria, la Royal Navy, numéricamente muy superior, estaba llegando a sus límites: abastecer y fortalecer a la flota de Vernon, asegurar las comunicaciones con Inglaterra, vigilar a la flota francesa en Brest, evitar que llegaran refuerzos españoles a través del Atlántico, bloquear los puertos españoles de América... y, ahora, acompañar las operaciones terrestres ante las costas de Virginia, Georgia y Florida. La flotilla de suministros de la que formaba parte el barco de Belmonte llegó sin incidentes a San Agustín, en Florida. Los barcos británicos destinados a evitar precisamente eso llegaron después; en ese momento estaban ocupados en asegurar, mucho más al norte, las rutas para las tropas del gobernador de Virginia, Oglethorpe, y transportar víveres y soldados.

El 23 de febrero de 1740, el gobernador de Florida, Montiano, había pedido urgentemente en una carta enviada a La Habana que le enviaran algunos barcos armados, sin los que no podría defender San Agustín. También serían bienvenidos unos cuantos soldados o voluntarios, así como armas y munición. A finales de abril, las unidades alcanzaron San Agustín; se trataba de seis jabeques con veinte remeros, pedreros y un cañón de nueve libras a popa cada uno. Tres estaban a las órdenes de Francisco de Castillo, y los otros tres, de Juan de León Fandiño. Desembarcaron tropas y munición y anclaron bajo la protección de los cañones del fuerte.

Algunos días después se acercaron tropas inglesas, con animales de carga y carros de transporte. Según se supo más tarde, por prisioneros y desertores, estaban bajo el mando de un tal coronel Van der Dussen; se trataba de unidades regulares y voluntarios de Virginia, entre los que más tarde encontraron indios.

Al norte de la bahía de San Agustín, formada por el mar y el río Matanzas, había una estrecha y pantanosa franja de tierra delante de la costa, y detrás una especie de laguna seca; al sur se extendía la isla de Santa Anastasia, y allí querían instalarse las tropas de Van der Dussen, frente al castillo de San Marcos.

Van der Dussen tenía el encargo de instalar un campamento fortificado y una batería. Fandiño y Castillo deliberaron con Montiano; esa misma tarde levaron anclas, se acercaron a la posición inglesa a medio construir y abrieron fuego con los cañones de a bordo y con mosquetes. Van der Dussen ordenó una rápida retirada; los cañones de nueve libras de los jabeques españoles tenían más alcance que los de seis que el gobernador Oglethorpe había dado al coronel. Sin embargo, él y su gente se quedaron en la isla y se atrincheraron; durante las siguientes semanas hubo repetidos intercambios de disparos, que no cambiaron en nada la situación.

Entretanto, Oglethorpe había reunido una gran cantidad de tropas y material. Al principio, atacó los puestos avanzados españoles: los fuertes de Picolotta, San Diego y —esto de manera prioritaria y con enorme coste— Mosé, habitado por esclavos negros huidos del norte y por indios. Tras un fuerte tiroteo, se vieron obligados a abandonar el fuerte, pero consiguieron huir a San Agustín y reforzar las posiciones españolas.

Una escuadra británica de siete barcos apareció delante de la bahía y bloqueó San Agustín. Oglethorpe trasladó sus unidades a la isla de Santa Anastasia, emplazó las baterías y empezó a bombardear la fortaleza de San Marcos y la ciudad de San Agustín. El bombardeó se prolongó durante casi un mes.

Fandiño y Belmonte hicieron con sus barcos varias incursiones nocturnas contra los barcos británicos; naturalmente, no causaron gran daño, pero distrajeron la atención de los ingleses de manera que algunos barcos pequeños con suministros, procedentes de La Habana, pudieran atravesar el bloqueo.

La madrugada del 26 de junio, trescientos hombres, españoles y negros, abandonaron San Agustín. Antes aun de salir el sol llegaron al fuerte Mosé, que estaba ocupado por ciento veinte *highlander* y treinta indios. El ataque sorpresa salió bien. Los españoles perdieron diez hombres, los *highlander* y los indios, sesenta y ocho, otros treinta y cuatro cayeron prisioneros. El resto huyeron para unirse a las tropas de Oglethorpe y Van der Dussen, y llegaron a la bahía bajo el fuego de los barcos españoles.

Con asaltos y comandos —la mayor parte de las veces nocturnos—, los defensores consiguieron inquietar una y otra vez las posiciones de Oglethorpe en la isla de Santa Anastasia. Se enteraron por los prisioneros de que la gente de Oglethorpe dependía del abastecimiento de los barcos británicos desde que los españoles habían recuperado el fuerte Mosé y cortado las comunicaciones terrestres de los sitiadores. Pero los británicos, dijeron los prisioneros, eran avaros con los pertrechos y, además, no estaban dispuestos a emprender un desembarco ahora, al principio de la temporada de huracanes. Como en cualquier momento podía levantarse una tormenta, el comodoro inglés Pearce no pensaba lanzar a sus barcos contra los españoles en la angosta bahía, ya que no podría salir si la tormenta arreciaba.

El 20 de julio, Oglethorpe abandonó al fin el intento de tomar San Agustín; se levantó el campo bajo el fuerte tiroteo de los jabeques. Los cañones quedaron atrás.

Unos cuantos de los hombres de Belmonte habían tomado parte en el asalto del fuerte Mosé y se habían quedado allí para apoyar a los asediados otra vez por la gente de Oglethorpe y mantener abiertas las comunicaciones. No todos regresaron; entre los caídos estaba el capitán González. Una dura pérdida, no solo porque era un buen hombre y había sido casi un amigo.

—Me he quedado sin navegante —dijo Belmonte cuando los capitanes deliberaban, después de los combates—. ¿Puede alguno de ustedes, caballeros, prescindir de un buen hombre que nos lleve de vuelta a Cartagena? Yo miraba a González por encima del hombro para aprender algo de él, pero sigo sin atreverme a hacerlo solo.

Fandiño fue el único que, tras largo titubeo, admitió a regañadientes que también podía llevar su barco sin navegante de vuelta a La Habana.

—Tres son mejor que dos —gruñó—. Luego se retorció el bigote, rio y dijo—: Puedo, sí, pero no quiero obligar a nadie. Venga mañana a bordo, Belmonte; quizá consiga convencer a alguien.

Pero, cuando fue al otro barco por la mañana, no necesitó convencer a nadie. El primer oficial de Fandiño, Dorce, le saludó con una ancha sonrisa.

—El joven caballero que se ha batido con tanto valor. ¿Y ahora quiere robarnos a nuestro navegante? —Señaló hacia un negro alto, que fue hacia Belmonte y le tendió la mano.

—¿Está dispuesto a venir voluntariamente?

—Sí, con gusto. Rafael Ortiz, a su servicio, eh... ¿tiene usted un rango? ¿Cómo debo dirigirme a usted?

Smollett y O'Leary subieron un poco la voz y lo arrancaron de sus recuerdos. En cualquier caso, estaban mencionando el mismo nombre; el irlandés hablaba del pailebote de Belmonte y del navegador o timonel o primer oficial negro del capitán. Treinta años, pensó Belmonte. Con interrupciones...

Ortiz los llevó sanos y salvos de vuelta a Cartagena. En realidad, estaba hablado que después, cuando los caminos del mar volvieran a ser seguros y el comercio regular, no impedido por los británicos, él regresaría a La Habana con algún barco y volvería a las órdenes de Fandiño. Pero el conflicto duraba, y Blas de Lezo tenía otros usos que dar al barco, a la tripulación y a Ortiz.

A su regreso, Belmonte se presentó enseguida al almirante. Contaba con su ira; al fin y al cabo, había interpretado de manera muy libre sus instrucciones y, en vez de volver de Jamaica a Cartagena, había pasado meses en el norte.

Lezo estaba sentado detrás de su escritorio, como siempre repleto, y apenas alzó la vista cuando Belmonte entró, saludó y esperó la orden de rendir su informe. Lezo le hizo esperar un rato y luego dijo, siempre sin alzar la vista:

—Descanse, teniente Belmonte. —Después de otra breve pausa, añadió—: Agarre de una vez esa silla y siéntese. Hace mucho que le daba por ido a pique o en prisión. Más tarde, por supuesto, necesitaré el informe largo; ahora, empecemos por el resumen —solicitó, se reclinó en el asiento y torció un poco el gesto. Era una sonrisa, hasta donde la cuenca vacía del ojo, las cicatrices y las arrugas permitían interpretarlo.

—He ejecutado todos sus encargos, excelencia —dijo Belmonte—. He entregado sus mensajes a los comandantes de Guadalupe y Haití; la carta a lord Vernon...

—Lo sé. —Lezo asintió—. Entretanto, ha vuelto a escribirme unas cuantas sinvergonzonerías. Y nuestra gente de Kingston y, eh, Santiago de la Vega, me han contado esto y aquello. Los planes de ataque ingleses, por ejemplo. Y que usted pensaba ir a la Florida. ¿Cómo se le ocurrió?

Belmonte carraspeó.

—Perdón por la extralimitación, señor, pero pensé que, si el ataque de Vernon a Cartagena no era inminente, quizás a usted le importara seguir viendo ondear la bandera española sobre San Agustín y la Florida.

Lezo se reclinó, bostezó y se rascó con las uñas de la mano izquierda los hirsutos pelos que le habían brotado desde su último afeitado.

—Entretanto, Vernon bombardeó Cartagena dos veces desde el mar, y además intentó tomar La Guaira. En vano, por supuesto; según nos ha llegado de Madrid y París, los ingleses han construido más buques y vuelto a poner en servicio otros antiguos. Probablemente a finales de año alcanzarán y reforzarán la flota de Jamaica, de modo que tenemos que contar con que el verdadero ataque se producirá en enero o febrero.

—¿Hay noticias de la flota francesa?

—La flota del Atlántico podría estar saliendo de Brest ahora; el marqués D'Antin ha recibido el mando supremo. Pero dejemos eso a un lado. ¿Qué pasa con su barco?

—Está en el puerto. Tuvimos pérdidas en los combates de San Agustín. Por desgracia, el capitán González cayó. Otro capitán me prestó un navegante para que encontrásemos el camino de vuelta.

—¿Quién fue?

—Fandiño.

Lezo rio entre dientes.

—Ah, el cortaorejas. Buen marino, dicho sea de paso. ¿Y el navegante?

—Un negro, Rafael Ortiz. Un hombre de primera clase.

—Bien, bien. Los necesitamos con urgencia. Un capitán negro... no es posible en la flota real. Pero, al tratarse de un barco correo privado... Bueno, ¿qué hago con usted... hijito?

—Lo que usted desee, almirante.

Lezo pareció meditar brevemente.

—Humm —dijo entonces—. ¿Un gitano del mar? Deje de sonreír; podría encajar con usted. No, Osvaldo. Le necesito aquí. Para tareas especiales. El cargo de teniente lo recibirá por escrito, pero va a ser usted mi ayudante.


Por la noche hubo una pequeña fiesta; a la mañana siguiente Ortiz había desaparecido, y pasó algún tiempo antes de que Belmonte volviera a verlo. Encargos especiales, viajes con mensajes, misiones de información... Más tarde supo algunas cosas más de él; por ejemplo, lo que al principio le había parecido una «desbordante cortesía». Ortiz le habló del trato que había a bordo del barco de Fandiño y de sus consecuencias, y Belmonte se lo apropió, como se apropió también de los conocimientos marinos de Ortiz. Después, mucho después. Se acordaba de otras cosas, casi forzosamente, aunque le hubiera gustado olvidarlas o reprimirlas. La doble boda en La Habana, cuando la guerra aún no había terminado, pero ya no se libraba de manera intensiva: se había convertido en parte de la guerra europea por la sucesión al trono austriaco, y los combates navales en el Caribe solo tenían una importancia subordinada. Ingleses, franceses y españoles necesitaban sus barcos sobre todo en el Mediterráneo.

La boda en La Habana. Belmonte cerró los ojos, la conversación entre Smollett y O'Leary se convirtió en mero murmullo de fondo. Alguien de los invitados, un oficial, parecía haberse pasado media noche en un baño caliente con ajo, y apestaba de manera espantosa. Pilar, que iba a ser desde ese momento señora Belmonte, mantenía el ramo pegado a la nariz, y Linda Ortiz arrugaba la suya. Reprimir. O... no, no del todo. Había querido a Pilar, y ella a él, habían sido felices, juntos y con los dos niños. Ortiz y Linda también, aunque el destino hubiera querido que no tuvieran hijos. Feliz hasta el año 1755, cuando estalló en el barrio el gran incendio. Rafael y él estaban en el mar, y regresaron viudos. Y él, sin hijos.

¿Cómo podía reprimir el recuerdo de ese momento y conservar el de los anteriores? ¿Cómo pensar en los frescos ojos de Pilar, entre grises y pardos, y olvidar la tumba? Letras y números sobre piedra clara se interponían entre él y su boca, su cuerpo, su forma de abrazarlos con palabras a él y a sus hijos, su silencio febril, las trenzas de la pequeña Margarita, la camisa eternamente rota del pequeñito, Francisco, solo letras y números, piedra y grava. Cuando habían visitado por última vez La Habana, en otoño de 1763, al final de los once meses de ocupación inglesa, las tumbas aún estaban intactas, igual que los recuerdos. Entretanto, puede que estuvieran rajadas y cubiertas de mala hierba. Igual que los recuerdos.

—¿Y cómo consiguió usted el barco? —preguntó Smollett—. Esas cosas no resultan baratas, ¿no?

O'Leary miró a Belmonte.

—También yo me lo he preguntado.

—Era una presa —explicó Belmonte—. Un pailebote del norte bastante nuevo, construido en algún lugar cerca de Boston, que hacía un viaje de contrabando, fue apresado a su vuelta de Honduras y subastado en La Habana. Y nadie lo quería —se echó a reír—. Los marinos no son gente especialmente avanzada, señor Smollett, y creo que los muchachos de La Habana consideraban esas velas cangrejas, y en general esa clase de barco, como un artefacto del infierno, indigno de confianza. Por eso pudimos conseguir el barco relativamente barato.

—Pero relativamente barato sigue significando a cambio de dinero —dijo el viejo escocés.

—Bueno, teníamos un poquito de dinero, y desde luego tuvimos que contraer deudas. Tomar prestado dinero de amigos, de mercaderes, de banqueros. Pero lo devolvimos todo.

Smollett guiñó un ojo.

—Si de verdad ha leído algo mío, *dago*, sabrá que para mí el dinero siempre ha representado un gran papel. El dinero y la falta de dinero. La diferencia entre vivir y sobrevivir. Así que... ¿de dónde sacaron su dinero?

—¿Cuántas veces le han dicho ya que es usted imposible? Maleducado y...

—Tantas que ya me lo sé de memoria. ¿Entonces?

—De nuestra parte en los apresamientos. Y Ortiz y yo acabábamos de vender unas fincas en ese momento.

—¿Vender fincas? Felices ustedes. ¿Qué clase de fincas? ¿Dónde?

—En La Habana. Fincas con los restos de casas quemadas. En una calle en la que alguien quería construir casas nuevas y buenas de piedra.

Smollett murmuró algo acerca de incendios y casas, movió la cabeza y dijo:

—Está bien, no preguntaré más. ¿Qué hicieron entonces con el barco?

—Ninguno de los dos éramos soldados regulares, así que pudimos dejar el servicio con facilidad, sin grandes aspavientos. Durante algún tiempo, hicimos transportes para mercaderes, para comisionistas, y hasta para la flota y los gobernadores. Nunca había barcos suficientes para todo lo que había que hacer.

—¿Y a eso se dedica desde entonces? ¿Aparte de hacer pequeños viajes para liberar esclavos?

O'Leary volvió los ojos al cielo y lanzó a Belmonte una mirada que quería estar llena de reproche. O que contenía una súplica; Belmonte no lo sabía. En cualquier caso, hacía rato que un notable hastío se había apoderado de él. Un hastío de la conversación y de los recuerdos..., pero sobre todo un hastío y una creciente aversión hacia el famoso poeta. Se preguntó si Tobias Smollett había sido siempre así, o qué podía haberle convertido en ese hombre desagradable.

Reprimiendo un gemido, dijo:

—Entretanto pasamos algún tiempo, por encargo de la familia, buscando posibilidades de rehabilitar al almirante.

—Ah. —Smollett asintió con fuerza, luego movió, también con fuerza, la cabeza, de un lado a otro—. Mediohombre, el almirante patapalo..., típico de vosotros, los *dagos*, se podría decir.

—¿Qué?

—Si hubiera sido inglés, le hubieran erigido monumentos en Londres y en otros lugares. Gran héroe naval, gran héroe terrestre, que defendió a la patria contra una imposible superioridad de fuerzas, algo así. En cambio, el rey de España le privó de todos sus honores y títulos. Entonces, al menos. Entretanto ha sido rehabilitado, según he leído. ¿Y fue usted el que lo consiguió?

—No solo, pero buscamos por cuenta de la familia gente a la que de lo contrario no hubiera podido llegar.

—¿Por ejemplo?

—Oh, Melchor de Navarrete, por mencionar alguno.

Smollett se rascó la barbilla.

—Ayúdeme... ¿Quién era? No puede esperar que conozca a cualquier *dago* advenedizo.

—Navarrete fue gobernador de Cartagena, luego de Florida y, finalmente, de Yucatán. Eso es para que no tenga que esforzarse en pensar de qué rincón español se trata...

—... una península de México, lo sé. —Smollett sonrió—. Volvamos otra vez al verdadero tema. Pero, por más que me estimule la expectativa de participar de esas esmeraldas míticas, no se me ha ocurrido nada respecto a su padre, *mister*.

O'Leary se inclinó hacia delante.

—Olor —dijo enfáticamente.

—Usted me resulta apestoso, es cierto, pero ¿a qué se refiere?

—El olor puede abrir la puerta de los recuerdos. Piense en la peste que había en el hospital. Gangrena, orinales, trapos llenos de porquería, camas...

Smollett hizo un gesto de desdén.

—Tiene razón, pero, cuando pienso en el apestoso olor de entonces, no me encuentro en el hospital, sino en el barco. Lo que hubiera que oler en el hospital era el mejor de los perfumes comparado con los horrores del entrepuente del *Chichester*. Veo las úlceras, el pus, los vómitos; me acuerdo de los rostros de los hombres, desfigurados por el dolor, de la terrible estrechez... ¿Sabe que incluso cuando había mar gruesa las hamacas apenas se movían, de lo apretadas que estaban? No, lo siento, aunque me hable de gangrena no veo el hospital, y menos a su padre.

—Podríamos... —dijo Belmonte.

Smollett le interrumpió.

—La tarde se inclina hacia la noche —indicó volviendo la cabeza para ver dónde estaba el sol—. Esta noche, cuando la mujer regrese, los echaré a la calle, ¿está claro? Así que, si queremos conseguir algo, tenemos que concentrarnos un poquito. Estábamos hablando de Blas de Lezo.

O'Leary dijo, con los dientes apretados:

—¿Qué le parece si intercambiamos noticias del asedio? ¿Usted desde la parte inglesa, y Belmonte desde la española?

Smollett miró a Belmonte.

—Por mí, bien. No espero gran cosa de ello, pero podemos intentarlo. ¿Empiezo yo?

—Dispare. Si se me ocurre algo o tengo una opinión distinta, le interrumpiré. Seré descortés, como usted.

Smollett rio entre dientes.

—Magnífico. Adelante. —Luego pareció dudar. Se llevó las manos a la cabeza, se levantó de pronto, gruñó algo que, con el viento en contra y muy buena voluntad, Belmonte hubiera podido tomar por una disculpa, y fue hacia la casa.

# Las pruebas del médico

Zarpamos de Jamaica y navegamos contra el viento diez, como mucho quince días, hasta la isla de Vache, para atacar a la flota francesa, que, según se decía, había echado el ancla allí. Pero, cuando llegamos, ya iba camino de Europa, después de haber enviado un barco a Cartagena comunicando nuestra presencia, nuestras fuerzas y nuestro destino.

Pasamos allí algunos días, embarcando madera y agua; pero, en cuanto a su uso, nuestro almirante parecía tener en cuenta la salud de su gente, al no dar a nadie más de un cuartillo diario.

TOBIAS SMOLLETT,
*Las aventuras de Roderick Random*

Se quedaron mirando cómo se iba e intercambiaron una mirada; Belmonte movió la cabeza y se levantó.

—¿Qué pasará cuando haya terminado? —quiso saber O'Leary.

—Habrá que esperar; no tengo ni idea.

—La verdad es que me había imaginado de otra forma a tu gran escritor.

—¿Como por ejemplo?

—Bueno, por ejemplo, medio educado. Quizá no precisamente cortés con gente a la que no conoce, pero algo más tratable.

—¿Te refieres a que no tendría que dirigirse a nosotros llamándonos *paddy* y *dago* después de haberlo abastecido de golosinas?

—Al menos no llamarnos necio irlandés y esas cosas.

—Me estalla la vejiga, necio irlandés. —Belmonte fue al otro lado del matorral y se alivió. Mientras lo hacía, miró el cielo por encima del mar, contó velas y gaviotas y luchó con la idea de abandonar la empresa, que le parecía cada vez más absurda, y regresar al puerto. Hasta el peor de los vinos de una taberna, pensó, sería probablemente más productivo que aquella conversación. Luego se dijo que tal vez ocurriera un milagro y a Smollett pudiera ocurrírsele algo útil. «Por el momento, hay que aguantar —pensó—. ¿No dijo alguien que solo se puede sobrevivir a las pruebas a las que uno se somete?»

Regresó a la mesa; poco después también volvió Smollett. Llevaba bajo un brazo un paquete de papel que dejó resbalar sobre la mesa. Las hojas jugaron a ser un alud, hasta que él las frenó y las apiló.

—Se me acaba de ocurrir —dijo—. Llevo esto conmigo absurdamente desde hace años, de una vivienda a otra.

—¿Qué es? —preguntó Belmonte.

—Restos. —Smollett resopló al sentarse.

—¿Puede explicarlo?

—Cuando empecé a escribir *Roderick Random*, había hecho algunos estudios previos. Al principio no tenía claro hasta qué punto, bueno, con cuánta exactitud podía, debía, tenía que entrar en los acontecimientos bélicos. Después todo eso se volvió superfluo, pero nunca lo tiré. Nunca se sabe si algún día se podrá hacer algo con eso. O se querrá.

—¿Quiere decir anotaciones sobre el curso de la operación de Cartagena? —se interesó O'Leary.

—Anotaciones en las que poder apoyarme después. La memoria es así; nunca se sabe si se sabe lo que se sabe.

—Ajá. Muy instructivo. Pero ¿puedo saber otra cosa? ¿Si es que la sabe?

—Pregunte, *paddy*. Siempre hay que dar a los irlandeses la posibilidad de mejorar, ¿no?

—Ustedes dos... —O'Leary miró primero a Belmonte, luego a Smollett—. Hablan una y otra vez de ese Roddy. Al que yo no conozco. ¿Tiene algo que ver con su historia? ¿O con su prehistoria?

—Grises tiempos remotos.

Belmonte movió la cabeza.

—Siempre tuve la sensación de que ahí habían entrado cosas medio autobiográficas.

—Desfiguradas, deformadas, retorcidas, hinchadas. Pero... sí.

—Hinchadas, qué sorprendente —dijo O'Leary con una mueca—. ¿No se debería, o al menos usted...? —se interrumpió.

—¿Qué, irlandés? ¿Qué?

—Cuente un poquito; quizá todavía termine ocurriéndosele algo útil.

—Sí, por favor, buena idea —añadió Belmonte—. Y, para alguien que ama ese libro, sería un regalo.

—No quiero regalarle nada —gruñó Smollett—. De lo

contrario será casi como si le debiera algo por la comida y el vino. Está bien, como quiera. Pero no desde el principio; me guardo para mí la infancia y juventud del chico. Digamos que empezaré cuando terminé o, más bien, interrumpí los estudios y me fui a Londres.

—Por donde quiera, *mister*.

—No tiene nada que ver con querer, pero lo intentaremos.

Smollett se reclinó, puso una mano encima del paquete de papeles y empezó a contar cómo un posadero de Londres le había explicado dos o tres cosas esenciales sobre el trato con la gente esencial.

—Ha empezado muy mal —dijo—. Con los grandes hombres, como miembros de comisiones o incluso miembros del Parlamento, no se consigue nada si no se les unta. Lo mismo ocurre con sus criados. Dele un chelín al portero, al criado, amigo mío, de lo contrario nunca llegará hasta el señor.

—Oh, veo que en su casa se comportan exactamente igual que con nosotros, en Irlanda —precisó O'Leary.

—Cállese. Así que al día siguiente le di al criado, ese Cerbero, una de mis últimas monedas, y fui admitido. El noble señor escuchó lo que tenía que decir, y luego dijo: «¿Así que quiere ser médico auxiliar en un barco de guerra? No será tan fácil. En el almirantazgo y en todas las oficinas que le pertenecen hay tal cantidad de cirujanos escoceses esperando un puesto que los comisarios temen ser despedazados o pisoteados por ellos. Pero pronto entrarán en servicio más buques; quizás entonces podamos hacer algo.»

»Hice antecámara, como dicen los franceses, todas las mañanas durante quince días. Había dos antecámaras: una para los mejores candidatos, es decir, los que habían pagado dos chelines, y otra para el resto de los mortales, la gente como yo. En la buena había una chimenea y asientos; a mí se me permitió estar de pie en una habitación helada, soplarme los dedos para calentarlos y esperar la ocasión de hablar con el noble señor si se dejaba ver en la puerta.

»Finalmente, alguien que sabía un poco me preguntó si me había inscrito en el Collegium Chirurgicum. Le dije que no sabía que eso fuera necesario. Me respondió que primero tenía que ir a la Autoridad Naval, inscribirme allí y luego dirigir un escrito al Collegium Chirurgicum pidiendo ser examinado. Cuando esto hubiera sucedido, recibiría un diploma sellado; tenía que presentarlo al secretario de la Autoridad Naval. Después, tendría que poner en movimiento a todos los mecenas y conocidos disponibles para conseguir un empleo lo antes posible. Luego dijo que, las, bueno, llamémosle tasas por su certificado de capacitación como segundo médico en un navío de línea de tercera clase le habían costado trece chelines, el nombramiento, media guinea y media corona, y el regalo al secretario, tres libras.

O'Leary lanzó un profundo suspiro.

—Ya veo —afirmó— por qué la flota británica es tan temida.

—Ilústrenos..., si no es desmesurado esperar algo de luz de un necio irlandés.

—Los oficiales se compran la patente —dijo O'Leary—. Los médicos se compran el nombramiento, las tripulaciones son enroladas a la fuerza, los astilleros, supongo, tienen que regalar sus barcos al Almirantazgo, y el sueldo que quizás haya viene del tesoro público, que se llena exprimiendo campesinos, artesanos e irlandeses. Para sobrevi-

vir y hacer grande a Britannia, la gente de la flota tiene que
saquear a todo el resto del mundo. ¿No sería más sencillo
y sensato colgar a todos los nobles y funcionarios?

—Sin duda eso vale para todas las regiones del mundo
—intervino Belmonte—. Siga, *mister*. Supongo que no
tuvo que hacer todo eso que atribuye a su Roderick, ¿o sí?

—Casi. Solicitudes, escritos rogatorios, tasas, y en algún momento incluso me examinaron. Médicos, naturalmente. No fue tan loco como lo describo en el libro, pero
no faltó mucho. Me hicieron unas cuantas preguntas sen-
satas, como se detiene una hemorragia y se entablillan
unos huesos rotos, o algo parecido, pero también hubo
algunas preguntas en broma, en las que solo un necio habría picado.

—¿Qué, por ejemplo? —O'Leary alzó las cejas—.
¿Cómo se hace una sangría a un árbol, o se hincha una
rana, o algo así?

—No tan directas, pero... una pregunta que mi Roderick tuvo que responder me la hicieron, de hecho... ¿Qué
haría si en medio de un combate naval me traían a un
hombre al que una bala de cañón se le habría llevado la
cabeza?

El irlandés se echó a reír.

—Creo que ocurre a menudo entre los británicos.
¿Y bien? ¿Qué contestó?

—Que nunca me había encontrado un caso como ese
y que no recordaba haber encontrado en ningún libro la
curación para algo así. Pero que aceptaría con gusto sus
consejos y prometía aplicarlos y comunicar el resultado al
examinador en caso de una ineludible reanimación, no,
creo que dije resurrección asistida, bueno, en un caso así.

—Alguien me aconsejó una vez que, si quería seguir

sano, no debía ir al médico en ningún caso —dijo Belmonte—. Y con todas las carnicerías médicas que he visto en tierra y en el mar...

—¿Hubo más de esas preguntas en broma?

Smollett se sorbió los mocos y pareció sopesar un momento el resultado en la boca antes de tragarlo.

—Bah —contestó—. Claro que sí. Cosas como «suponiendo que lo llamaran a visitar a un paciente que ha sufrido muchos hematomas en una caída, ¿qué haría?». Cuando dije que le haría una sangría *in situ*, la siguiente pregunta fue: «¿*In situ*? ¿Sin subirle las mangas?»

—Muy bueno, para ser de un británico —indicó O'Leary—. ¿Tiene más historias como esa?

—A costa de *paddys* y *dagos*.

—Ah, bien.

—En algún momento me dieron la licencia. Segundo médico ayudante en un navío de línea. Fui a parar al *Chichester*, ochenta cañones, capitán Trevor.

—Lujoso, supongo —dijo Belmonte.

—Sí, claro; incluso el camarote de los médicos auxiliares. Un marinero me llevó hasta él. Tuvimos que bajar por varias escalas, bueno, escalerillas, se llaman, hasta llegar a un lugar oscuro como una cárcel, algunos pies por debajo de la línea de flotación, cerca de la cala. Y todo apestaba. Salió a mi encuentro un insoportable olor a queso podrido y mantequilla rancia. Salía, al pie de la escalerilla, de una estancia parecida a una asquerosa tienda de buhonero. Allí se sentaba, detrás de un atril, un hombre flaco y pálido que tenía unas lentes en la nariz y una pluma en la mano. Era el contador del barco, que estaba allí para registrar las provisiones de boca que correspondían a cada uno. Le di mi nombre y me inscribió en su libro. El alojamiento de los médicos auxiliares medía aproximadamente seis pies cuadrados, con coyes y botiquines y los baúles de los médicos, y una tabla sujeta como mesa al polvorín de popa. Unos paños de tela de saco, clavados a las vigas, servían de paredes y debían además protegernos del frío y de las miradas de los guardiamarinas y marineros que se alojaban a izquierda y derecha de nosotros.

O'Leary movió la cabeza, y en tono de sorpresa dijo:

—Y yo que siempre había pensado que bajo la cubierta de un cúter pesquero irlandés se estaba especialmente mal.

—¿Qué les daban de comer, *paddy*?

—Oh, pescado, patatas, zanahorias, pan duro, lo que pudiera encontrarse. ¿Por qué?

Smollett chasqueó complacido la lengua.

—Pan duro, sí, sí. Bizcocho naval, lleno de gusanos que uno sacude antes de comérselo, lo que da a la mesa un aspecto especialmente encantador. Todavía recuerdo mi primera comida a bordo. Un chico que tiene que atendernos a nosotros, los médicos auxiliares, lo mejor que pueda, trae una gran fuente de madera llena de guisantes. Ya he mencionado antes la mesa, esa tabla. El mantel es un viejo trozo de vela, hay unos cuantos discos de latón, doblados y raspados, que sirven de platos, cucharas de hojalata que tienen roto el mango o el cuenco. Uno de los compañeros echa un trozo de mantequilla rancia a la fuente de los guisantes y esparce pimienta por encima. Pero eso aún era en el puerto, la mantequilla aún estaba, digamos, recién rancia, y el pan duro aún no contenía un bullicioso relleno de carne.

—Y luego estaban sus obligaciones como médico, ¿no? —preguntó Belmonte—. Me acuerdo de un párrafo de su libro, tan hermoso que me lo he aprendido de memoria. Aproximadamente, al menos.

—Me deshonra usted, *dago*. ¿Qué párrafo es ese?

—Ese en el que el narrador va por primera vez a la zona de los enfermos... el hospital de a bordo, «en el que yacían los enfermos, y no me asombraba menos que la gente muriera en el barco que alguno de los pacientes saliera con vida. Vi allí unas cincuenta criaturas miserables, meciéndose alineadas en sus coyes, tan juntas que cada una, con lecho y ropa, no tenía más de catorce pulgadas de espacio. No tenían luz de día ni aire fresco, no respiraban más que los malolientes vapores que se alzaban de sus excrementos y sus cuerpos enfermos. Los gusanos que se habían engendrado entre la suciedad que les rodeaba los devoraban, y les faltaban todas las comodidades que las gentes en un estado tal precisan».

Smollett arrugó la nariz.

—Aproximadamente, sí. Y eso fue al principio del viaje, tan solo enfermedades comunes o heridas de una caída, o algo así. Era estupendo manejar un enema. Pero ¿puede imaginarse lo encantador que se volvía el hospital de a bordo cuando a eso se añadían mar gruesa y mareo? E incluso eso era paradisíaco comparado con lo que tuvimos delante de Cartagena, con el calor, el agua verde y todos aquellos heridos.

—¿Puede ser que todo sea parte de un plan mayor? —preguntó O'Leary.

—¿Qué clase de plan sería ese?

—La reducción a la condición de animal, que obedece de manera obtusa y puede ser sacrificado sin problemas en cualquier momento.

Smollett hizo un gesto desdeñoso con la mano.

—En todas las flotas es así. Y no solo en las flotas. Pero estábamos hablando de Cartagena.

—Con lo que por fin volvemos al escenario. —O'Leary miró desafiante a Belmonte—. ¿Sigues tú?

Belmonte tomó un trago de agua, llenó la copa de vino y volvió a beber. El sabor espantoso que la descripción de Smollett y sus propios recuerdos le habían causado en la boca no terminaba de ceder.

# Iluminación y ensombrecimiento

La expedición de Álvaro de Saavedra es enviada a las Molucas desde un puerto de la provincia de Zacatula, en la costa occidental de México. Hernán Cortés (1527) mantiene correspondencia, desde la recién conquistada capital mexicana de Tenochtitlán, «con los reyes de Cebú y Tidor, en el archipiélago asiático». [...] Más tarde, el conquistador de Nueva España sale en persona a hacer descubrimientos en el mar del Sur, y por el mar del Sur busca un paso al noreste.

ALEXANDER VON HUMBOLDT,
*Cosmos, II*

Smollett se inclinó hacia delante, dio unos golpecitos en el montón de papeles, cogió la primera hoja y carraspeó.

—Muy bien. Empecemos por el principio. Cuando Inglaterra declaró la guerra a España, en el año 1739, el Gobierno decidió importunar al enemigo atacando sus posesiones en las Indias Occidentales; con esa finalidad...

—Un momento, por favor —dijo O'Leary—. ¿Está seguro?

—¿Qué quiere decir, irlandés?

—En verano la flota es enviada a las Indias Occidentales, pero la guerra solo es declarada cuando hace mucho que ha llegado. ¿El Gobierno decide importunar al enemigo, como usted tan finamente dice, después de llevar largo tiempo importunándolo? ¿Y las tropas solo se reclutan cuando hace mucho que la flota se ha ido?

—Necio irlandés de los pantanos. Esto se refiere a la segunda ronda de armamentos.

—Ah. Así que estamos en el año cuarenta, ¿no?

—Así es.

—Quizás hubiera debido decirlo, ¿no?

—¿Por qué? Usted puede pensar por su cuenta.

Belmonte gimió.

—¿Hace falta esto ahora? Siga, por favor, o nunca llegaremos al Caribe.

—Humm. Bien, pues se presentó un plan del coronel Spotswood, el gobernador de Virginia, según el cual se le conferían poderes para poner en pie un regimiento de americanos que debía tener cuatro batallones, y prestar servicios bajo sus órdenes contra los españoles; sin embargo, como él murió antes de poder llevar el plan a cabo, el regimiento fue entregado al coronel Gooch, su sucesor como gobernador de esa colonia.

Los tenientes fueron nombrados en Inglaterra, por recomendación de lord Cathcart, el jefe de todas las fuerzas de tierra de la prevista expedición; y eligió para ese deber a jóvenes caballeros de buena familia, en su mayoría británicos del norte, que habían aprendido en Holanda y otros lugares extranjeros los rudimentos del arte de la guerra, y en consecuencia estaban cualificados para disciplinar a los recién formados regimientos.

O'Leary resopló.

—¿Rudimentos? ¿Cualificados? Bueno.

—Ellos recibieron patentes expedidas de puño y letra de Su Majestad; en cambio, los capitanes y alféreces fueron designados por los gobernadores de las distintas provincias en las que se reclutaban las compañías, conforme a los poderes que el rey les había otorgado con ese fin.

Mientras estos oficiales estaban ocupados en reclutar las compañías en Norteamérica y en disciplinarlas, en Inglaterra se pusieron en pie seis regimientos de infantería de Marina destacando en ellos hombres de la infantería de la Guardia; para mandarlos se designaron caballeros nobles y capacitados para las operaciones militares, y se hicieron todos los esfuerzos necesarios para ponerlos enseguida en condiciones de intervenir en las Indias Occidentales, adonde iba a ser desplazada la dirección de la guerra.

Se armó una flota y se dirigió, al mando del comodoro Anson, al mar del Sur, para allí importunar a los españoles en las costas de Chile y Perú...

—¡Cómo me gusta eso de importunar! —dijo O'Leary—. Es como hacer cosquillas o sacar la lengua, ¿no?

—... y, a ser posible establecer, por el istmo de Darién, contacto con una flota y un ejército que estaban destinados en Cartagena, y cooperar con ellos en bien de la nación.

O'Leary movió la cabeza.

—Pido perdón por la nueva interrupción, pero..., bueno, puede que esté claro para vosotros, pero no para mí. ¿Cuántas flotas había? ¿Qué pasaba con lord Vernon?

—Vernon llevaba ya desde el treinta y nueve en las Indias Occidentales y, como es sabido, entretanto había tomado Portobello —explicó Smollett.

—Quizá deberíamos atenernos a la cronología —dijo Belmonte—. De lo contrario, todo se vuelve oscuro. No es que no sea oscuro de por sí.

—Como usted quiera; abrevio, si lo prefiere. En julio del treinta y nueve, lord Vernon zarpa con una flota para atacar barcos y posesiones españolas en las Indias Occidentales. Pero la declaración de guerra no tiene lugar hasta octubre, cuando la flota ya ha llegado. Y se produce exactamente un día después del primer ataque a La Guaira.

—Juego limpio británico, ¿eh?

—¡Oh, cierre la boca! El responsable era un tal capitán Waterhouse, pero el ataque fracasa. Ya en octubre Vernon envía un oficial a Cartagena que se supone que solo debe entregar una carta al almirante Blas de Lezo y al gobernador, pero que en realidad tiene la misión de inspeccionar las fortificaciones. Pero los españoles no le dejan entrar en la ciudad.

—Qué pena, ¿eh? Si en Irlanda...

—¡Cállese, bárbaro! A finales de noviembre proceden contra Portobello, con el resultado que conocemos. En marzo del cuarenta, Vernon va en persona, con una flota de mediana potencia, a Cartagena, y desembarca unas cuantas personas para que investiguen los alrededores y cuenten los barcos españoles, cañones y demás. Los españoles no lo impiden. Luego, Vernon hace que sus barcos bombardeen la ciudad. Quiere saber el alcance de los cañones españoles, pero Lezo no le hace ese favor, tan solo manda disparar unos cuantos cañones de vez en cuando.

—Tipo listo, tu almirante —indicó O'Leary.

Belmonte se encogió de hombros.

—No estaba allí entonces, así que no puedo aportar nada.

Smollett prosiguió:

—Vernon llevaba tropas de desembarco; debían montar una batería en tierra. Pero eso no les gustó a los españoles, y los devolvieron a sus barcos.

—Qué desvergüenza, ¿no? —El irlandés rio entre dientes.

—Entonces los británicos bombardearon la ciudad durante unos días y se largaron. En dirección a Panamá. Hay que poder contar algún éxito a Londres. Después de que cayera Portobello, había otra fortaleza en la costa caribeña, Chagres creo...

—San Lorenzo el Real Chagres —intervino Belmonte—. Cuatro cañones y treinta hombres de infantería al mando de un capitán, eh, ¿cómo se llamaba? Cevallos, eso es; Juan Carlos Gutiérrez Cevallos.

—Gigantesca fortaleza, poderosa guarnición —dijo O'Leary con una sonrisa torcida—. ¡Dios mío! Treinta infantes españoles y cuatro cañones. Terrible amenaza para esos pobres ingleses extraviados, ¿eh? Y seguro que emplearon una docena de barcos de guerra contra esa poderosa fortaleza, ¿no?

—Cuatro navíos de línea —contestó Smollett—. Una fragata, unas cuantas bombardas, un par de brulotes, y, por supuesto, barcos de abastecimiento.

—Por supuesto. ¿Qué son las bombardas?

—Barcos con morteros pesados —dijo Belmonte—. En realidad, solo se usan en asedios y ocasiones parecidas; no son muy adecuados para navegar, son bastante difíciles de manejar.

—Vernon ordenó el bombardeo, y la pequeña guarnición española aguantó dos días antes de capitular. Eso fue, creo, el 24 de marzo del cuarenta.

—No lo fue —aseguró Belmonte—. Pero tendremos que discutir sus fechas más tarde.

—Como quiera. En cualquier caso, Chagres, como antes Portobello, resultó en gran medida destruido. Vernon volvió entonces a Cartagena, a principios de mayo, y seguro que quería bombardear un poco la ciudad, pero Blas de Lezo había dispuesto sus barcos de tal modo que Vernon no pudo acercarse lo bastante; Vernon dijo entonces que solo había sido una maniobra, y volvió a Jamaica.

—Ahora lo he entendido —dijo O'Leary—. Menos una cosa... ¿Qué tenía Cartagena que fuera tan importante como para que Vernon quisiera tomarla a toda costa?

—Era la más fuerte de las fortalezas españolas de las Indias Occidentales —dijo Belmonte—. Además del puerto más importante para el comercio con Europa, base, plataforma, como quieras llamarlo. Y el verdadero objetivo de los ingleses era otro muy distinto; pero hemos guardado un silencio muy discreto hasta ahora acerca de eso.

—¿Cuál era?

—No se trataba de un poquito de oro y una mejora general de la posición inglesa en las Indias Occidentales. No. Querían arrebatar a España toda América.

—¿Como Irlanda, y luego la India? —O'Leary chasqueó la lengua—. Por qué ser modestos si se puede ser ambiciosos, ¿no? No es que allí se les hubiera perdido nada. Y a los españoles tampoco.

Smollett hinchó los carrillos.

—Bah. ¿En serio vamos a discutir ahora a quién no se le había perdido nada dónde? A los persas no se les había perdido nada en Grecia, ni a Alejandro en Persia, ni a los romanos en Inglaterra, Francia, Alemania y España, ni a los árabes en Europa, ni a los normandos y anglosajones en Inglaterra, ni a los mongoles...

—Sí, y san Pablo no habría tenido que ir a Roma y Ulises habría tenido que quedarse en casa, como Colón y los Padres Peregrinos —dijo Belmonte—. Vayas donde vayas, siempre ha estado alguien antes. ¿Y de qué nos sirve eso ahora? No podemos revertir todas las migraciones y conquistas de la Historia solo para que los españoles no estuvieran en Cartagena y los británicos no la atacaran.

—Está bien, hombre. Aun así... como irlandés, no puedo aprobar las masacres que Cromwell y otros ingleses hicieron con nosotros.

—Ni tampoco los millones de indios muertos en la América española —terció Smollett.

—Claro que no; ¿quién está hablando de aprobar? Es nuestra eterna vergüenza. —Belmonte dobló los brazos, con las palmas de las manos hacia arriba—. Unos cuantos atenuantes, no, no es la palabra adecuada, no cambian nada en eso...

—¿Adónde quiere ir a parar? ¿Circunstancias atenuantes en un asesinato masivo?

Belmonte rio apenas.

—No, claro que no. Pero no es que nosotros, los malvados españoles, fuéramos a asaltar un paraíso. Pregunte a los otros pueblos de las montañas de Perú si les gustó ser sometidos por los incas. ¿Y los terribles aztecas? ¿Por qué todos los otros, como los tlaxcaltecas, fueron tan a gusto junto a Cortés contra los aztecas?

—Para que ahora volvamos a hablar de irlandeses muertos y esmeraldas escondidas en la región de Cartagena —manifestó O'Leary—. ¿Por dónde íbamos?

—Un momento —dijo Belmonte—. Ya que estamos ajustando cuentas... Seguro que ahora me vendrán con las víctimas de la Inquisición, y yo le preguntaré cuántas supuestas brujas quemaron en los países protestantes, o cuántos católicos tuvieron que morir en Inglaterra. Y O'Leary podría ir al puerto y pedir a nuestro navegante negro, Ortiz, que nos cuente algo sobre la esclavitud. Y digamos que, en lo que a indios muertos se refiere..., ¿puede ser que el número de mohicanos, pequots, mohawks y delawares haya disminuido también un poquito en sus colonias americanas?

—Es cierto. —O'Leary borró la sonrisa de su cara—. En opinión de los ingleses, los españoles son responsables de todos los males del mundo. Por eso bombardearon Cartagena. Siga, *mister*.

Smollett recogió la hoja que había dejado a un lado en el ardor de la conversación.

—Vernon vuelve a Jamaica —murmuró—. Y podemos seguir donde el necio irlandés me interrumpió. Año cuarenta. La primera flota, al mando de Vernon, está en las Indias Occidentales; una segunda, al mando de Anson, es enviada al Pacífico; la tercera debe preservar los intereses de Inglaterra en Europa y proteger el canal, así que vamos a la cuarta.

Levantó la hoja y siguió leyendo con voz nasal:

—Los regimientos de marina habían estado un tiempo acuartelados en la isla de Wight, y estaban bien formados; fueron embarcados en ochenta buques de transporte, junto con el aparataje bélico necesario para la expedición, y varias secciones de los tres antiguos regimientos subieron a bordo de los barcos de guerra que más tarde iban a ponerse a las órdenes del almirante Vernon. Se trataba del

*Russell*, ochenta cañones, buque insignia del contraalmirante sir Chaloner Ogle, con el capitán Norris; el *Torbay*, ochenta cañones, capitán Gascoyne, que llevaba además a bordo a lord Cathcart, general de las fuerzas de tierra; el *Cumberland*, ochenta cañones, capitán Stuart; el *Boyne*, ochenta...

—¡Socorro! —O'Leary gimió ruidosamente—. ¿Va a leernos ahora toda la lista de la flota?

—Tiene que haber un orden. —Smollett se cubría el rostro con la hoja, pero, aun así, se veía que estaba sonriendo.

—¿Cuántos son en total?

—Veinticinco navíos de línea, con entre sesenta y ochenta cañones cada uno, entre ellos el *Chichester*, al mando del capitán Robert Trevor. —Smollett torció el gesto—. Aparte de unas cuantas fragatas, brulotes, bombardas, barcos hospital, barcos de provisiones, etc.

—¿Puede saberse a qué viene esa mueca? —dijo Belmonte.

—A bordo del *Chichester* se encontraba un tal Tobias Smollett, médico ayudante. Que puede decirles que el capitán Trevor encarnaba todo lo que los oficiales de la Royal Navy tienen de repugnantes.

Belmonte asintió.

—¿Sutil dirección de los hombres, preocupación porque estén bien alimentados, renuncia al látigo de nueve colas, amabilidad general?

—Usted lo ha dicho. Pero probablemente no sea mejor en otras flotas. En cualquier caso. Sigamos avanzando. Esa noble flota zarpó de St. Helens el domingo 26 de octubre de 1740, con buen viento del este-noreste, que se mantuvo hasta el viernes 31, en el que se levantaron rachas de popa; durante la noche se convirtieron en un viento fuerte, y por la mañana del 1 de noviembre crecieron hasta convertirse en una fuerte tormenta, que causó grandes daños en varios barcos, rasgó velas, partió mástiles y causó, en general, gran confusión.

Smollett dejó a un lado la hoja y cogió la siguiente:

—Todavía recuerdo que por la mañana temprano me despertó un terrible concierto de bombas de achique, cureñas que chirriaban, maderas que crujían bajo el intenso movimiento, olas altas, el aullido del viento, el golpeteo del aparejo y el rugido y griterío de seiscientos hombres que corrían de un lado a otro por la cubierta. El espectáculo tampoco era más agradable a la vista que al oído; cuando me incorporé y subí por la escalerilla, me encontré con una triste escena. De toda la flota solo se veían siete barcos, y de ellos dos habían perdido los mástiles, mientras los otros navegaban con las velas mayores rizadas; las olas eran de un tamaño increíble y terrorífico; a bordo no se veía otra cosa que tumulto, agitación y espanto; el barco se alzaba y hundía con tal fuerza que los mástiles temblaban como si fueran finas ramitas; un tonel de agua se soltó de su estiba en la cubierta y aplastó a dieciséis hombres antes de poder volver a sujetarlo; la vela mayor estaba rota en mil pedazos, y cuando se drizaron las vergas para poner una vela nueva, una de las brazas cedió con tal fuerza que cuatro hombres fueron arrojados por la borda; dos de ellos se ahogaron, la rodilla de un quinto quedó terriblemente machacada.

Luego, hubo buen tiempo. El lunes reaparecieron otros cuarenta barcos; el 25, un marinero del *Chichester* saltó por la borda y se ahogó después de haber sido sometido a un oprobioso castigo por estar lleno de piojos. Luego empezó el bochorno, se presentaron numerosos casos de fiebre, y a los pocos días toda la flota estaba bastante enferma. El 19 de diciembre pasamos ante las costas de Martinica y Guadalupe. Más tarde anclamos en una bahía de la isla de Dominica. Al día siguiente la expedición sufrió una gran pérdida con la muerte de lord Cathcart, un noble que se había distinguido por su bravura, capacidad y experiencia en el arte de la guerra; su carácter era en todo sentido amable, y su destino fue objeto de general lamento, tanto más cuanto que su sucesor en el mando supremo fue el general de brigada Wentworth, un oficial que no disponía ni de los suficientes conocimientos, ni del prestigio ni de la confianza en sí mismo necesarios para tan importante empresa.

O'Leary silbó en voz baja.

—Duras palabras, *mister* —dijo—. ¿Cómo se llega a general de brigada si no se sirve para eso?

—Familia y relaciones. —Smollett se encogió de hombros—. Era hijo de un baronet, y quizá no era tan malo como capitán o mayor, pero en el mando supremo...

—Supongo que oiremos hablar de disputas entre Vernon y él, ¿no? —Belmonte guiñó un ojo—. Los prisioneros contaron alguna cosa, entonces.

—Me temo que tendremos que mencionarlas. Podría ser que un almirante mejor y un general mejor hubieran llevado la expedición a un mejor... Pero dejemos eso ahora; sigamos con el texto. La flota se quedó siete días en la bahía para embarcar madera y agua; durante ese tiempo se plantaron en la playa tiendas de campaña para alojar a los enfermos, y los afectados de escorbuto se recuperaron con sorprendente rapidez solo con respirar aire de tierra y beber abundante agua fresca. Durante los días siguientes se sumaron otros barcos dispersos, así que la flota volvió a tener ciento dieciocho buques. El 7 de enero hubo un combate entre cinco barcos de guerra ingleses y cinco franceses, en el que ambas partes perdieron unos cien hombres cada una. Por la mañana, el comandante inglés lord Augustus Fitzroy afirmó que había tomado a los franceses por españoles; se separaron con declaraciones de cortesía y respeto mutuos.

O'Leary batió palmas con lentitud.

—¡Declaraciones de cortesía, respeto y cien cadáveres! ¡Tal vez antes habrían podido...!

—¡Cállese! Sigamos. El resto de la flota, al mando de sir Chaloner, había ido entretanto en Jamaica y llegó el 9 de enero al puerto de Kingston, o sea, Port Royal, donde el almirante Vernon se hallaba con su flota; entretanto, también el regimiento de los norteamericanos había llegado y había sido desembarcado.

»Ahora voy a saltarme unas cuantas cosas; aquí se describen detalladamente los preparativos para embarcar las tropas y abastecer la flota de agua, víveres y todo lo necesario; el consejo celebrado en casa del gobernador Trelawney en Spanish Town; la decisión de observar los movimientos de la flota francesa, anclada delante de la costa de Haití bajo el mando del marqués D'Antin. Llevaron a bordo un grupo de negros reclutado por el gobernador; luego la flota zarpó en tres secciones, la primera el 22 de enero, al mando de sir Chaloner Ogle; la segunda, el 25, al mando del comodoro Lestock, y el 31, el almirante Vernon. El capitán de un vigía, una chalupa, dijo que había visto diecinueve barcos de guerra en el puerto de Port Louis. El 12 de febrero, esto fue confirmado por el capitán de otra chalupa. El 14 de febrero se comprobó que se trataba de barcos mercantes; la flota del marqués había zarpado ya hacia Europa el 26 de enero. El 16 de febrero, un consejo de oficiales decidió que la flota debía volver a embarcar madera y agua y seguir rumbo a Cartagena.

»Para los trabajos necesarios para conseguir madera y agua se empleó sobre todo a los negros embarcados en Jamaica, cuya arma favorita era el machete. Aparte de los negros, se emplearon también secciones del regimiento americano, que cortaron y ataron fajinas y postes.

»Tres barcos (el *Weymouth*, el *Exeter* y una chalupa, la *Spence*) fueron destacados para examinar y sondar las aguas costeras próximas a Cartagena, por ejemplo, la bahía de Punta Canoas, a pocas millas de distancia.

»El 26 de febrero, la flota entera se había hecho a la mar, y la tarde del 4 de marzo echaba el ancla ante Playa Grande, entre Cartagena y Punta Canoas. Se indicó a las pequeñas fragatas y brulotes formar una línea paralela a la costa, como si fueran a dar comienzo a las operaciones por el lado de barlovento.

—Refrene los caballos de sus escritos —dijo Belmonte; se inclinó hacia delante—. En este punto hay cosas que aclarar.

Smollett dejó la última hoja que había leído en el montón izquierdo, el más pequeño.

—¿Qué, por ejemplo?

—En primer lugar, sus fechas.

—Ah.

—Exacto, ah. Su reino decidió, hace solo veinte años, ser parte de Europa en adelante, al menos en lo que al calendario se refiere.

Smollett sonrió.

—Si conozco bien a mis compatriotas, en algún momento revocarán eso. Pero tiene razón, *caballero*. El calendario gregoriano...

—Implantado en 1582, aceptado graciosamente por Inglaterra en 1750. Su 4 de marzo de entonces es nuestro 14 de marzo.

—Para evitar confusiones, quizás habría que corregirlo durante la lectura, ¿no? —dijo O'Leary.

Smollett resopló.

—¿Solo para que un necio irlandés no se extravíe en el calendario? No sé si tengo por qué hacer eso. Limítese a añadir diez días cuando no le guste mi exposición.

—Otra cosa —añadió Belmonte—. Le he hablado de mi viaje de ida y vuelta a Florida. Llegados a este punto, quiero decirle lo que me había encargado Blas de Lezo. Lo que debía decir a los distintos comandantes franceses.

—¿Y era?

Belmonte sonrió, casi para sus adentros.

—El almirante *patapalo*... Había previsto que los franceses no pensaban ni en sueños ayudarnos contra los británicos. Tampoco habría tenido mucho sentido, dadas las proporciones numéricas. No, yo debía decir a los comandantes que transmitieran al almirante, probablemente el marqués D'Antin, pero no lo sabíamos con exactitud. Es decir, yo no lo sabía; Lezo lo dijo.

—Da igual. ¿Qué debía decirles?

—En interés de la situación mundial, de las antiguas alianzas, del parentesco entre los reyes, etcétera. El almirante, que también había sido teniente de la armada francesa, rogaba que no se derramara una gota de valiosa sangre francesa, pero que se abandonaran las posiciones lo más tarde posible.

—¡Ah! —exclamó Smollett—. ¡Cerdo negro! Hombre inteligente.

—¿Por qué, por favor? —O'Leary los miró alternativamente a ambos; su mirada parecía implorar una explicación.

—Si Vernon hubiera ido en enero directamente a Cartagena —dijo Belmonte—, habría dispuesto de varias semanas antes de empezar la primavera, calurosa y lluviosa.

—Lo dice aquí —indicó Smollett; cogió la hoja siguiente del montón más alto—. Estuvieron discutiendo mucho tiempo si era necesario buscar a los barcos franceses y mantenerse en esas aguas. Por una parte, habría sido más que frívolo dejar a nuestra retaguardia una poderosa flota francesa, que habría podido atacarnos en cualquier momento. Por otra, pronto se demostró que, junto a la costa, la temperatura aumentaba deprisa, y que diez días de tiempo más fresco habrían sido de mucha ayuda.

—Bueno, no sé. —O'Leary levantó una mano tras otra, con las palmas hacia arriba, como representando una balanza—. Con esto de por una parte y por otra se pueden hacer discursos inteligentes, pero no sirve mucho para actuar. Desde luego que hay que sopesarlo todo, claro, y yo no me dejaría arrastrar a tomar semejantes decisiones. Pero... ¿qué habría hecho don Blas en esa situación?

—No puedo más que adivinarlo —respondió Belmonte. Titubeó; luego se encogió de hombros—. Supongo que habría destacado unos cuantos barcos para observar a los franceses y habría ido lo antes posible a Cartagena con el grueso de su fuerza. Pero ¿quién sabe? Siga, *mister*.

# Comienza el ataque

Una acción ofensiva electriza los ánimos, pero
la experiencia ha demostrado que ese ánimo elevado puede convertirse en todo lo contrario en caso
de grandes pérdidas.

HELMUTH GRAF VON MOLTKE

Smollett se levantó.

—Mis adormilados huesos... —dijo. Mientras seguía
leyendo, caminó lentamente de un lado para otro de la estancia—. El 4 de marzo, o sea el 14, echamos el ancla por
la noche ante Playa Grande, entre Cartagena y Punta Canoas. Un total de ciento veinticuatro barcos.

—Aproximadamente, lo mismo que vuestra gran Armada del año 1588, ¿no? —indicó O'Leary.

—Pero los ingleses tuvieron mejor tiempo en el Caribe que nosotros entonces en el Canal.

O'Leary rio entre dientes.

—Y un almirante más o menos igual de incapaz.

—Entre nosotros..., el vuestro era peor —gruñó Smollett. Se había detenido junto a la mesa—. Al menos Vernon tenía un poco de experiencia en barcos y en guerras. El duque de Medina-Sidonia era, creo, una rata de campo ignorante, y solo había conseguido el puesto por su rango nobiliario.

—Después de que muriera el almirante que estaba previsto —afirmó Belmonte, cogió una manzana y la mordió—. Esta fruta no está tan verde como el duque, pero sin duda es mucho más jugosa.

Smollett resopló. Cuando siguió hablando, reanudó su recorrido: diez pasos para un lado, diez para el otro.

—Pero la flota aún no estaba completa; llegaron a ser más de ciento noventa barcos... ¿Ciento noventa y tres? Ya no estoy del todo seguro. No importa. Bueno, Playa Grande. Puede ser que los nobles señores pensaran emprender allí el ataque, pero se lo quitaron pronto de la cabeza. Las aguas son poco profundas, la playa es plana, no hay cobertura alguna hasta la ciudad, una estrecha lengua de tierra, detrás una laguna... ¿Llevar a tierra en botes hombres y cañones, todo al alcance de las baterías? Si no recuerdo mal, Vernon había puesto en marcha unas cuantas maniobras de distracción al norte de Cartagena, pero estaba claro de antemano que el único ataque sensato podía hacerse desde el sur, a través de la bahía. ¿Se hace usted..., usted, sí, Belmonte, por supuesto, pero usted, mister O'Leary, una idea de la situación?

El irlandés negó con la cabeza.

—Tan solo aproximada.

—Humm. Bueno, en realidad hay dos accesos a la bahía. Bocagrande y, más al sur, Bocachica, y en medio una isla con el hermoso nombre de Tierra Bomba. Pero el gran acceso norte estaba descartado. Seguramente sigue estándolo hoy, no creo que los españoles hayan cambiado gran cosa... por su propio interés. Bocagrande es ancha, eso es cierto, pero muy poco profunda, tan solo unos cuantos pies. Hay todos los bancos de arena que un defensor puede desear; además, a lo largo de los años es posible que hayan hundido allí a algún que otro visitante no bienvenido. Creo haber oído algo acerca de pecios portugueses. Y seguro que Lezo hundió unos cuantos barcos viejos antes de que llegáramos. Sea como fuere... el ataque tenía que llevarse a cabo por Bocachica, la entrada sur.

O'Leary también se puso en pie.

—Quiero estirar las piernas —dijo—. Y pedirle un favor. Al contrario de ustedes dos, no tengo ninguna experiencia bélica y no me resulta tan fácil imaginarlo todo. ¿Podría describir el lugar con un poco más de detalle? ¿O tú, Osvaldo?

—Aún no me toca a mí —respondió Belmonte.

Smollett se abanicó con la hoja.

—Si es preciso... Veamos. Bocachica se abre hacia el oeste; debido a que allí predomina el viento del este, los barcos tendrían que navegar de bolina para llegar a la bahía, pero el acceso es demasiado estrecho para navegar de bolina. En uno de los lados del angosto canal, los españoles habían establecido el fuerte de Bocachica, una fortificación cuadrangular con cuatro bastiones y ochenta y cuatro cañones pesados; además, allí había un mortero pesado y varios morteros ligeros. Al otro lado estaba el fuerte de San José, en una isleta separada de la tierra firme de Baradera por un estrecho brazo de mar; allí había treinta y seis cañones, y entre los dos fuertes se tendía una barrera de cables, cadenas y troncos de árbol. Detrás había cuatro navíos de línea de sesenta y cuatro cañones cada uno, y, en tierra, la batería de fajinas de Baradera y los fuertes, más pequeños, de San Felipe y Santiago. ¿Basta con eso?

—Estoy entusiasmado.

—Uh. Un irlandés entusiasmado... Bien, sigamos. Vernon envió un par de barcos a sondar el fondo. Comprobaron que también Bocachica era bastante poco profunda, salvo el canal. El 5, o sea el 15 de marzo, hubo una especie de consejo. Y... ¿qué creen que se discutió en él?

—¿Los detalles del ataque? —Belmonte lo miraba intrigado, como si estuviera sorprendido de que Smollett hiciera siquiera esa pregunta.

De pronto, O'Leary se echó a reír.

—Si empezamos así, Smollett, y si conozco bien a esos necios ingleses, probablemente empezaron por determinar cómo repartirían el botín que esperaban obtener entre los distintos barcos y grupos de tropa, ¿verdad?

—Antes de cazar al oso, hay que aclarar qué parte del asado recibe cada uno. Luego se exploró y sondeó un poco, y un barco estuvo a punto de irse a pique en un banco de arena. Hasta el 9 de marzo no se llevaron a cabo las primeras acciones. Contra las fortalezas de Santiago y San Felipe, que de lo contrario no solo hubieran podido disparar a las tropas durante el desembarco, sino también a los barcos anclados.

»Tres barcos (el *Norfolk*, el *Russell* y el *Shrewsbury*) tuvieron que acercarse para poner a tiro las baterías españolas. El *Shrewsbury* fue el que tuvo las mayores pérdidas, sesenta muertos y heridos, los otros dos juntos alrededor de diez, creo. Esa misma noche, el teniente coronel Cochrane bajó a tierra con los granaderos, siempre bajo el fuego enemigo; tomaron las dos fortificaciones pequeñas. Al día siguiente desembarcó el resto de las tropas, pero, solo el 11 de marzo, la gente, sobre todo los negros con picas y machetes, lograron limpiar el suelo lo bastante como para poder instalar las tiendas de campaña y alojar de manera decente a los soldados. Luego avanzaron por aquella isla, Tierra Bomba, hasta la bahía, para cortar la comunicación terrestre entre la ciudad y el resto de las fortalezas. El oficial al cargo, bueno, el ingeniero, un tal mister Moor, hizo tender fosos y fajinas para atacar las baterías españolas. Sacos de arena y toneles llenos de arena fueron adelantados cada vez más como cobertura, detrás emplazaron los morteros, y el 13 de marzo empezaron a disparar sobre la propia fortaleza de Bocachica, apoyados por la artillería de los barcos.

Pero la mayor batería española no era tan fácil de silenciar, y nuestra gente se encontró con una nueva dificultad. Aparte de que los españoles disparaban a conciencia mosquetes y cañones, y de que habían levantado algunos de los cañones ligeros para que las bocas pudieran enfilar los terrenos que había delante de la fortaleza, y utilizaban postas. Pero, como he dicho, ese solo era uno de los dos problemas. El otro era el clima.

Belmonte asintió con lentitud.

—Todavía recuerdo lo que tardé en acostumbrarme. Y eso que yo venía entonces de la calurosa Andalucía.

—Caliente, ¿eh? —dijo O'Leary.

—Muy caliente. A su lado, el verano en Livorno es fresco. Y, sobre todo, bochornoso. Aire húmedo; probablemente habría que tener branquias para sentirse a gusto. El calor y la humedad resultaron terribles para nuestra gente. A eso se añade que para las trincheras y las fajinas y los muros avanzados necesitábamos a los negros con sus picas y machetes, y ellos lo habían dejado caer todo y habían vuelto corriendo a la playa para escapar del tiroteo de Bocachica.

—Hay algunos más listos que otros —dijo el irlandés sonriendo.

—Si usted lo dice... Sea como fuere, hubo otro consejo, y mister Moor, el oficial de los zapadores, probablemente dijo que no era posible hacer decentemente los trabajos sin recibir refuerzos. Creo que quería tener unos seiscientos hombres más. A bordo de los barcos había gente más que suficiente, así que el general exigió esos refuerzos, y el almirante se los negó. Dijo que no eran necesarios. Por eso...

—Un momento, si me permite... —intervino Belmonte—. ¿Fue esa la primera diferencia de opiniones entre el general Wentworth y el almirante Vernon?

Smollett se apoyó en el respaldo de la silla. Cuando siguió hablando, no miraba a ninguno de sus huéspedes, sino al tablero de la mesa, como si pudiera encontrar en él información o inspiración.

—No lo sé —gruñó al cabo de una breve pausa—. Cathcart, el general inicialmente previsto, era un hombre bueno y experimentado, pero había muerto. De Wentworth no sé más que lo que ya he dicho antes. Tendrían que preguntar a uno de los oficiales superiores, si es que queda alguno con vida. Nosotros, los simples marineros y soldados, y ahora incluyo entre ellos al resto de las fuerzas auxiliares y a mí mismo, normalmente no oíamos más que rumores. Más tarde la disputa entre Vernon y Wentworth se hizo evidente, pero no sé cuándo empezó. Sea como fuere, Wentworth pidió refuerzos, y Vernon se los negó; más tarde, Vernon dio instrucciones que Wentworth no quiso ejecutar. Pero sigamos.

»Poco después, creo que fue el 17 de marzo, tuvo lugar el siguiente combate importante. Incluso sin refuerzos, Moor y su gente habían elevado y adelantado nuestros atrincheramientos, pero todo ello a costa de pérdidas causadas por el fuego enemigo. Sobre todo una batería española, llamada *Baradera*, nos causaba graves daños una y otra vez. Por eso, hubo una operación de desembarco nocturna con botes. Otra vez hubo pérdidas elevadas, pero la gente consiguió echar a los españoles de la posición y dejar inutilizados los cañones.

»El 19 de marzo, a la izquierda de nuestra gran batería se levantó un muro más alto, contra los disparos de los barcos españoles que formaban una línea detrás del acceso de Bocachica. Y se nos dijo que los españoles estaban a punto de volver a poner en servicio la batería *Baradera*. Al parecer no había sido destruida lo bastante a conciencia. El almirante hizo que nuestros barcos de línea la bombardearan, pero el efecto fue escaso.

»El 22, nuestra batería estuvo por fin lista y pudo ser empleada en bombardear el fuerte de Bocachica. Veinticuatro cañones pesados y cuarenta morteros más pequeños. Pero el fuerte, los barcos de línea y la restablecida batería *Baradera* respondieron al fuego al menos igual de a conciencia. Al día siguiente, la escuadra del comodoro Lestock se acercó a tierra con otros cinco navíos de línea y bombardeó las posiciones y barcos españoles... un total de quinientos cañones disparando casi todo el día. Pero no pudieron hacer gran cosa; las propias pérdidas causadas por los españoles fueron probablemente más elevadas que las del adversario.

»Al día siguiente prosiguió el bombardeo. Pero el único efecto constatable lo logró la batería emplazada en tierra, que poco a poco estaba abriendo una brecha en los muros de la fortaleza. Los españoles, sin embargo, no parecían impresionados y devolvían el fuego.

—Suena como si le pareciera una desvergüenza —dijo Belmonte.

—¿A mí personalmente? No. Pero creo que Vernon y Wentworth lo encontraron un tanto improcedente. En cualquier caso, aún resultó más improcedente que, en el tiroteo mutuo, lord Beauclerk muriera a bordo del *Prince Frederick*, igual que el zapador Moor.

—Bueno, siempre hay pérdidas, no solo entre nosotros, los pequeños, a los que no se da mucho valor. —O'Leary asintió, como si hubiera dicho algo inteligentísimo—. Consuela pensar que a veces también les toca a los de arriba, creo.

Smollett gruñó, se colocó la hoja delante del rostro y siguió leyendo en voz alta.

—Sobre todo la muerte del ingeniero fue lamentada como una gran pérdida. Por la noche, un nuevo destacamento de marineros y soldados fue en botes a la bahía, atacó al amparo de la oscuridad la batería *Baradera* y prendió fuego a todo.

»Los cañones de los barcos y la batería terrestre siguieron disparando hasta el 25 de marzo; un ingeniero enviado con esa finalidad regresó de un reconocimiento e informó de que ahora la brecha era lo bastante grande. Decidieron empezar con el ataque esa misma noche. Se puso al almirante en conocimiento de los preparativos y envió por su parte, con fines de distracción, botes con gente armada a atacar el fuerte de San José y los barcos españoles, mientras las tropas que se hallaban en tierra atacaban Bocachica. Se formó el habitual *forlorn hope*; constaba de un sargento y doce granaderos, así como treinta voluntarios.

—Perdón —señaló O'Leary—. ¿Qué es eso de esperanza perdida? ¿Una tropa especial, o algo así?

—Viene del holandés —dijo Smollett—. En realidad es *verloren hoop*, un montón perdido, un comando mortal sin esperanzas, si usted lo quiere así. Voluntarios, al menos la mayoría, que son los primeros en entrar en la brecha o en el muro de la fortaleza, sin grandes expectativas de sobrevivir. Sigamos. La segunda oleada la formaban doscientos sesenta granaderos, al mando del teniente coronel Macleod; luego venía el coronel Daniel con quinientos hombres y tropas más pequeñas con escalas de asalto, picas y otros artefactos. Otros quinientos hombres, al mando del teniente coronel Cochrane, estaban listos para apoyar, y la dirección del ataque la ostentaba el brigadier Blackeney.

»Tres bombas disparadas desde la batería fueron la señal de ataque, seguidas por una salva de balas y otra de postas, lo que obligó a los guardias españoles de las murallas a ponerse a cubierto, sin que pudieran observar en un principio el comienzo del ataque de la infantería. Pero, antes de que esta alcanzara los muros, oyeron a los tambores españoles dar la alarma. Los barcos y el fuerte de San José, por su parte, batieron con postas a los atacantes. Sin embargo, dado que el comandante, don Blas de Lezo, no se encontraba en la fortaleza, sino a bordo de su buque insignia, la guarnición fue presa del pánico y huyó en cuanto los granaderos ingleses atacaron la brecha.

Belmonte tosió.

—Más tarde les diré algunas cosas acerca del papel que el pánico y Lezo y el indecible virrey representaron en aquello. Por el momento, siga.

—Inmediatamente después de la toma de la fortaleza por las tropas británicas, dos barcos españoles, el *África* y el *San Carlos*, fueron hundidos por su propia gente; el *San Felipe* ardió, ya fuera por las balas incendiarias de la batería terrestre o porque lo quemaron los propios españoles, y el fuego se extendió hasta alcanzar el *Santa Bárbara*, tras de lo cual una fuerte explosión destrozó el barco.

»Entretanto, los botes llegaron a su objetivo, y los marineros y soldados intentaron tomar el fuerte San José, pero recibieron tan violento fuego de sus cañones que tuvieron que buscar cobertura entre árboles y matorrales, hasta que poco después los españoles entregaron la fortaleza, que ya no era posible sostener después de la caída de Bocachica. Una vez tomado el fuerte, los botes atacaron el buque insignia de don Blas, el *Galicia*, en el que se encontraban dos oficiales y sesenta hombres que no habían podido huir. Los atacantes consiguieron apagar los fuegos prendidos a bordo del *Galicia* y cortar después la cadena destinada a impedir la entrada en la bahía.

»Después de la toma de Bocachica, volvieron a llevarse tropas, artillería y pertrechos a bordo de los barcos. La escuadra del comodoro Lestock vigilaba el acceso al puerto; la mayoría de los otros barcos serían desplazados a la bahía en cuanto los pecios pudieran ser retirados del canal.

»El 27 de marzo, los primeros barcos entraron en la bahía. Un navío de línea y una chalupa iban delante, para aniquilar dos pequeñas baterías a derecha e izquierda del Pasacaballos, un pequeño curso de agua por el que llegaban los suministros a la laguna y de allí a la ciudad. Durante la destrucción de los emplazamientos apenas hubo defensa; encontraron allí un pequeño muelle y, muy cerca, un espléndido manantial.

»Se trató de un descubrimiento bienvenido en extremo

para los hombres a bordo de los barcos, que hasta ese momento solo habían recibido una parca ración de agua, concretamente un *purser's quart* por persona y día, en un clima en el que habría hecho falta quizá seis veces más para compensar lo que los hombres sudaban en veinticuatro horas con el duro trabajo, bajo un sol que caía vertical sobre ellos; hombres cuya alimentación consistía en carne putrefacta de ternera y cerdo y pan duro bullicioso de gusanos. De hecho, en la flota no escaseaba tanto el agua como para tener que racionarla; en La Hispaniola habían llenado todos los recipientes disponibles. Pero en muchos de los barcos los responsables habían prescindido de limpiar a fondo los toneles empleados con anterioridad para otros contenidos, como carne en salazón, por lo que gran parte del agua disponible se había echado a perder, y apestaba de tal modo que los marineros se tapaban la nariz con una mano mientras con la otra se llevaban a la boca el cazo del agua.

O'Leary hizo ruidos parecidos a arcadas.

—Qué incomparable con el bienestar de un esclavo en Túnez —dijo—. Por no hablar de las maravillosas circunstancias de los barcos pesqueros irlandeses.

—Un año antes, el almirante Vernon había implantado una innovación. Hasta entonces, a los marinos les correspondía un galón de cerveza diario o, si no era posible conseguirla o se había estropeado, una pinta de vino. En el Caribe no había ni vino ni cerveza en cantidades suficientes, pero sí ron; al principio, la ración diaria de un octavo de pinta se repartía, como el vino o la cerveza, a última hora de la mañana. Vernon no tardó en comprobar que después del trago los trabajos usuales a bordo no se llevaban a cabo de la manera prevista, así que ordenó diluir el ron con agua en una proporción de uno a cuatro y además entregarlo en dos raciones: última hora de la mañana, última hora de la tarde. Los hombres de su flota dieron a esa bebida el nombre de su inventor. Vernon llevaba a menudo una levita de Grogram, una mezcla de seda y lana o algodón, por lo que a él lo llamaban *Old Grog*, y al ron diluido, *Grog*.

»Normalmente, el agua a bordo de los barcos no es buena, y menos aún apetitosa, y puede hacerse más soportable añadiéndole aguardiente. Pero, ante Cartagena, el trato negligente con la limpieza de los toneles y la sabiduría y clarividencia de Vernon se encargaron de que, al mezclar el ron con el agua podrida, ambos se volvieron indigeribles.

# Despedidas

En la guerra contra España del año 1739, con-
quistó la fortaleza de Portobello con seis barcos,
una fuerza que se había considerado demasiado pequeña para eso. A cambio obtuvo el agradecimiento
de las dos cámaras del Parlamento. Tomó Chagres,
y venció en Cartagena en la medida en que esto era
posible para las fuerzas navales.

Monumento al almirante Vernon,
abadía de Westminster

—El 30 de marzo tuvo lugar una nueva deliberación a
bordo del buque insignia. Se decidió llevar a tierra todas
las tropas, cañones y pertrechos, a un lugar dentro de la
bahía llamado La Quinta. Allí había una robusta fortaleza, Castillo Grande, y al otro lado, un fuerte más pequeño llamado Manzanillo. Entre ellos, los españoles habían
echado a pique siete galeones y dos navíos de línea para
hacer el acceso intransitable.

»El objetivo de aquella empresa era interrumpir todas

las comunicaciones entre Cartagena y el interior y preparar el asedio del fuerte Lázaro, en una colina por encima de la ciudad. Tampoco había ninguna duda de que el almirante apoyaría a las tropas de tierra desplazando algunos de sus mayores buques allá donde pudieran bombardear la ciudad directamente.

»Al empezar el ataque, no tardaron en comprobar que las dos fortificaciones, Castillo Grande y Manzanillo, ya habían sido abandonadas por los españoles; el capitán Knowles, que mandaba el ataque, fue nombrado comandante de la mayor de ellas, con sus sesenta y cuatro cañones. Más o menos al mismo tiempo el capitán Renton, del *Experiment*, examinaba el canal de acceso; dado que uno de los barcos españoles, el *Conquistador*, no había sido hundido del todo —la popa y parte del resto del casco sobresalían aún del agua—, él y sus hombres consiguieron sacar el pecio y despejar el paso a dos bombarderos, que fueron cubiertos por otros dos barcos y empezaron enseguida el bombardeo de la ciudad. Sin embargo, estaban demasiado alejados para causar gran daño.

»Entonces los españoles prendieron fuego a un mercante francés, anclado directamente ante los muros de la ciudad. Dado que solo habría podido caer en manos de los ingleses si la ciudad capitulaba, las tropas de asedio lo interpretaron como un signo de la creciente desesperación de los defensores.

»El almirante y su escuadra anclaron cerca de Castillo Grande y empezaron a desembarcar tropas, cañones, munición y pertrechos. Durante los siguientes días se desplazaron más barcos a la bahía, y en la noche del 5 de abril barrieron con postas los alrededores de la zona de desembarco para asegurarse de que por la mañana no habría enemigos escondidos allí.

»Al amanecer del 5 de abril, los granaderos, doscientos americanos, los negros y mil cuatrocientos hombres pertenecientes a otras tropas marcharon hacia el norte. La carretera que iba a la ciudad estaba protegida por alrededor de setecientos españoles. Después de un prolongado intercambio de disparos, con escasas pérdidas por ambas partes, se retiraron a la ciudad. Imperaba la convicción de que querían atraer a los soldados ingleses a una emboscada, o al menos ponerlos a tiro de los cañones de Cartagena y el fuerte Lázaro; así que no hubo persecución.

»Una vez que las posiciones inglesas quedaron aseguradas con puestos de guardia y cañones, parte de las tropas fue alojada en casas y cobertizos próximos a La Quinta. Se envió una sección a tomar el convento que había en una colina llamada La Popa. Allí hicieron algunos prisioneros, y dejaron una guardia compuesta por oficiales.

»A la mañana siguiente, el general Wentworth y el brigadier Guise fueron a esa colina para ver desde allí la ciudad y su entorno. Se vio que los españoles estaban haciendo atrincheramientos y otros trabajos en torno al fuerte Lázaro; en una nueva deliberación, se consideró la posibilidad de atacar el fuerte a la noche siguiente, antes de que hubieran concluido los trabajos. Sin embargo, se aplazó la decisión, porque los barcos de transporte aún no habían llevado a tierra suficientes cañones y munición. Aun así, esa misma tarde se emplazaron cinco cañones, con pólvora y balas, y un gran número de americanos y negros empezaron, con las correspondientes herramientas, a despejar el terreno para tender un campamento. Los europeos sufrían mucho bajo el horrendo calor, de modo que los trabajos avanzaban con lentitud.

»El 7 de abril volvió a reunirse el consejo de oficiales. Consideraron los testimonios del jefe de los zapadores y los conocimientos obtenidos en los interrogatorios a desertores y prisioneros. Los miembros del consejo llegaron unánimemente a la conclusión de que no había que atacar el fuerte hasta haber instalado y asentado una batería de la suficiente potencia, que el ingeniero tenía que diseñar a la mayor brevedad posible. La decisión fue comunicada al almirante, así como la opinión del consejo de que sería muy útil para la empresa que el almirante diera instrucciones para bombardear el fuerte San Lázaro desde los barcos de guerra disponibles.

»El almirante respondió que consideraba superflua la instalación de una batería, dado que un fuerte de tan poca importancia se podía tomar sin cañones; además, sin duda los españoles lo abandonarían en cuanto los ingleses lo atacaran de manera seria. No se manifestó en lo concerniente al bombardeo del fuerte con los cañones navales.

»A uno puede ponerlo melancólico, pero es preciso decir la verdad: entre los oficiales navales y de tierra hubo durante toda la expedición unos celos mezquinos, ridículos e insanos, y los distintos jefes fueron tan débiles o miserables como para aprovechar cualquier oportunidad para manifestar su mutuo desprecio... en un momento en el que estaba en juego la vida de tantos hombres valientes, y en el que los objetivos y el honor de su país exigían el máximo celo y unanimidad. En vez de deliberar juntos y cooperar de manera enérgica y cordial, mantenían deliberaciones separadas, expresaban agudos reproches y se enviaban mensajes irritantes unos a otros. Y, mientras todo el mundo se esforzaba por hacer nada más que lo necesario para escapar a un consejo de guerra, ambos parecían satisfechos con la negligencia del otro; al parecer, los dos se alegraban del fracaso de la expedición y esperaban que la bronca y la vergüenza recayeran sobre el otro. En pocas palabras: el almirante era un hombre de escasa inteligencia, fuertes prejuicios, ilimitada arrogancia y acalorado temperamento, y el general tenía sin duda algunas buenas cualidades, pero carecía por completo de experiencia, confianza en sí mismo y resolución.

—¿Cuándo escribió usted eso? —preguntó Belmonte, interrumpiendo el relato del inglés.

—Muy poco después de los hechos. ¿Por qué? ¿Tiene alguna importancia?

Belmonte sonrió.

—Como alguien ha dicho alguna vez, la diferencia entre la alta traición y los servicios a la patria solo es a veces cuestión de tiempo. Pero en este caso no es tan importante; era pura curiosidad.

—Bien, entonces siga siendo curioso. Veamos: los españoles intentaban entretanto reforzar San Lázaro por todos los medios, emplazaron allí una cantidad de cañones extraordinariamente alta y cavaron fosos y trincheras en la colina para impedir el asedio. Al mismo tiempo, bombardeaban con su artillería la vanguardia inglesa y el cuartel del general, aunque sin causar grandes daños.

»Entretanto, la estación de las lluvias había empezado con tal violencia que apenas se podía estar a campo abierto, porque desde el amanecer hasta el crepúsculo caía un constante diluvio, y por las noches se hubiera podido leer un libro impreso en letra pequeña a la luz de los incesantes relámpagos. Semejante cambio de tiempo conduce siempre a enfermedades epidémicas; los hombres se derrumbaban tan aprisa que apenas era posible sustituir los puestos de guardia, y no digamos talar árboles y levantar una batería para atacar San Lázaro. —Smollett bajó la hoja—. Y ya les he dicho lo que pasaba a bordo de los barcos. ¿Sufrieron también ustedes tanto por el clima, Belmonte?

—No del todo. Estábamos acostumbrados. Naturalmente, la gente de la ciudad tenía un techo sobre sus cabezas, los soldados y marineros, al menos refugios. Y yo... me mojé a conciencia, es verdad; pero en ese momento aún no estaba de vuelta en la ciudad. Pero de eso hablaremos después.

—En vista de lo anterior, una nueva deliberación decidió acometer un ataque sorpresa al fuerte; se prepararon al efecto escalas de asalto y otros artilugios. Esa curiosa decisión se basó probablemente en los informes de los zapadores, que, después de un fugaz reconocimiento, afirmaron que los muros no eran muy altos y no estaban reforzados con fosos; que había incluso una ancha calzada por la que se podía subir fácilmente a la colina y, en el lado izquierdo, una puerta de madera que se podía romper sin grandes dificultades. Esa idea se vio fortalecida por un desertor, que se ofreció como guía, y que puede haber movido al general a su decisión de poner en juego de manera tan frívola la vida de tantos valientes británicos; sin embargo, el principal motivo puede haber sido la insistencia del almirante, que repetidas veces le instigaba a atacar, en cartas y mensajes desafiantes, y decía que el ataque no podía fracasar. Probablemente, Wentworth temía que se dijera, y que así lo creyeran en su patria, que sin duda la ciudad habría sido tomada de haber hecho el intento.

»En vez de sacrificar su propio criterio y a sus bravos soldados a tan ocioso sentido del deber o recelo, habría debido actuar siguiendo los dictados de su propio juicio, y haber propuesto por su parte, dado que las tropas terrestres no podían proseguir sus operaciones con expectativa de éxito, que el almirante atacara la ciudad con sus grandes barcos, que seguían anclados inactivos mientras sus hombres también anhelaban tal oportunidad de probar su valor. De hecho, se redactó a toda prisa un informe en el que puede leerse que cerca de la orilla no había suficiente profundidad para que los barcos alcanzaran la distancia de fuego eficaz, y que el almirante era digno de elogio por no querer exponer los barcos de Su Majestad a semejante incertidumbre. Sin embargo, según los testimonios de los mejores prácticos y los resultados de los sondeos hechos en el puerto, hoy parece evidente que habría sido posible acercar cuatro o cinco navíos de línea de ochenta cañones a las murallas de Cartagena, y que, de haberlo intentado, probablemente la ciudad se habría entregado enseguida, porque es conocido que sus habitantes no esperaban otra cosa y en ese momento ya habían trasladado sus mujeres y niños al interior del país. Sin embargo, los barcos de Su Majestad estaban hechos para prestar servicio y, si nunca se exponían a tales incertidumbres, difícilmente podían hacer nada.

O'Leary rio entre dientes y dijo a media voz:

—Bla, bla y más bla, bla. ¡Por Dios! Es que... Bueno, me callo. ¡Di tú algo, Osvaldo!

Belmonte titubeó. Luego dijo:

—No sé... Como he dicho, aún estaba en camino, o llegué ese mismo día, así que no sé cómo eran exactamente la situación y el ambiente.

—Hasta aquí, ¿está de acuerdo con lo que he contado?

—No. No puedo decir gran cosa sobre sus elevadas palabras acerca de los buques de Su Majestad... Puede ser, puede que no, da igual. Según mi experiencia lo que usted ha escrito es, perdone, cháchara de paisanos.

—¿En qué sentido?

—Cuando los soldados se aburren quieren hacer algo, eso es cierto, y vale lo mismo para marineros que para artilleros que para infantes de marina, claro. Pero cuando se ha estado en un combate, cuando se ha visto morir compañeros al lado de uno, no se arde precisamente en deseos de ser el siguiente. Y, en lo que se refiere a la profundidad del agua y todo eso..., Lezo había mandado hundir unos cuantos barcos. No creo que hubiera sido posible acercarse lo bastante a la ciudad con navíos de línea grandes. Y el autor de esas inteligentes palabras, ejem, pasa por alto que en los muros de Cartagena había cañones pesados. De mayor alcance que los de los barcos. Para acercarse lo bastante a los muros, lo bastante como para hacer un fuego efectivo, los barcos tenían que ponerse al alcance de la pesada artillería de la fortaleza. Creo, se diga lo que se diga en contra de Vernon, que en este punto...

O'Leary le interrumpió.

—Está bien, lo he entendido. Pero ¿qué pasa con ese «la ciudad se habría entregado», y lo de las mujeres y los niños?

—Lezo y el virrey, que, de manera excepcional, habían estado de acuerdo por una vez, los habían llevado al interior hacía mucho tiempo. A casi todos, al menos. Y no, Lezo no habría capitulado. Sabíamos cómo estaban los ingleses, en lo que a pérdidas, enfermedades y estado de ánimo se refiere.

—¿Puedo seguir? —preguntó Smollett. Cogió la siguiente hoja.

—Sí, por favor.

—Así que se hicieron los preparativos para el ataque a San Lázaro, y se aprontaron los útiles necesarios. A las tropas previstas para el ataque se les indicó que el 8 de abril a las dos de la madrugada estuvieran en la playa, donde formaron y marcharon hacia el fuerte. Poco antes de amanecer, empezaron a escalar la colina. Los granaderos estaban al mando del coronel Grant; el mando superior de la operación estaba en manos del brigadier Guise. Las primeras unidades llegaron a la colina y atacaron las trincheras del enemigo; sin embargo, debido a la dificultad del terreno y al fuego del adversario, el resto de las compañías avanzó con lentitud y no pudieron apoyar a los que habían llegado primero, la mayoría de los cuales fueron masacrados. El coronel Grant dirigió un audaz ataque por el costado izquierdo, pero resultó mortalmente herido antes de que los progresos alcanzados pudieran ser aprovechados. Caían cada vez más hombres; no era posible seguir avanzando. El oficial que asumió el mando a la muerte de Grant trató de mantener la ladera de la colina, a pesar de estar expuesto a un violento fuego de cañones desde la fortaleza y la ciudad.

»En esas circunstancias no era posible emplear escalas de asalto, bombas incendiarias y granadas de mano; los americanos que debían alcanzarlos desde la retaguardia veían caer las tropas por filas y se negaban a avanzar con su carga. Sin embargo, muchos de ellos las dejaron caer, recogieron los fusiles de los caídos, se mezclaron con las otras tropas y se comportaron con gran valentía.

»En cuanto la luz del día permitió al general examinar

la situación, hizo saber al brigadier Guise que, si podía seguir avanzando, el general apoyaría el ataque con otros quinientos hombres, listos para intervenir. Sin embargo, entretanto los soldados habían perdido el valor, y la multitud de sus enemigos crecía con los refuerzos de la ciudad, al punto que su número superaba al de los atacantes.

»Por eso, se consideró necesario emprender una retirada, asegurada por los quinientos hombres mencionados. En ese momento las pérdidas de los ingleses ascendían ya a doscientos caídos y más de cuatrocientos heridos, la mayoría de los cuales sucumbieron a sus heridas. Dieciséis de ellos cayeron en manos de los españoles, que los trataron con gran humanidad y ensalzaron la bravura de sus atacantes. Se acordó enseguida una pausa en el fuego de varias horas; durante ese período se enterraron los muertos. Aprovechando ese tiempo, la vanguardia levantó una empalizada para dar cobertura a los hombres y se ampliaron las trincheras para emplazar dos morteros, que dos días después empezaron a bombardear San Lázaro.

»En lo que se refiere a enfermos y heridos, al día siguiente fueron llevados a bordo del buque hospital, donde se quedaron sin cuidado ni atención alguna. No había suficientes médicos, enfermeros, cocineros, víveres y en general pertrechos; fueron hacinados en pequeños cobertizos entre las cubiertas, donde ni siquiera tenían espacio suficiente para sentarse.

»Estaban rodeados de porquería; miríadas de larvas se desarrollaban en sus heridas putrefactas, para las que no había otro tratamiento que lavarlas con su propia ración de aguardiente, y no se oía otra cosa que gemidos, lamentos y manifestaciones de desesperación, con las que deseaban la muerte que los liberase de su miseria. Todavía incrementaba su infortunio la visión que se ofrecía a los pobres diablos que tenían las fuerzas y la oportunidad de mirar a su alrededor, porque veían los cuerpos desnudos de sus camaradas de lucha y de travesía caídos en el combate, flotando en la bahía, presa de buitres y tiburones que los despedazaban y que contribuían con su pestilencia a la enfermedad y la muerte.

»Mientras aquellos desdichados imploraban en vano asistencia y perecían por falta de los debidos cuidados, cada barco de la flota hubiera podido prescindir de un par de médicos para atenderlos, y muchos jóvenes *gentlemen* de esta profesión pidieron en vano a sus capitanes permiso para ocuparse de los enfermos y heridos.

»Las necesidades de esa pobre gente eran conocidas, pero la disputa entre los comandantes había alcanzado tal grado de diabólico rencor que preferían dejar morir a su propia gente antes que pedir ayuda a los otros, a los que a su vez humillaba ofrecer su ayuda sin que se la pidieran, aunque hubiera podido salvar la vida de sus paisanos.

»Dado que las enfermedades entre las tropas cada vez se extendían más y el almirante no parecía proclive a enviar refuerzos a tierra para compensar las pérdidas que sufría el ejército, se decidió en consejo pedir al almirante que diera instrucciones de volver a embarcar los cañones. Su silencio ante la petición de refuerzos llevaba implícita una negativa.

»Como se habían cambiado algunos mensajes ásperos entre los comandantes acerca de esta cuestión, los oficiales de tierra exigieron la reunión de un consejo general, que tuvo lugar el 14 de abril a bordo del buque insignia.

»Se tomaron en consideración la situación general y la del ejército y, dado que las tropas estaban disminuidas, debilitadas y agotadas, y las reservas de agua tendían a su fin, se decidió que el asedio de una ciudad tan bien fortificada como Cartagena no ofrecía ninguna expectativa de éxito; por eso, la artillería y las tropas debían volver a ser embarcadas con todo el cuidado y diligencia debidos.

»Enseguida se tomaron las medidas para la retirada, y al día siguiente empezaron a subir a bordo los cañones, provisiones y pertrechos pesados. Entretanto, el capitán Knowles empezó a bombardear San Lázaro con dos pequeños morteros que había emplazado en la playa en una batería auxiliar bajo la cobertura de su barco, a una distancia de dos mil seiscientas yardas, a pesar de la objeción del coronel Lewis, de la artillería, de que esa era la máxima distancia que un mortero podía alcanzar a plena carga, pero que nunca se había intentado. Sin embargo, el capitán se ufanaba de ser un ingeniero competente y, confiando en sus dotes, consumió una gran cantidad de proyectiles, para regocijo del enemigo.

»Uno de los barcos de guerra españoles conquistados en Bocachica, el *Galicia*, había sido transformado, siguiendo instrucciones del almirante, en batería flotante, con tan solo dieciséis cañones y sus servidores relevados de la flota. El 16 de abril, antes de romper el día, el barco fue remolcado al puerto, amarrado no lejos de la ciudad, y empezó a bombardear Cartagena. Al cabo de cinco horas, durante las que el propio *Galicia* estuvo expuesto al fuego de la ciudad y del fuerte de San Lázaro, el capitán recibió la orden de cortar las amarras y dejar el buque a la deriva en dirección al mar. Sin embargo, pronto encalló en un banco de arena; hombres y munición fueron recogidos por botes de remos, y el almirante ordenó prender fuego al barco.

»A las siete de la tarde de ese mismo día se levantaron las tiendas; a las ocho, las tropas embarcaron, en tres secciones, en las lanchas preparadas al efecto. El general en persona dirigió la retirada, y cuando vio que cinco de las tiendas de los americanos aún se encontraban en tierra junto con alguna herramienta, hizo que lo enterraran todo para que no quedara nada que pudiera servir de trofeo al enemigo, que no impidió la retirada.

»Entre las tropas siguieron expandiéndose las enfermedades, y se contagiaron también a los marineros, de manera que muchos murieron y reinaba un abatimiento general. Contra las fiebres se hubiera podido disponer de abundante agua dulce, alimentos frescos y frutas como limas, limones, naranjas, piñas y otras disponibles en el Caribe. Los hombres carecieron de todo ello, y eso que habría sido posible abastecer de sobra al ejército y la flota, aprovechando los barcos de transporte sin utilizar para traer tortugas, animales de matanza y fruta de las islas próximas.

»Para evitar la total ruina de las tropas y la flota, se abortó la expedición contra Cartagena. Las fortalezas españolas ocupadas fueron voladas, y la flota zarpó de Bocachica y puso rumbo a Jamaica.

Smollett dejó la última hoja en el montón y se recostó en el respaldo de la silla.

—Ahí tienen la imagen de la catástrofe, tal como se me ofreció, como se nos ofreció a los ingleses.

—Si es que no lo he dicho ya, Smollett, los que más sufren semejantes catástrofes son los que no pueden evitarlas. Hombres valientes.

—Pero aún falta algo.

—¿Y qué es? —preguntó O'Leary.

—Disculpe, pero falta mucho —dijo Belmonte—. Podemos discutirlo enseguida. ¿Qué falta en su opinión, Smollett?

—Las últimas palabras de Vernon antes de zarpar.

—¿Pudo oírlas a bordo de su barco? ¿Tanto gritó al decirlas?

—No, pero corrieron muy deprisa de buque en buque.

—¿Qué fue lo que dijo?

—Sabía exactamente a quién le debía todo aquello, por eso...

—Un momento. Se lo debió a sí mismo, y a la Cámara Baja, que quería la guerra, y a los obesos señores comerciantes de la Compañía de los Mares del Sur. Pero probablemente usted no se refiere a eso.

—Se sorprenderá —aclaró Smollett—. Eso pienso yo también. Pero Vernon, naturalmente, no. Dicen que, cuando se desplegaron las velas, volvió la vista hacia Cartagena, levantó los brazos y gritó: «*God damn you, Lezo!*»

# Los defensores

Tanto importa una bella retirada como una bizarra acometida.

BALTASAR GRACIÁN

Quien no puede rechazar con valentía un peligro, es esclavo del agresor.

ARISTÓTELES

Smollett volvió a servirse agua y señaló la jarra de vino.

—Sírvanse, *gentlemen* —dijo, y luego miró a Belmonte—. Le toca a usted, pobre medio español.

Sonó más como una orden que como una invitación. Belmonte se tragó su aversión. ¿Quién ha dicho que uno no debe conocer jamás a sus héroes?, pensó. Ese hombre, cuyos libros tanto había admirado...

Se rehízo. Quizá todo tenía un sentido, y, si no, había formas peores de robar el tiempo a uno mismo y a otros.

—Trece de marzo del cuarenta y uno —dijo—. En casa

del almirante. Él, un secretario y yo estábamos repasando las listas de los pertrechos, y sobre todo las de las carencias. Pólvora, balas, harina, hierro, madera y carbón para las herrerías.... Un ayudante viene de la fortaleza y dice que más al norte, en la cordillera de Punta Canoas, han sido avistados un bergantín y dos navíos de línea ingleses.

»—¿Ingleses? —dice don Blas—. Gracias, manténgame al corriente.

»Cuando se marcha el ayudante, Lezo se queda un momento mirando fijamente el tablero repleto de la mesa. Yo lo miro y me pregunto qué clase de maldición irá a lanzar ahora el almirante. Pero me sorprende. En voz baja, casi jovial, dice: "¡Por fin!", y dicta al secretario una carta al virrey.

—¿Por qué por fin? —dijo O'Leary—. En realidad, se podría pensar que...

Smollett le interrumpió.

—¡Pero si está claro! Él sabe que esto va a empezar antes o después, lleva años preparándose y, aunque cuenta con una catástrofe, de algún modo se siente aliviado de que haya terminado la espera.

—¿Qué es lo que escribe entonces al virrey? Seguro que él también ha recibido la noticia.

—Se ocupa enseguida de unas cuantas cosas... cosas en las que supone que nadie pensará si él no lo hace. En la laguna del norte de la ciudad había un canal estrecho para barcos de quilla plana, y allí había unos cuantos barcos de suministro que debían llevar pertrechos a una pequeña flota española. Blas pidió al virrey que indicara al capitán del puerto que no debía dejar salir a nadie hacia el norte.

Belmonte trató de recordar más detalles, de reconstruir mentalmente el despacho del almirante, con sus muebles y montañas de papeles y el olor del cuero en el que estaban guardados los documentos, pero renunció y decidió limitarse a los hechos y dejar a un lado las impresiones.

—Por la tarde, el capitán de una chalupa francesa fue a ver al almirante y le comunicó que la flota inglesa se congregaba junto a la costa, más al norte, y que había contado ciento treinta buques, entre ellos más de treinta navíos de línea. Hasta donde él sabía, su destino era Cartagena; le habían dicho de Francia que la misión de la flota era conquistar Cartagena y destruir sus fortificaciones, y luego apoderarse de la ciudad de Veracruz, en la costa de México.

»Acto seguido, Blas de Lezo fue a ver al virrey; Eslava dijo que había recibido las mismas noticias. A su regreso de aquella visita, Blas de Lezo empezó a dictar anotaciones resumidas o a escribirlas él mismo, de modo que Belmonte (es decir, yo mismo) y el secretario también estuvieran informados.

»Había varios motivos para tomar esas notas: informar a (y en caso necesario justificarse ante) la corona, reunir documentos para crónicas o memorias posteriores... y empezar un conflicto entre aquellos dos hombres. Sebastián de Eslava y Lazaga, que provenía de una antigua familia noble de Navarra, había llegado a Cartagena en abril de 1740, como virrey de Nueva Granada. Antes, Cartagena había tenido un gobernador, y en gobernador se quedó también el virrey en el lenguaje popular. Naturalmente era la autoridad suprema y, como había participado en varias guerras, en la última con rango de capitán, tenía conocimientos militares. Pero el mando militar lo ostentaba Blas de Lezo, y el almirante tenía que observar y tener en cuenta más cosas que un capitán.

Belmonte se dijo que los problemas entre Blas de Lezo y Eslava probablemente no habían empezado el 13 de marzo de 1741, pero ese día se hicieron evidentes por primera vez.

Para su sorpresa, constató que después de casi tres décadas, ahora que pensaba en eso y lo contaba, de pronto disponía de innumerables detalles, incluso de las fechas. Y vio a Blas de Lezo ante sí, con una pierna, con un ojo, con un brazo paralizado, volviendo de la reunión con Eslava, golpeando el suelo con la pata de palo, mascando silenciosas maldiciones y después, tras un breve resoplido, impartiendo órdenes.

—Al parecer, había preguntado a Eslava si había enviado mensajeros a Boquilla, la estrecha lengua de tierra que separaba la laguna pantanosa del mar, al norte de la ciudad. Había que prepararlo todo para la defensa allí, y cuidar de que en vista de que la flota británica se aproximaba ya nadie se hiciera a la mar. Eslava dijo que no había pensado en eso, pero que lo haría al día siguiente. Por su parte, el virrey exigió que Blas enviara gente de los barcos, que a su vez apenas estaban bien provistos de tripulación, a las fortalezas del sur de la bahía. Hasta entonces Eslava había reclamado la competencia de las fortificaciones terrestres, pero no estaba preparado para el ataque inglés, que ahora estaba claro que era inminente. Si se hubiera dirigido antes al almirante, habría hecho mucho que las fortalezas hubieran sido reforzadas; pero había dejado sin respuesta todas las preguntas y propuestas de Blas respecto a los fuertes y, en general, respecto a la defensa de la ciudad.

»Ahora pedía cuarenta hombres para dotar y servir los cañones que Blas había hecho llevar hasta el fuerte Castillo desde uno de los barcos, el *San Felipe*. El almirante ordenó al capitán Manuel Briceño enviar al fuerte cincuenta hombres con su munición, sus oficiales y suboficiales, y ponerlo todo a punto a la máxima brevedad.

»El 15 de marzo, el almirante remitió a Eslava un ruego de la gente de la Marina: se necesitaban otros doscientos hombres para guarnecer el fuerte de San Luis y las baterías de Bocachica; además, faltaban quince mil raciones de las previstas para el abastecimiento. Hacía meses que Blas de Lezo había preparado las correspondientes instrucciones —víveres para cuarenta días, con el doble de guarnición—, y las había entregado a los hombres del virrey. La distancia entre la ciudad y el fuerte era de tres leguas, así que apenas resultaba posible abastecerlo antes de que empezara el ataque.

»Por la tarde, apareció al noreste parte de la flota inglesa. Hasta el atardecer se habían contado treinta y seis navíos de línea, además de fragatas, barcos de transporte y otras unidades más pequeñas, en total ciento treinta y cinco barcos. Los ingleses parecían querer desembarcar en La Boquilla. El almirante fue a ver al virrey; este dijo que había que impedir a toda costa el desembarco del enemigo, y envió dos compañías de cincuenta granaderos. Además, ordenó a Blas que no fuera enseguida a Bocachica, sino que esperase hasta el amanecer para ver dónde iban a desembarcar los ingleses. El almirante regresó a su cuartel abatido y furioso porque no se hiciera otra cosa que enviar la ridícula cifra de cien granaderos contra más de ciento treinta barcos.

En ese punto Smollett interrumpió al español:

—Caballero, si seguimos así no habremos acabado ni al principio del año que viene. Supongo que todos los días hubo un duelo mayor o menor entre su almirante y el virrey, ¿verdad?

—Al menos uno, a veces media docena.

—Entonces, los doy por supuestos. Cuéntenos simplemente lo que pasó..., no por qué habría sido mejor que fuera de otro modo.

—Como usted quiera. En realidad, bueno, estoy de acuerdo con usted, Smollett. En primer lugar, lo que cuenta es el resultado, no cada uno de los pasitos que han llevado a la meta. Y, en segundo lugar, solo estuve unos días al lado del almirante; luego me hizo un encargo especial, y solo después he conocido los detalles de las acciones bélicas de Bocachica y en la ciudad.

Smollett hizo un gesto con la mano, una mezcla de suave tirón de orejas y desdén negligente.

—¡Siga!

—El 16, volvió a asegurarse de que Bocagrande no era transitable. Así que solo les quedaba o desembarcar al norte, en Playa Grande, entre la laguna pantanosa y el mar, o penetrar en la bahía por Bocachica, al sur. Teníamos la impresión de que iban a intentarlo en el norte, pero seguramente se dieron cuenta de que no era una buena idea.

Smollett asintió.

—Se difundió entre nosotros bastante deprisa.

—Dos veteranos hablando entre ellos —refunfuñó O'Leary—. ¿Puedo preguntar por qué no era posible?

—Una estrecha lengua de tierra junto a una laguna pantanosa —explicó Belmonte—. Sin mucho espacio para hombres y material. Hace calor, cien grados Fahrenheit o más, y nadie quiere trabajar al lado de una ciénaga. Las aguas de la costa son poco profundas, los barcos grandes no llegan hasta la playa, así que hay que llevarlo todo a tierra en esquifes. Y luego marchar apiñados bajo el fuego de los cañones pesados de la fortaleza.

—Rechazado, gracias. —O'Leary se estremeció.

—Así que en principio no queda más que Bocachica, y allí hay varios fuertes y baterías aisladas. Blas de Lezo mira a su alrededor y constata, para su espanto, que allí no hay ni suficientes hombres ni suficiente pólvora, balas y víveres.

—Otra necia pregunta de un necio irlandés —interrumpió O'Leary—: ¿Cuáles son las cifras? Quiero decir, ¿cuánta gente y cuántos barcos teníais vosotros? ¿Y los británicos?

Belmonte enseñó los dientes en una sonrisa.

—No es una pregunta necia, Fergus. La gran armada con la que Felipe quiso atacar Inglaterra estaba formada por alrededor de ciento veinte barcos. ¿La armada de lord Vernon frente a Cartagena? Eran ciento noventa o alguno más, de ellos treinta y seis navíos de línea y algunas fragatas más, es decir, buques de guerra. Añade dos mil quinientos cañones para emplear en tierra, diez mil hombres de infantería, más de doce mil marineros, mil esclavos negros de Jamaica y cuatro mil voluntarios de Virginia al mando de un tipo llamado Lawrence Washington, que estaba tan entusiasmado con lord Vernon que más tarde llamó a su casa de Virginia «Mount Vernon». Creo que ha muerto, pero un hermano menor o medio hermano suyo, George, ha servido en la guerra contra los franceses en América como coronel británico.

—Sabes demasiado. —O'Leary sonrió—. ¿Y vosotros? Quiero decir, ¿y los españoles?

—Seis navíos de línea, un par de chalupas, canoas y otros botes por el estilo, tres mil soldados, seiscientos ciudadanos armados, vamos a llamarlos milicia, y quinientos arqueros... indios, del interior.

—¿No tienes ninguna posibilidad, así que utilízala?

—Puede decirse así.

Smollett carraspeó.

—¿Podemos volver al asunto?

Belmonte informó de los esfuerzos del almirante por abastecer de lo más necesario el fuerte de Bocachica, mientras los buques ingleses tomaban posiciones y empezaban el bombardeo para preparar el desembarco de sus tropas. En ese momento se produjo el segundo conflicto entre Eslava y Blas de Lezo. El almirante quería colocar los cañones ligeros del fuerte entre los árboles y matorrales, por encima de la playa, para impedir o al menos dificultar con ellos y las tropas disponibles el desembarco de los británicos. El virrey denegó su consentimiento y ordenó atrincherarse en las fortificaciones.

—A nosotros también nos sorprendió —dijo Smollett. Luego emitió un gruñido—. En la medida en que lo supimos. Yo estaba en el *Chichester*, más afuera. Allí había las habituales deliberaciones, en las que, naturalmente, como médico auxiliar yo no podía participar. O no tenía que hacerlo, según se mire. Y se hacían muchas señales con banderas y había muchos ordenanzas en esquifes llevando órdenes y pidiendo refuerzos.

—¿Ha podido ordenar todo eso de alguna manera? —quiso saber Belmonte—. Usted escribió más tarde al respecto. No solo en la novela, sino también en un par de panfletos.

—Sí, claro. Después, durante la retirada a Jamaica, hubo tiempo de sobra para hablar con unos cuantos de los pobres diablos que habían sobrevivido a todo. Y, en Inglaterra, por supuesto, intenté conseguir copias de los informes oficiales. Lo que no fue del todo fácil, pero...

—Entonces, siga. Por mi parte no tengo mucho más que contar. Salvo sangre y horror. ¿Cómo eran las cosas en los barcos?

—Terribles. —Smollett torció el gesto—. La mayor parte del tiempo sin viento, ese calor enloquecedor que hacía que el alquitrán hirviera entre las planchas, bochorno, todo se pegaba, bajo cubierta un olor espantoso, y entre una cosa y otra esos torrentes de lluvia. ¿Cómo que torrentes? ¡Cascadas! Como muros de agua, casi impenetrables, que caían verticales sobre el barco. Agua tibia, casi caliente, a la temperatura del cuerpo, ahora que lo pienso, y luego otra vez ese sol abrasador. Sabe, uno de los pobres diablos del hospital me contó que en tierra había sido exactamente igual, solo que peor. Me dijo que el calor evaporaba las energías de los hombres, y nubes de mosquitos, y por las mañanas se despertaban, si es que habían podido dormir, entre el calor y los cañonazos, por las mañanas se despertaban a veces en profundos charcos, bajo una manta de sanguijuelas, o veían a un compañero a dos pasos de distancia agitarse entre una guirnalda de serpientes, y luego el sol volvía a abrasarlos, vertical, y todo se pegaba y picaba y se rasgaba, bajo la tela la piel estaba ensangrentada y purulenta, y si ya de por sí no era posible respirar aquel aire cargado de humedad, había que añadir una gruesa capa procedente de la pólvora de los cañones, sin viento que la dispersara o diluyera, y entonces pasaba chillando un enjambre de papagayos, sonaba como una aguda carcajada burlona, y a menudo, me dijo, deseaban que los *dagos* volvieran de una vez a disparar, para poder pensar en otra cosa.

O'Leary hizo un ruido como de arcadas.

—Prefiero no saber cómo estarían a bordo los heridos.

—¿No? ¿No quiere que le diga cómo gemían o grita-ban de dolor esos pobres diablos, con el calor aplastante que había bajo cubierta y con la fiebre? Cómo... —se señaló con el índice izquierdo el antebrazo derecho—, cómo reventaban en los coyes con menos de un codo de espacio, tendidos en el pus de sus heridas y entre sus pro-pios excrementos, devorados vivos por gusanos, dejados en la estacada por quienes los habían enviado a aquella de-mencial empresa, los nobles comodoros y almirantes que preferían disputar entre ellos en vez de ocuparse de su gen-te? ¿No quiere que le diga que, en algunos barcos que no tenían enfermos y heridos, sus propios capitanes impidie-ron a los médicos trasladarse a bordo de otros barcos para ayudar?

Smollett casi había gritado las últimas frases. Belmonte se sorprendió, se esforzó por mantener el rostro inexpre-sivo y se preguntó si tal vez había juzgado mal al escocés. Luego se dijo que los malos modales no necesariamente sig-nificaban falta de humanidad. ¿Compensaba la compasión los malos modales?

Todos guardaron silencio unos instantes. Se oía la sua-ve brisa entre las ramas; sonaba casi como una lejana rom-piente. Cigarras y unos cuantos pájaros ocultos entre la hojarasca disputaban por ver quién charlaba más alto, has-ta que Smollett carraspeó y abrió los brazos, como con-fundido.

—Pero usted no quería saber todo eso, ¿verdad, O'Lea-ry? —dijo—. Así que no se lo diré. Volvamos a los fríos e insensibles hechos. Ustedes querían saber cómo estaban las cosas para nosotros. Muy bien. Intentaré acordarme.

—Un momento, por favor, se me seca la garganta de tanto escuchar. —O'Leary llenó su copa y la de Belmonte con un poco de vino y mucha agua. Smollett lo rechazó cuando fue a llenar también la suya.

—No, de lo contrario tendré que ir todo el tiempo —indicó.

—Buena idea —dijo el irlandés—. ¿Adónde se va aquí?

—Venga; se lo enseñaré.

# El plan del almirante

El arte de hacer planes consiste en adelantarse a
las dificultades de su ejecución.

VAUVENARGUES

¿Quieres hacer reír a los dioses?
Haz un plan.
¿Quieres hacer sufrir a los hombres?
Haz un dios.

Cretense desconocido

Belmonte se levantó para estirar un poco las piernas.
Para su ligero asombro, vio que el sol estaba ya muy al oeste y había empezado a hundirse.

«Tanto hablar —pensó—, para decir tan poco.» ¿O no?

Fue hacia las plantas en las que hacía unas horas había
intuido el rostro del capitán desorejado, tocó algunas ramas, se dirigió hacia otros arbustos más alejados, olió flores y frutos. En la suave brisa de la tarde había un soplo de

mar, de sal y de lejanía. Un soplo de partida, se dijo. Luego suspiró ligeramente al pensar en las siguientes horas. Partir, al puerto, al barco, al mar, adonde fuera, pero no seguir describiendo con miserable lentitud la defensa de Cartagena, no volver a pasar horas en discursos, contradiscursos y apostillas. Hacía mucho que había abandonado la esperanza de saber por Smollett algo más del padre de O'Leary, y suponía que el irlandés tampoco contaba ya con eso.

Smollett... un manojo de contradicciones. Gran escritor de modales indecibles, tosco; pero un verdadero patán ni siquiera les habría recibido, a pesar de los regalos entregados el día anterior. O les habría dado fugazmente las gracias y luego los habría echado. *Gentleman* y grosero, rechazo y colaboración, ofensas y atenciones, no encajaban. Un escocés que se hacía el inglés; un inglés que despreciaba a irlandeses y españoles, pero había traducido el *Quijote*, que consideraba unos necios al almirante lord Vernon y al general Wentworth y mostraba cierto respeto por Blas de Lezo.

Don Blas. Las largas conversaciones y la sal en la brisa, el sol al oeste... y un atardecer en la playa, al norte de Bocagrande, olvidado y de pronto presente. Blas de Lezo había hecho remolcar y hundir hasta el canal, de todos modos, apenas utilizable, varias canoas cargadas de arena y piedras. Y, como quería estar seguro de que todo se hacía como estaba previsto, se había hecho llevar hasta allí en bote con su secretario y con Belmonte. Luego, de nuevo en tierra, había despedido al secretario.

—Usted, quédese, Belmonte; aún tenemos que hablar de algunas cosas.

Era trabajoso caminar por la arena con la pata de palo,

pero Lezo lo asumía como todos los demás esfuerzos y molestias, heridas y obstáculos. Cuando hubieron alcanzado el camino fortificado por encima de la playa, el almirante dejó escapar un ligero gruñido de alivio.

—Pronto empezará todo, hijito —dijo—. Pero antes quería discutir con usted algunos detalles.

—Escucho complacido, excelencia.

—Deje a un lado el excelencia; estamos solos.

—Sí, señor.

—Antes de ir al grano... ¿ha tomado medidas para cualquier circunstancia? ¿En lo que a sus padres se refiere, por ejemplo?

—¿Se refiere a algo así como una última voluntad?

Lezo entornó el ojo que le quedaba y miró al mar.

—Supongo que después de su intervención en Florida ya no se considera usted inmortal. Como yo, hace mucho. La mayor parte de los jóvenes creen estar hechos a prueba de balas y ser insumergibles.

—He escrito varias cartas, que todavía no he podido enviar. Y no tengo gran cosa que dejar.

—Bien.

Lezo guardó silencio un rato. Belmonte supuso que pensaba en su propia familia, quizás especialmente en el hijo menor, que había nacido después de su marcha de Cádiz, al que el almirante nunca había visto... y del que Belmonte ignoraba si era niño o niña. Pero, naturalmente, no le correspondía hablar de eso, y menos preguntar. Probablemente, se dijo, Lezo se lo había dicho en algún momento, cuando había llegado la correspondiente carta de la patria, y él lo había olvidado.

De pronto, Lezo sacó la espada y empezó a trazar líneas en el barro del camino.

—Escucha —dijo, tuteándolo—. Los ingleses vendrán; en realidad, hace mucho que tendrían que estar aquí. Cuando lleguen, daré muchas órdenes, que tú tendrás que transmitir —carraspeó—. Usted, señor ayudante. Y entonces, tengo que estar seguro de que lo entiende todo correctamente, por absurdo que pueda parecer. Por eso... —Señaló con la punta de la espada la raya horizontal de más arriba—. La Boquilla. Quizás intenten desembarcar allí. Sería estúpido, pero nunca se sabe. El agua es bastante poco profunda, tendrían que echar el ancla lejos de la playa, y luego recorrer esta estrecha franja de tierra, en la que no pueden meter muchos hombres y material. ¿Y? —Miró de reojo a Belmonte.

—Y junto a la franja de tierra está la ciénaga —dijo Belmonte—. Insalubre, no se puede encontrar agua fresca. Además, allí pronto estarían al alcance de los cañones pesados de las murallas.

Lezo asintió. La espada tocó una tras otra la línea interrumpida que se suponía que eran Bocagrande y la gran isla, Tierra Bomba. Al sur de esta estaba Bocachica, con sus fortalezas y baterías.

—Aquí, no les queda más remedio. El paso está cortado, la pesada cadena de vigas y anclas. En algún momento la superarán, pero detrás alinearemos tres o cuatro de nuestros barcos, que podrán cubrir la isla y el paso con los flancos. Durante los próximos días, tenemos que guarnecer y equipar las fortalezas de Bocachica: víveres, pólvora, balas, ya sabe. Tierra Bomba, humm.

—Colinas —añadió Belmonte—. Y árboles y matorrales, justo por encima de la playa.

—Exacto. ¿Meter cañones entre los matorrales, camuflados con ramas? ¿O talarlo todo para que los fuertes tengan el campo de tiro despejado? Aún tengo que pensar un poco en eso. El virrey también. En cualquier caso, tenemos que impedir que desembarquen ahí. Y, si no podemos impedirlo, tiene que resultarles lo más difícil posible. Elevadas pérdidas. Y también malo para la moral.

—Así que la playa como primera línea de defensa... ¿Y después?

—Si pasan, estarán a tiro de las fortalezas y de los barcos. Pondremos allí un par de baterías móviles, cañones de campaña detrás de fajinas.

Belmonte asintió.

—Suficientes víveres y material de guerra para las fortalezas —murmuró Lezo—. Y, si superan todo eso, necesitaremos botes para evacuar a la gente. Retiraremos los barcos aquí. —Tocó puntos de los bordes interiores oriental y occidental de la bahía—. Castillo Grande y Manzanilla. La tercera línea. La cuarta, si la cosa se pone muy fea, sería la ciudad misma con sus muros. Pero no deberíamos llegar a eso.

—¿Y si llegamos?

Lezo envainó la espada.

—Tiempo, la mayor cantidad posible. El calor de primavera ya ha empezado; pronto empezarán las grandes lluvias. Tenemos que desgastarlos, teniente. Son enormemente superiores en barcos, hombres y armas. Desgastarlos... ¿Lo ha entendido? ¿Lo bastante bien como para poder recordar mis absurdas órdenes?

—Creo que sí, señor.

Lezo se volvió para marcharse; por encima del hombro, dijo:

—Entonces, solo nos queda esperar que su excelencia el virrey también las entienda.

—Don Sebastián ha combatido en persona, en Italia y otros lugares. La última vez, creo, como capitán de infantería, ¿no? Tendría que...

—Habría, podría, debería, tendría. Sí. Hay gente importante y gente importante. Algunos llegan a generales, otros... a políticos. Y Eslava es un simio vanidoso. Pero usted no me ha oído decir esto.

—¿Ha dicho algo, excelencia?


El 13 de marzo aparecieron ante Playa Grande dos barcos ingleses, y el 15 de marzo la flota propiamente dicha alcanzó Playa Grande; en ese momento estaba formada por ciento treinta y siete barcos (más tarde ciento noventa y dos), y eran diez navíos de tres puentes, treinta y dos navíos de línea con sesenta o setenta cañones, seis fragatas de cuarenta o cincuenta, seis fragatas más pequeñas, tres brulotes, dos bombardas y ciento treinta y tres barcos de transporte y abastecimiento. Estaba dividida en tres escuadras; la primera, al mando del vicealmirante Edward Vernon, la segunda, del contraalmirante sir Chaloner Ogle, y la tercera, del comodoro Lestock.

La tarde del 17 de marzo, el virrey envió 155 hombres a Lezo, que se encontraba a bordo de su buque insignia en Bocachica; el almirante les ordenó unirse a la infantería de marina, que estaba estacionada en la costa. Como el secretario estaba ocupado en otras cosas, Lezo dictó a Belmonte una carta al virrey en la que le pedía llevar lo antes posible más pertrechos a los fuertes de Bocachica. Lezo firmó y envió la carta a la ciudad con un barco correo.

El 18, Eslava le escribió que le faltaban alimentos y gente. Lezo le envió de vuelta los ciento cincuenta y cinco hombres del día anterior y siguió reforzando los fuertes con gente de los barcos. El ataque de ira que Belmonte había esperado no se produjo; el almirante se limitó a rechinar los dientes. Por la tarde, llegó otro escrito del virrey: Eslava prohibía al almirante la tala prevista para la mañana siguiente por encima de la playa, por ser demasiado peligrosa para la gente que tenía que llevarla a cabo.

—Allá va mi primera línea —dijo Lezo, y desapareció en su camarote.

Belmonte oyó estrépito, y dedujo que el almirante estaba tirando los objetos que había a su alrededor.

Él no pudo dormir por la noche, de lo que no solo tuvieron la culpa el permanente cañoneo y el ruido que causaba. Tenía la oscura sensación de haber pasado algo por alto; entonces se le ocurrió pensar que era parte de un proceso histórico, y que más tarde —si sobrevivía— no se sabría suficientemente mucho de lo que ahora tenía en cierto modo delante de los ojos. Por eso, se sentó ante la mesita plegable con una pobre vela, papel y tinta, y redactó una descripción de las posiciones.

Y ahora, casi tres décadas después, en aquella ladera sobre el Mediterráneo, le asombró poder recordar más o menos literalmente las anotaciones de entonces. La memoria era asombrosa, se dijo. ¡Haber olvidado tanto, y retenido *esto*!

«Para poder hacerse una idea de los combates de aquel día y los siguientes, se ofrece aquí una breve descripción de las posiciones defensivas que entonces se encontraban a la entrada de la bahía», había escrito.

La primera línea de defensa junto al mar eran las ya reseñadas baterías de Santiago y San Felipe, en la isla de Tierra Bomba. Allí se encontraba también el fuerte cuadrangular de San Luis de Bocachica, con ocho cañones en la cortina, dos en el flanco y seis hacia el mar.

Hacia el lado de tierra solamente tenía la mitad de la artillería, porque allí apenas había terreno abierto; además, estaban emplazados un mortero de bombas y dos de granadas. En el lado del puerto había una contraescarpa, empezada al inicio de las obras del fuerte y jamás terminada. Todo lo demás estaba desprotegido hasta las troneras, sin explanada ni entrada cubierta, tan solo empalizadas de la misma altura que la fortaleza. Allí mandaba el coronel Carlos Hernán.

Al otro lado del canal, enfrente de San Luis, estaba entre dos bahías la isla de Baru, con manglares, llamada Punta de Abanicos; allí se había instalado una menesterosa batería de fajinas con catorce cañones de dieciocho libras, al mando del teniente José Campuzano. Adentrándose más en el canal, entre Abanicos y San Luis, se encontraba, aislada y levantada sobre los cimientos de un viejo fuerte, la batería, plana e irregular, de San José, cerca de la entrada del puerto, al que apuntaban diez cañones de dieciocho y veinticuatro libras, y otros diez al interior de la laguna; estaba al mando del capitán de la infantería de marina Francisco Garay. En una angosta bahía detrás de San José, donde Baru se separa de tierra firme, había una batería de fajinas con cuatro cañones de a doce.

Justo al lado, como protección y cobertura del puerto, había un cúter al mando del teniente de fragata Gerónimo Luisaga. Entre San Luis y San José se había tendido una cadena; estaba formada por un cabrestante, dos cables de doble anclaje y algunos bloques de madera, unidos por cadenas más pequeñas. La barrera era demasiado débil contra navíos de línea, pero suficiente para unidades pequeñas como los brulotes.

A un tiro de pistola de la barrera, cuatro de nuestros navíos de línea formaban una fila, encabezada por el *Galicia*, junto a San Luis, en el que se encontraba el almirante, don Blas de Lezo; mandaba toda la defensa de la bahía bajo las armas del virrey don Sebastián de Eslava, y pasó allí la mayoría de los días y las noches. El capitán del *Galicia* era Juan Hordan.

El siguiente en la fila era el *San Carlos*, al mando del capitán Félix Celoran. Luego venía el *África*, con el capitán de fragata José Camaño. Cerca de San José, cerraba la fila el *San Felipe*, al mando del capitán Daniel Huoni.

Hasta el 19 de marzo el enemigo no hizo gran cosa; hizo sondeos del fondo, exploró la costa, y el día 19 por la mañana los ingleses intentaron llevar tropas a tierra en algunos botes, pero fueron ahuyentados por fuego de cañones. Lezo indicó a los cuatro barcos que preparasen veinticinco soldados de infantería cada uno para ponerlos en marcha en Chamba, en la costa de Tierra Bomba, por si el enemigo intentaba desembarcar allí; además, envió a un oficial con cuatro hombres a observar los movimientos del enemigo. Estuvieron apostados toda la noche.

El día 20, la flota desplegó las velas y fue hacia el sur, donde la mayor parte echó el ancla delante de Bocachica. A mediodía apareció un navío de tres puentes que disparó contra la batería de Santiago, y luego otro navío de línea que hizo lo propio contra la de San Felipe. Poco después, otros tres navíos de tres puentes echaron allí el ancla y bombardearon el fuerte de San Luis de Bocachica. Las balas del enemigo también alcanzaron los barcos, en los que hubo los primeros muertos y heridos.

Al romper la oscuridad, el enemigo empleó bombardas contra los barcos y el fuerte. Lezo volvió a abastecer el fuerte con cureñas, ruedas, ejes y pólvora e hizo retirar los muertos y heridos; a las ocho de la noche quedaban en el fuerte quinientos once hombres y los carpinteros necesarios para instalar las cureñas.

El bombardeo duró toda la noche. Poco antes del amanecer, Lezo retiró los botes que vigilaban la cadena.

En la noche del 20 al 21, el enemigo empezó a dispararnos con dos morteros desde la batería de Santiago, y a las siete de la tarde desembarcaron allí quinientos hombres.

El día 21, una bombarda martilleó la artillería de San Luis. Un navío de tres puentes destinado a cubrir a la bombarda quedó por su parte bajo un fuego tan intenso por parte del fuerte que solo a duras penas y con algunos daños pudo volver a dejar la bahía; sin embargo, los ingleses habían conseguido retirar la bombarda con su tripulación y sustituirla por una fragata que atacó San Luis con fuego de mortero. Ese día, el resto del ejército enemigo desembarcó con su artillería en las playas situadas entre Santiago y Chamba.

El 22 llegaron algunos refuerzos que el comandante del fuerte había pedido a la ciudad. A las cuatro y media de la tarde, un navío de tres puentes gravemente alcanzado desplegó algunas velas —tenía todo el costado de estribor destrozado— y se alejó; ya había cinco navíos de línea ingleses fuera de combate.

A las cinco y media, Eslava subió a bordo del barco de Lezo y se quedó; por la tarde, el almirante le dijo que había que hacer una salida y atacar al enemigo, pero topó con alguna resistencia. También se habló de que el capitán Pedral debería averiguar qué hacían los ingleses en tierra, a lo que se mostró dispuesto de inmediato, pero Eslava una vez más no dijo ni que sí ni que no. Entretanto, los dientes del almirante tenían que estar bastante desgastados de tanto rechinar.

A las siete de la tarde del 22 se vio en las cercanías de Santiago un fuego como de mil fusiles. Más tarde, nos enteramos por desertores de que un cañón defectuoso había detonado y causado muchas víctimas. Aquella noche empezaron a instalar allí sus baterías, bajo el fuego de nuestros cañones de Abanicos.

El 23 al amanecer Eslava fue al fuerte, y regresó a las seis de la mañana. Lezo volvió a reclamar una salida y un ataque; Eslava dijo que los oficiales en tierra habían dicho que el momento no era favorable, por lo que estaba en contra. Lezo respondió que si el virrey quería esperar a que todas las circunstancias le fueran propicias nunca haría nada.

A las siete, Eslava regresó a Cartagena. Solo ordenó que, al atardecer, se enviaran unos cuantos comandos desde el fuerte hasta los campamentos de la playa. El tiroteo continuaba; una granada de mortero fue a parar a la despensa del fuerte —los víveres estaban almacenados allí sin protección alguna— y lo destrozó todo, por lo que Lezo volvió a enviar víveres para doce días y reemplazó, como todas las tardes, a los muertos y heridos.

El 24 continuó el fuego de mortero. Desde Cartagena llegó Agustín de Yraola, un capitán de artillería, al que Lezo envió al fuerte para ver cómo estaba todo e informar de qué era necesario.

A las siete y media vinieron dos españoles procedentes de las islas Canarias, que habían estado a bordo de un navío de línea e informaron que el objetivo del enemigo era tomar el fuerte y penetrar en el puerto, y en general contaron que había entre doce mil y catorce mil hombres de tropas de desembarco a bordo de los barcos. Desde el 22 hasta la fecha, habían desembarcado las tropas y acampado a espaldas de Santiago. Había tres barcos desarbolados y tres gravemente dañados y habían perdido muchos hombres, ayer mismo un capitán y cinco marineros. Después de tomar Cartagena, su siguiente objetivo era Veracruz. Habían estado a bordo de un carguero que llevaba vino a Curaçao. A bordo de los barcos ingleses había varios prisioneros españoles y franceses, y hacía poco habían tomado un mercante francés que había llegado de Portobello con ochenta mil pesos; el dinero estaba en manos del comandante inglés, el barco iba camino de Jamaica, la tripulación se había repartido entre los barcos de la flota.

A las dos de la tarde, el almirante recibió una carta de Eslava en la que comunicaba que habían avistado en el mar otros treinta barcos enemigos —lo que encajaba con el testimonio de los desertores de que se esperaba la llegada de un convoy en cualquier momento— y que estaba preocupado por las reservas de alimentos, a lo que Lezo le respondió que, si se hubieran tomado medidas a tiempo, no estarían en aquel momento en aquella apurada situación. Además, le pedía que le comunicara cuánto tiempo necesitaba y qué medios proponía para el caso de que hubiera que desalojar las posiciones para retirar sin confusión los soldados y marineros del fuerte y de las baterías y seguir defendiendo la ciudad, porque temía que todo aquello no podría seguir manteniéndose si el enemigo traía cañones a tierra; una retirada forzosa bajo el fuego sería muy difícil, y el comandante del fuerte había comunicado por escrito que la fortaleza no podría seguir resistiendo como hasta ahora otros ataques de los cuatro navíos de línea.

Día 25 de marzo: el enemigo prosigue el bombardeo desde tierra con doce morteros. Esta mañana, carta de Eslava en respuesta al escrito de Lezo; para ganar tiempo, habría que seguir defendiendo las posiciones como hasta ahora, la seguridad de la ciudad dependía de ello. Lezo respondió que para eso era necesario mejorar las condiciones del fuerte, reparar el glacis y las empalizadas, derribar hacia fuera las almenas, porque estaban hechas de ladrillo y mampostería, y el ladrillo no protegía sino que dañaba a la gente de dentro, como había sucedido, lo que no habría sido el caso si hubieran estado hechas de fajinas y tierra apisonada, cosa que ya había dicho hacía mucho el ingeniero Carlos Desnaux, antes de que llegara el enemigo. Él había querido talar los árboles y matorrales al alcance del fuerte, para lo que se le había dicho que no había ni gente ni dinero suficiente, de modo que el enemigo no pudiera instalar baterías ocultas a nuestros ojos en dicho monte bajo; en cuanto tal cosa ocurriera, el fuerte y los barcos atracados en él no podrían sostenerse. El bombardeo duró toda la noche.

El 26, cañoneo permanente; Lezo manda relevar a la gente del fuerte para que pueda descansar. Dos de los tres barcos ingleses que hay delante del fuerte de San Luis disparan andanadas, pero no pueden anclar lo bastante cerca sin quedar al alcance de nuestros cañones, y por eso regresan a la flota. El tercer navío de tres puentes entra en el canal de Bocachica, donde es atacado por los barcos *San Felipe* y *África*, y las baterías de San José y Punta de Abanicos, y solo después de caer la noche puede retirarse. Según las anotaciones de un prisionero inglés, los barcos ingleses quedan gravemente dañados por nuestro fuego; a bordo del *Amalia* hay sesenta muertos y veinte heridos.

El día 27, a las once de la mañana, Eslava viene de la ciudad al fuerte, y de allí pasa a bordo; en la deliberación con Lezo y sus oficiales, dice que, dada su importancia, la plaza tiene que ser defendida hasta el último hombre. Lezo le asegura que nada se opone a ello, para eso nos tiene el rey, cuyos súbditos somos; si todo ha de ser sacrificado, lo haremos gustosos; pero le gustaría tomar medidas para que el honor del rey y el nuestro no sufrieran y, aunque fuera tarde, aún podía hacerse algo. El virrey come aquí y regresa hacia las cuatro de la tarde, sin decir nada más ni dar más instrucciones. Su cauteloso silencio, cuya razón se ignora, siempre ha procurado el mayor asombro a todos.

Día 28 de marzo: los ingleses han desplazado las bombardas y parte de los otros barcos a la bahía de Chamba. Hasta hoy al mediodía, han disparado dos mil cien proyectiles, desde tierra y desde el mar. A las doce del mediodía, Lezo y Belmonte preguntan a un soldado irlandés cuál es la situación del enemigo, y dice que están instalando una batería de veinte cañones de a veinticuatro y varios morteros en el monte bajo delante del fuerte; que han roturado las zonas necesarias y preparan un ataque al puerto; gran parte de las tropas ya ha desembarcado, y en las baterías trabajan seiscientos hombres; se ha llevado a tierra más artillería, y también el general está ya allí; nuestros disparos han causado serios daños a los barcos; se esperan nuevas tropas y provisiones; en caso de un gran ataque, se cortarían las comunicaciones entre tierra firme y Tierra Bomba para que nadie huyera. Lezo envía al desertor al virrey para informarle y ver si ha de tomar nuevas medidas.

Día 29. Solo quedan diecisiete barriles con carne y tocino para los cuatro barcos, el fuerte y las baterías, después de que Lezo haya enviado al fuerte víveres para ocho días; con lo que había enviado el 23, tendrían que resistir veinte días. Escribe al respecto a Eslava, que hoy manda llevar al fuerte unas cuantas balas.

El almirante ha enviado al fuerte algunos barriles pequeños que, rellenos de tierra, deben servir de atrincheramiento y protección. El comandante del fuerte comunica que una bomba ha destruido doce botafuegos para cañones de a veinticuatro, y trece para cañones de a dieciocho. Lezo le sustituye de inmediato. Llegada de Miguel Pedral, enviado por Eslava, con sesenta hombres, que junto con ciento cincuenta de San Luis investigan los trabajos del enemigo; si encuentran cañones tienen que clavarlos, para lo que Lezo les da los clavos que Eslava no les ha dado. El fuego de mortero continua.

A las doce de la noche, descargas de cañón y de fusilería cerca de la batería de Baradera. Lezo envía enseguida dos botes con infantería y marineros para reforzar a la gente de allí; pero el enemigo ya se ha asentado, según el alférez Loyzaga, en retirada, comunica a los nuestros por el camino, y a la una de la madrugada sucede lo mismo en la nueva batería de Abanicos, que también tiene que ser abandonada, de lo que Lezo se entera de camino allí por José Campuzano y Loyzaga; a la una y media, las dos baterías están incendiadas; de su guarnición, faltan un teniente de artillería y trece hombres; Campuzano viene con los últimos que oponían resistencia.

En la noche del 29 al 30, ataque inglés con lanchas de desembarco contra la batería de Baradera; después de clavar sus cañones y retirarse al cúter, Gerónimo Luisaga todavía opone resistencia un tiempo con los cañones de a bordo, hasta que se da cuenta de que los ingleses van a atacarlo desde el istmo; entonces se retira al *África* en una canoa con catorce hombres, el resto de la guarnición de la batería y el cúter. Una vez que el enemigo ha tomado la batería, ataca nuestra posición en Punta de Abanicos. Campuzano responde al fuego enemigo de fusilería con sus cañones, pero, cuando quiere por su parte emplear los fusiles, constata que solo quedan con él un sargento, once hombres del regimiento de Aragón y dos artilleros. Los otros han caído o huido, lo que le obliga a retirarse primero a San José y luego al *Galicia*. El enemigo prende fuego a la batería; dado que les disparan desde el fuerte de San Luis, los ingleses se retiran llevándose numerosas armas y otro botín.

En la oscuridad de la noche, no es posible saber el número de lanchas de desembarco. Un prisionero llamado Forbes declarará después: «Eran esquifes de todos los barcos, con diez soldados y treinta marineros en cada uno, todos ellos dirigidos por cuatro o cinco capitanes y oficiales de rango inferior. No consiguieron todo lo que pretendían, ya fuera por fallos de los capitanes, falta de voluntad de los marineros y soldados mezclados o a causa del fuerte fuego español.»

El 30 de marzo, al romper el día, Lezo envía gente a explorar las baterías mencionadas. Encuentran treinta enemigos y un oficial muertos. A las ocho, oímos fuego contrario desde el norte, y poco después vemos al enemigo correr hacia San Felipe y Santiago. A las ocho y media, nuestras tropas se retiran tras un fuerte tiroteo. Lezo ordena volver a tomar las baterías perdidas y volver a poner en servicio los cañones clavados, y envía a Belmonte con marineros e infantería de marina de refuerzo. A las tres, Eslava viene de la ciudad al fuerte, y luego, a las seis, a bordo, donde pasa la noche. Lezo ruega con insistencia que se le permita ordenar una salida para destruir los trabajos del enemigo, pero no obtiene ni consentimiento ni motivos para negárselo, y, sin embargo, no hay duda de que el enemigo está construyendo allí sus baterías para bombardear el fuerte y los barcos, como había dicho el desertor; nadie sabe cómo vamos a defendernos si no hacemos nada para evitarlo.

Al atardecer la tropa de choque al mando de Campuzano y Belmonte vuelve a tomar la batería de Abanicos; por la noche, siguiendo órdenes, Belmonte regresa al *Galicia*.

31 de marzo: al romper el día, Eslava regresa a Cartagena. De seis a ocho, un barco inglés echa la sonda a la entrada del puerto; el navío de tres puentes que lleva allí varado desde el día 20 es llevado ante Chamba con los otros. Desde las seis y media de la mañana hasta las diez y media de la noche, fuerte bombardeo de las nuevas baterías contra el fuerte y los barcos.

1 de abril: Lezo envía más gente a terminar la batería de Abanicos. Suministra otros veinticuatro botafuegos al Fuerte de San Luis; a bordo de los barcos solo quedan los botafuegos imprescindibles y, si no se envía nada desde la ciudad, nos vamos a quedar a cero. A las doce, se recibe un escrito del oficial que se encuentra en Pasacaballos y comunica que el adversario da indicios de ir a atacar ese punto, que protege el camino por el que llegan los víveres desde Sinú; Lezo envía cuatro botes armados con doce hombres al mando del capitán de fragata Elizagarate; a las dos, nuevo escrito que informa que el enemigo solo está a legua y media de Pasacaballos.

2 de abril (domingo de Resurrección): a las siete de la mañana, tiroteo con veinte cañones sobre el fuerte San Luis para abrir una brecha. El *Galicia* y el *San Felipe* disparan, igual que el fuerte San José. Entre los ingleses caen un coronel, un teniente coronel y varios capitanes.

Dos navíos de línea se aproximan a San Felipe. A las siete y cuarto, los ingleses empiezan a bombardear el fuerte con dieciséis cañones y doce morteros. Lezo dice:

—Si esto sigue así, no pasará mucho tiempo antes de que suceda lo que tantas veces he advertido a Eslava.

El *Galicia* se acerca a los matorrales y bombardea la posición enemiga hasta las seis de la tarde; numerosas cureñas se han roto con el intenso cañoneo, tienen que ser reparadas y hay que fabricar nuevos cartuchos, porque en esa jornada hemos disparado seiscientos sesenta tiros. El *Galicia* cubre de fuego la batería inglesa y le obliga a suspender el tiroteo durante dos horas y media; a las tres y media, vuelven a disparar. Pasamos el resto de la tarde fabricando y rellenando cartuchos. Al ponerse el sol se acerca otro navío de línea, dispara sobre la nueva batería y desembarca numerosos botes. Lezo envía a trescientos hombres, al mando de Belmonte, con material e instrucciones para reforzar la posición.

3 de abril: bombardeo inglés del fuerte. Llegada del ayudante de Eslava, el capitán Carrillo, que quiere examinar las posiciones. Lezo dice que es extremadamente irregular dejar que el enemigo levante baterías sin oponerle la menor defensa, a pesar de habérselo pedido muchas veces a Eslava. Respuesta: «Eslava ve problemas en el monte bajo y los desfiladeros»; Lezo: «Al parecer los ingleses no tienen esos problemas y, si ya todo se da por perdido, mejor es ir con las armas en la mano a ver si aún puede hacerse

algo.» El comandante del fuerte viene, dice que todo está en mal estado, que el lado que da al mar se desplomará hoy o mañana, que es imprescindible hacer una salida para clavar los cañones del enemigo. Lezo dice que lo ha constatado varias veces, pero que no puede hacer nada. El comandante dice que el fuerte y los barcos no pueden mantenerse, y ruega que se le comunique al virrey. Lezo le pide que haga él esa comunicación; si no procede del almirante, quizás Eslava esté dispuesto a ordenar algo.

Más cañoneo, también de los navíos españoles; el *San Felipe* abandona la fila para bombardear las posiciones inglesas en tierra, hasta que a mediodía trece navíos de línea ingleses se meten en el canal; entonces, el *San Felipe* regresa a la cadena. Los barcos ingleses que hay en el canal bombardean Abanicos y lo toman definitivamente.

El comodoro Lestock tiene que retirarse de la batalla antes de la puesta de sol porque su barco ha sufrido grandes daños. En la noche del 4, el enemigo prende fuego por segunda vez a la batería de Abanicos, así como al cúter, hasta entonces prácticamente intacto. El 4, ambas partes prosiguen el cañoneo. Según testimonio de los prisioneros, el fuego de los navíos de línea españoles causa gran devastación en el campo inglés, donde mueren muchos hombres, de modo que hay que cambiar su emplazamiento. Lestock vuelve al canal de Bocachica con una pequeña escuadra; los barcos españoles lo bombardean a él y a sus unidades. La mayoría de los cañones del fuerte han sido destruidos por el cañoneo inglés, salvo dos, que siguen disparando junto con los de San José y los de los barcos.

Ese día cae lord Beauclerck, capitán del *Prince Frederick*. Manuel Huoni, capitán del *San Felipe*, resulta herido leve, y, en cambio, Francisco Garay (batería de San José) es herido de gravedad.

A lo largo del día, los ingleses retiran los barcos dañados y los sustituyen por otros, que anclan más lejos; los que quedan se desplazan para formar línea con los nuevos. Estos barcos, por una parte, y los fuertes de San Luis y San José con el *San Felipe* y el *África*, por otra, se bombardean mutuamente durante todo el día. El *San Carlos*, cuyos cañones ya no pueden alcanzar a los barcos ingleses después de su desplazamiento, bombardea las posiciones inglesas en tierra. Hacia el atardecer, los barcos ingleses vuelven a retirarse.

20 horas: Eslava sube a bordo, pasa allí la noche, no toma ninguna decisión. Por la noche, cañoneo, también bombas incendiarias.

4 de abril: a las seis de la mañana, otros cuatro barcos bombardean el fuerte y los barcos, con el apoyo de los cañones y morteros basados en tierra. 9 horas: Blas de Lezo herido, en el muslo y en la mano, muchos muertos y heridos, Lezo los hace llevar a la ciudad en barco, con el resto de las reservas de pólvora. Cuatro barcos ingleses se retiran, dañados, al atardecer. A las dos de la madrugada, Eslava se dirige a la ciudad para organizar por fin la evacuación del fuerte y de los barcos, todos están en mal estado, no es posible continuar con la resistencia; cañoneo durante toda la noche.

5 de abril: a las cinco y media de la mañana, otra vez cañoneo pesado, el fuerte apenas puede responder, por lo que los ingleses disparan con balas incendiarias a los barcos; impactos por debajo de la línea de flotación. A las once de la mañana, el comandante del fuerte comunica que los muros están casi destruidos, hay grandes brechas, así que

los ingleses se encuentran en condiciones de atacar, ya no hay suficiente gente para una defensa razonable; esto va a Eslava por escrito, firmado por ambos. Preocupación en el fuerte, porque no hay botes para la evacuación; Lezo: «Esperemos que el enemigo espere con su ataque hasta mañana.» Por la noche va a enviar botes para llevar a la gente del fuerte a los barcos, quizá por fin Eslava haga algo. Lezo y Belmonte envían una canoa llena de cartuchos a los barcos, los cartuchos son distribuidos a las 16 horas, los capitanes saben lo que tienen que hacer.

17 horas: la infantería inglesa marcha en varias columnas por la playa hacia el fuerte. El comandante Carlos de Hernán indica su disposición a capitular, lo que los ingleses desprecian. Cuando la guarnición ve que siguen avanzando, abren la puerta y huyen en desorden. El comandante y los demás oficiales intentan detener a los fugitivos con las armas desenvainadas, pero tienen que unirse a la fuga, porque el enemigo ha entrado ya y poco después iza su bandera en el fuerte.

Los fugitivos tienen que huir nadando, Lezo envía botes a recogerlos, todo ello bajo fuerte y constante cañoneo. La tripulación del *San Carlos* también emprende la fuga en botes; un intento de detenerlos fracasa; huyen a Cartagena.

Por fin llega Eslava con botes, el *San Carlos* y el *África* son hundidos, se prende fuego al *San Felipe*. Más de cincuenta botes ingleses y dos mil hombres en tierra avanzan. Lezo y Eslava se dirigen a Bocagrande, donde llegan a las 21 horas; se dan instrucciones a los capitanes de los barcos de que leven anclas enseguida y se dirijan al canal entre Manzanillo y Castillo Grande. Las tropas huidas van a la playa de Castillo Grande para reforzarla.

El *Galicia* aún no ha sido hundido; llega la noticia de que hay pocos botes. El capitán, varios oficiales y los cincuenta hombres de la tripulación siguen a bordo. Lezo envía dos botes; regresan a las cuatro de la mañana y comunican que el enemigo ha ocupado el barco y ha apresado a la gente que había en él.

A las cuatro y media de la mañana, Lezo va a Cartagena. Durante la noche del 6 de abril, el *Dragón*, el *Conquistador* y el *Trechuelo* son remolcados a los accesos entre Castillo Grande y Manzanillo; allí se encuentran ya los mercantes disponibles; tienen que ser hundidos para mantener lejos al enemigo e impedir que lleve sus barcos a distancia de tiro de la ciudad.

El día 6 a las siete de la mañana, parte de la flota inglesa entra en la laguna. Lezo reparte las siete compañías de marina al mando de Félix Celdrán en grupos de cincuenta hombres, que deben ayudar a la artillería y a los zapadores que hacen las trincheras. Todos están agotados y...

# Milagro en Cartagena

> Pero, en el fondo, la vida es tan fatalmente seria
> que no sería posible soportarla sin esta unión de lo
> patético y lo cómico.
>
> HEINRICH HEINE

—Eh, ¿te has dormido de pie?

Belmonte se estremeció.

—Estaba perdido en mis pensamientos —dijo—. En Cartagena, dónde, si no.

O'Leary y Smollett volvieron a sentarse. Belmonte se quedó todavía un momento de pie, y se sorprendió. Los otros dos no podían haber estado mucho tiempo en la casa, tan solo el necesario para dos necesidades; el sol no había bajado más desde que había mirado conscientemente el mar por última vez, ¿y, aun así, era posible que en ese breve ensimismamiento —o adormecimiento— hubiera recordado todo aquello? Se sentía agotado como el día en el que había acompañado de vuelta a Cartagena a Blas de Lezo herido. Fue a la mesa y cogió su copa; la mano le temblaba un poco.

—Le toca, *caballero* —indicó Smollett. Sacó el reloj del bolsillo del chaleco, le echó una mirada, miró al sol y movió ligeramente la cabeza—. Pero no por mucho tiempo; pronto dejaré de querer verlos a los dos aquí. —Sacó unos papeles enrollados del bolsillo interior de la chaqueta y los dejó encima de la mesa.

—¿Qué clase de papeles son esos?

—Una... vamos a decir curiosidad. Podría facilitarle el relato. Y a nosotros, escuchar.

—¿Qué es eso tan grande que tengo que contar? —Belmonte se sentó—. ¿Toda la historia de la heroica defensa? ¿Con tanto detalle como usted ha explicado el ataque? Entonces, seguiremos sentados aquí a medianoche.

—¿Vas a ir directo a la conclusión?

—No. Un día después de que nosotros llegáramos a la ciudad...

—¿Quiénes somos «nosotros»? —preguntó Smollett—. ¿Cuándo fue eso?

—El 6 de abril. Ese día, los británicos tomaron el buque insignia del almirante, y el 7...

Smollett rio de pronto.

—Ah, el *Galicia*. La siguiente gran estupidez de Vernon.

—¿Podría explicárselo a un pobre irlandés? Ya ha habido bastantes insensateces en lo que a Vernon se refiere.

—Envió a Londres la bandera del almirante español, con un informe sobre las acciones libradas hasta el momento y asegurando que Cartagena iba a caer en los próximos días.

—Ah —dijo O'Leary—. Y fue celebrado a lo grande, ¿no?

—No solo eso. Todas las campanas repicaron, y se acuñaron monedas... monedas victoriosas en los que un almirante español arrodillado entregaba su espada al victorioso lord Vernon. Más tarde, hubo que fundirlas apresuradamente. De manera oficial, nunca existieron.

—Embarazoso, me imagino. Para todos.

Belmonte sonrió.

—En Madrid hay varios juegos completos de esas medallas que oficialmente nunca existieron. En una ocasión tuve en mis manos uno de esos productos de la jactancia y puedo asegurar que el español que se arrodilla no guarda similitud alguna con don Blas. Un hombre fuerte con dos ojos, dos piernas y dos brazos, hasta donde se puede ver.

—Iba usted a decir que un día después de su regreso a la ciudad... ¿qué? ¿Hizo algo?

—Puede decirse así. Pero ¿de verdad quiere oírlo? No nos acerca en nada al difunto irlandés y sus tesoros.

—Cuente; durante un rato aún puedo soportarlo. Y quién sabe, quizá todavía se me ocurra algo respecto a su padre, O'Leary.

—Ahora eso no tiene nada que ver con el enfrentamiento propiamente dicho.

Smollett torció el gesto.

—Terminemos primero lo otro, ¿eh?

—¿Es necesario? No estuve presente hasta poco antes del final, así que de todos modos solo puedo contarlo de segunda mano, por decirlo de alguna manera.

—Tome esto. —Smollett le tendió los papeles que había traído; no se habían desenrollado del todo—. Una curiosidad, como he dicho; pero podría ayudar.

Belmonte alisó los papeles y echó una mirada al primero de ellos. La caligrafía era limpia y legible.

—Si ha escrito usted esto, se ve que es capaz de esgrimir una pluma elegante, *mister*.

—Gracias. Lo he traducido; no me hago responsable más que de la caligrafía.

—Según veo, aparecen intercaladas líneas en cursiva. ¿Qué significan?

Smollett sonrió.

—Esas son las partes curiosas, de cuyo... contenido en realidad me permito dudar. Ya verá por qué.

—¿De dónde lo ha sacado?

—¿De verdad necesita saberlo? —Smollett gruñó y se acomodó en su silla—. Tuvimos unos años de paz en medio de esa guerra de cien años. Entonces un español me envió esto, en español, junto con el intento de una traducción espantosa. Me escribió que era un admirador de mi Roderick y que, si aún quería hacer algo con él, esto quizá pudiera servirme algún día. Son las... anotaciones completadas de su hermano, caído en los últimos días del asedio. Curioso, como he dicho.

—Vamos, Osvaldo —dijo O'Leary—. Antes de que este monstruo nos eche, quiero saber cómo terminó todo.

Belmonte carraspeó, cogió las hojas y empezó a leer.

—«El 8 se hunden los barcos mercantes en los canales, pero no los navíos de línea *Dragón* y *Conquistador*, que junto con el Castillo Grande debían oponer resistencia el mayor tiempo posible a la flota enemiga. *Para el hundimiento, si no bastan los taladros y las voladuras, deben emplearse grandes iguanas, que tienen dientes de sierra y pueden escupir fuego.*» ¿Qué es esto?

—Simplemente siga leyendo. E imagínese a un Lazarillo tomando hachís.

Belmonte miró la hoja, después a Smollett, volvió a mirar la hoja, se encogió de hombros y leyó:

—«Lezo sube a bordo de los barcos para animar a las

tripulaciones. El fuerte irónicamente llamado Castillo Grande es pequeño y solo dispone de cuatro cañones. *Si los cañoneros también estuvieran amputados, pueden utilizar las patas de palo como baqueta.*» ¡Ah! ¿También amputados?

Smollett chasqueó la lengua.

—¿Lo ve? Siga, por favor.

—«Los fosos no tienen agua; no hay ni empalizadas ni campo de tiro despejado, sino un bosque de manglares *en cuyas ramas me gustaría oír trinar a peces de colores y con alas.* De cara al puerto hay una muralla con diez cañones. Además, tienen quince cañones de a veinticuatro y quince de a dieciocho, traídos del *San Felipe*, junto con las tripulaciones agotadas por el combate. *Quizás habría que fortalecerlos con bulbos de ambrosía servidos por elfos; sin duda sabrían mejor que esta infusión de hongos y hojas que el indio me da a beber.* Al otro lado del puerto hay una plaza fortificada sin artillería, Manzanillo. *Allí pacen los necios durante las noches en blanco de mi fiebre, cantando aires casuales.*

»Una parte del canal está bloqueada por los barcos mercantes; el resto del espacio libre lo bloquean los dos barcos de guerra *encajados entre surcos de agua recién arados.* Pero como les amenaza peligro por parte de los navíos de línea o los brulotes, y además hay que impedir que los barcos enemigos se acerquen lo bastante a la ciudad como para bombardearla, se decide hundir el *Dragón* y el *Conquistador. Por mi cuarto corren gacelas; ¿tienen algo que ver con el hundimiento?* Esto sucede por la noche, entre las once y las doce; al mismo tiempo, se abandona el fuerte. La artillería del *San Felipe* que se encuentra en él es clavada, la munición y demás pertrechos, retirados, salvo ochenta toneles de pólvora que se vierten en la cisterna. *La anciana que me cambia las vendas dice que habla con los ángeles, que tratan en vano de enseñarle un nuevo juego de dados.*

»El 11 el enemigo se apodera del fuerte y del reducto de Manzanillo; primero iza su bandera, luego dispara algunos cañones sobre las murallas de Cartagena, y la flota inglesa ancla delante de Castillo Grande. *Los cañones tienen flecos; enanos de gorros rojos me hacen cosquillas en los dedos de los pies...*» Oiga, esto es insoportable. Me da pena ese hombre, pero, ¿sigue así mucho tiempo?

Smollett no respondió; se limitó a mover una mano, como si quisiera decir: ¡Siga leyendo!

Belmonte tomó un trago y se armó de paciencia; luego leyó:

—«El 12, un navío de línea pasa por un costado del *Conquistador* y, como por falta de lastre no se ha hundido del todo, lo echa a un lado lo bastante como para abrir el canal a dos bombardas que se acercan a la ciudad. *Las grandes iguanas han aserrado demasiado poco, o el fuego que escupían se ha mojado con el agua.*»

—¡Socorro! —O'Leary alzó las manos por encima de la cabeza.

—Mi frívola musa no supo qué hacer con eso —dijo Smollett—. Como usted sabe, las farsas picarescas se me dan muy bien. Esto, las visiones de un soldado al que le han amputado una pierna, y que está tomando alguna infusión india, probablemente estupefaciente, exige un autor de tragedias.

»"El 13, el enemigo empieza a disparar sobre la ciudad con las dos bombardas, y una vez apartado el *Conquistador* entran un navío de línea de sesenta cañones y varias fragatas, y anclan ante Jefar del Gracia y Manzanillo. *Espíritus aéreos danzan a bordo de las fragatas e invitan a los ingleses a la zarabanda, que no dominan. Oh, si tuviera piernas.*"

O'Leary gimió.

—¿No puedes simplemente saltarte eso? ¿Dejarlo a un lado? ¿O le ofendería, *mister*?

—Me es completamente indiferente.

Belmonte respiró hondo.

—A mí también; así que lo dejaré a un lado. Gracias, Fergus.

O'Leary apuntó el respetuoso saludo de un príncipe desde una calesa. Smollett no reaccionó, y Belmonte siguió leyendo sin las inserciones, en parte extravagantes, en parte necias.

—«Los días siguientes, 14 y 15, las unidades avanzadas bombardean nuestras tropas desde las orillas. El 16 a las cuatro de la mañana el ejército enemigo desembarca en las playas de Jefar del Gracia y Manzanillo, bajo la protección del fuego del mencionado navío de línea, tres fragatas y otro barco, que disparan continuamente sobre tierra. En dos columnas, en fila de cinco en fondo, marchan hacia el norte, hacia una granja en la que una tropa de los nuestros los recibe con una salva de fusilería. Entre Jefar de Gavala y la granja se encuentran ocho tropas de los nuestros, entre ellos la compañía de granaderos del batallón España, que dispara contra la primera columna inglesa; sin embargo, como los cañones de los barcos británicos siguen disparando, todas nuestras unidades tienen que retirarse, porque en el terreno no hay elevaciones ni otra forma de cubrirse. El enemigo alcanza de ese modo La Quinta, y esa noche los ingleses acampan allí y en el Jefar de Lozano.

»El 17, el enemigo ocupa el cerro de la Popa e iza su bandera allí sobre el monasterio. En la noche del 17 al 18 atacan nuestros puestos avanzados, que se retiran con instrucciones de atraer al enemigo hasta el radio de alcance de la artillería de San Lázaro, cosa que no consiguen, porque el enemigo no avanza lo bastante.

»Al romper el 18, el enemigo ataca a una sección de soldados y setenta hombres de la milicia que guardan el acceso al canal y, una vez que el enemigo ha tomado el puerto, levanta empalizadas, pero deja intactos los fosos. Dado que enseguida vuelven a despejar la posición, nuestra gente vuelve a ocuparla. El 18, el enemigo vuelve a atacar la posición, pero es rechazado, dejando atrás once caídos y un prisionero.

»El castillo de San Lázaro lleva el nombre de San Felipe de Barajas, es un pequeño fuerte irregular sobre una colina, y, aunque está reforzado hasta lo inexpugnable mediante empalizadas, baterías y fosos, el suelo de la ladera se puede trabajar bien. En la noche del 19 al 20 de abril, hacia las tres y media de la madrugada, el enemigo ataca en dos columnas las empalizadas de San Lázaro; una se dirige contra la propia colina, donde hay un hornabeque de fajinas que en ese momento tan solo dispone de un cañón de tres libras, la otra ataca una batería por debajo del otro lado del fuerte. Ambos son ataques de distracción. Al mismo tiempo esas posiciones, en las que solo hay cuatro secciones de marina e infantería, son batidas por el navío de línea y las bombardas. La columna que ataca la batería inferior es rechazada sin esfuerzo y se reúne con la otra en el hornabeque, donde ambas atacan nuestras posiciones con salvas de fusilería.

»Tres de las secciones apostadas allí se retiran detrás de

las empalizadas y, con fuego incesante de todos los fusiles y de los cañones de San Lázaro, así como de varios cañones de la ciudad, que alcanzan parcialmente el corte en el terreno, oponen encarnizada resistencia durante tres horas y media, con fuerte tiroteo por ambas partes. Una tercera columna inglesa avanza para reforzar a las otras dos, es desordenada por el fuego de la artillería, pero consigue retirarse al canal y reagruparse allí. En el fuerte, el bastión avanzado y la bahía se encuentran alrededor de mil hombres y, después de haber enviado cuatro secciones a reforzar la colina, el enemigo se vuelve para emprender una apresurada fuga; los nuestros los persiguen hasta el valle que hay al pie de la colina; el comandante del fuerte, Melchor de Navarrete, no considera sensato seguir avanzando.

»Ese día son capturados sesenta y cuatro ingleses heridos, entre ellos un capitán de granaderos, dos tenientes y un cadete de familia distinguida; además, treinta y un ingleses son hechos prisioneros, entre ellos varios marineros. Se consigue también un botín de numerosas herramientas, sacos, prendas de vestir, armas y demás pertrechos. Poco después, los ingleses piden un alto al fuego para recuperar a los muertos y heridos, y se les concede; se les entregan trescientos sesenta y un cadáveres.

»De nuestra parte solo hay ese día catorce caídos y veinte heridos. Según indican los prisioneros, el ejército inglés constaba en el momento del ataque de veintitrés mil doscientos hombres de infantería y unos cinco mil marineros. En total, ese día el adversario tiene que lamentar un total de mil cien heridos y caídos, entre los muertos el coronel Grant, que ha mandado el ataque, y otros veintitrés oficiales. Las empalizadas de la colina se reparan, y ponemos tras ellas tantos cañones como tienen espacio.

»El 21, el enemigo forma una larga línea desde el cerro de la Popa hasta el mar para proteger su propio campo, las fajinas y la artillería, que empiezan a embarcar el 22. En la noche del 23, dos morteros tirotean desde allí la colina de San Lázaro.

»El 23, una bomba hiere al comandante Melchor de Navarrete. El 25, los enemigos apuntan otros dos morteros hacia la colina.

»El 26, llevan nuestro barco *Galicia* cerca de la ciudad y bombardean los muros y bastiones. Hacia la una del mediodía ya no pueden soportar el cañoneo que les llega desde las murallas, cortan las amarras y se dejan llevar por el viento hacia los bajíos que hay entre Castillo Grande y Manzanillo. A lo largo del día los ingleses terminan de embarcar su artillería.

»En la noche del 27 al 28 suben a bordo las últimas tropas, y en la mañana del 28 el campamento inglés queda abandonado y es ocupado enseguida por nuestra gente, haciendo aún más prisioneros y algo de botín.

»A las once viene un bote a parlamentar, a negociar el intercambio de prisioneros, que se lleva a cabo.

»El 30 prenden fuego al *Galicia* y el *Conquistador*. Según mis notas, entre el 13 y el 27 de abril se han disparado sobre la ciudad más de dos mil ochocientas bombas y granadas.»

Belmonte dejó a un lado la última hoja; sorprendido, comprobó que casi había oscurecido, de lo que no se había dado cuenta durante la concentrada lectura.

—Ahí tiene todo lo que probablemente se perdió —dijo Smollett—. También habría podido tener dragones y serpientes de piedra parlanchinas, pero no quiso.

—¿Por qué escribió eso? —quiso saber O'Leary.

—Según me escribió su hermano entonces, a ese pobre diablo una bala de cañón le había destrozado las dos piernas. Estaba en el hospital de la ciudad, y todos los días pedía que le contaran qué ocurría. Antes ya había tomado notas para su familia en España, y supongo que quería terminarlas.

—¿La cosa concluyó realmente después de esto?

—No del todo, Fergus. Hay algunas cosas que tuvieron lugar más bien detrás del frente y de las que él no tuvo noticia. Por ejemplo... —Belmonte titubeó, luego añadió—: Ataques de desesperación.

—Dígalo tranquilamente. Me parece que ya no puede hacer daño a nadie —indicó Smollett.

—En algún momento, el virrey quiso armar a los esclavos.

—Ah —dijo O'Leary—. ¿Y?

—Don Blas se negó y dijo: «Deje libres a los esclavos, excelencia, y, si se muestran dispuestos, les daré fusiles.»

Smollett miró al cielo.

—Luces —murmuró—. Pero todavía nos debe su final.

—¿De verdad quiere oírlo?

Smollett se levantó.

—Cuando regrese con las lámparas.

# El final

Así terminó, con oprobio, decepción y pérdidas, la expedición más importante, más cara y mejor organizada que Gran Bretaña había emprendido nunca.

RAPIN Y TINDAL,
*History of England*

O'Leary bostezó varias veces, y las mandíbulas le crujieron. Murmuró algo parecido a «oy, yo, oy»; aparte de eso ambos hombres guardaron silencio hasta que Smollett regresó con un quinqué y se sentó.

—Démonos prisa —dijo—. Vaya al grano, hombre; si es una buena historia de aventuras, quiero oírla antes de despedirlos.

—Al grano; muy bien. Blas de Lezo estaba herido, como he dicho, pero también lo estaban otros, y el almirante siempre había tenido la costumbre de no preocuparse por las heridas. Al menos ante los demás.

—¿Qué heridas tenía esta vez? —preguntó O'Leary.

—La mano derecha, que de todos modos tenía casi inútil, había impedido a una bala de pistola penetrar en su vientre. Y en el muslo izquierdo, es decir, en su pierna buena, tenía clavada una larga y espantosa astilla de madera.

Smollett torció el gesto.

—Este tipo de heridas nos dio mucho trabajo, bueno, quiero decir a los médicos. Las balas de cañón destrozan la madera de los barcos, las astillas salen volando, y la mayor parte de las veces un disparo certero era más agradable de curar que esto.

—Lezo daba instrucciones, órdenes, mientras uno de nuestros médicos le sacaba la esquirla.

—¡Uf! —exclamó O'Leary.

—Cuando la pierna estuvo vendada y los otros, es decir el médico, los secretarios y los oficiales, se fueron, lanzó un breve gemido. Entre nosotros, por así decirlo. Entonces me apoyó la mano en el brazo y me dijo: «Belmonte, se ha batido usted bien, pero ya no lo necesito aquí.»

»Yo contesto: "¿Está seguro, excelencia? Hay mucho que hacer."

»"Ya lo sé", declara él.

»No entendí la siguiente frase, porque al menos una bala británica de cañón golpeó cerca.

»"¿Entonces?", digo.

»"Los indios", responde él.

—¿Qué pasa con ellos? He oído alguna cosa de vez en cuando, pero nadie quería hablar abiertamente —indicó Smollett—. O nadie sabía nada.

—Estos eran koguis.

—¿Koggis? —dijo O'Leary—. ¿Hay que conocerlos?

—Hay que conocerlos, si se tiene que actuar en la región. Había una tribu bastante dura, los taironas, que no querían adaptarse o someterse bajo ninguna circunstancia.

O'Leary sonrió.

—¿Buenos irlandeses, por así decirlo?

—Se supone que cazadores de cabezas, caníbales, qué sé yo. No querían dejarse convertir, y para mis antepasados en América eso era casi tan importante como el oro. En algún momento en mitad del siglo pasado nuestros soldados los..., bueno, liquidaron, se podría decir. Los supervivientes se retiraron a las montañas. Pero mantenían algo así como un culto guerrero y, aunque no tenían mucho contacto con el entorno, de alguna manera tenían que haber oído hablar de don Blas y su historia.

—Despacio, *caballero.* —Smollett cogió su copa y bebió un largo trago de agua—. Al principio habló de koggis o koguis o como se diga, luego de taironas. ¿Qué viene ahora?

—Los taironas que quedaban se mezclaron con otro par de tribus, suponemos, y hoy los descendientes se llaman koguis.

—¿Era la famosa Catalina una de ellos?

Belmonte miró fijamente a Smollett.

—Me sorprende, sir —dijo—. Para no querer saber nada que no sea británico, está notablemente bien informado. No, creo que ella pertenecía a otra tribu. A otro pueblo.

—¿Quién es ella? —preguntó O'Leary.

—Una mujer que representó un papel importante al principio de la conquista, es decir, en torno a 1530. No tengo ni idea de cómo se llamaba en realidad; se bautizó, o fue bautizada forzosamente, con el nombre de Catalina, y luego se dedicó a traducir e intermediar. Más tarde se casó con un español, se fue con él a Sevilla y llegó a ser viejísima. Pero sigamos con nuestros taironas; llamémoslos simplemente así. Digo que habían oído hablar del gran guerrero Lezo, y un cacique al que llamamos Tairagga (probablemente se llamaba de alguna manera parecida, pero había un par de sonidos que nos resultaban terriblemente extraños), Tairagga, pues, fue con quinientos guerreros a Cartagena para ver al gran hombre de guerra Blas de Lezo y ayudarle contra sus enemigos. Entre guerreros, los dos se entendieron muy bien. Arqueros de primera clase, pero útiles solo en cierta medida contra cañones y fusiles. Lezo los empleó, en pequeños grupos, en los combates en tierra alrededor de Bocachica, en apoyo de nuestra gente. En Cartagena, después de la retirada, solo se les podía usar de una manera: como arqueros en las murallas, contra los sitiadores.

Smollett alzó la mano:

—Un momento. Hay algo más que se me ocurre, pero seguro que también se le ocurrió a Lezo. Antes, otra pregunta acerca de esa Catalina Pocahontas. Entiendo *traducir*, por supuesto, pero ¿qué significa *intermediar* en este caso?

Belmonte adelantó el labio inferior.

—Bueno, no lo sé con exactitud; creo que dijo a los indios de los alrededores: dejaos bautizar, de manera formal, y estos malvados extranjeros os dejarán más o menos en paz. O algo parecido. Así que ellos se dejaron hacer, y luego..., bueno, creo que sigue habiendo algunos más de ellos que mohicanos arriba, en el norte.

—Sigamos, por favor —gimió O'Leary—. O sacaré a pasear a san Patricio.

—Como usted dice, Smollett, Lezo tenía otra ocupación para ellos. Para los taironas y para mí. En Cartagena había suficiente gente para servirle de secretario o de ayudante, así que yo era prescindible. Entre los indios solo había dos o tres que medio hablaban español, además del cacique. Lezo quería que este se quedara en la ciudad, y le preguntó quién era por así decirlo su lugarteniente. Era alguien llamado Churruca o algo parecido; sabía español, aún era bastante joven, no mucho mayor que yo entonces, digamos que mediada la veintena, con una cicatriz en zigzag en la mejilla izquierda y unos incisivos superiores enormes, colmillos, casi. Siempre que sonreía los encajaba en el labio inferior, y lo hacía bastante.

»Así que Lezo y el cacique deliberan un rato; luego, Tairagga habla largo rato con Churruca, que escoge cincuenta hombres de entre sus quinientos... Bueno, ya no eran tantos, también ellos habían sufrido algunas pérdidas. "Sois mis exploradores", dice Lezo. "Usted también, Belmonte; nada de armas de verdad, solo espada y cuchillo para usted. Puede practicar con el arco y la flecha." Debíamos...

—Una pregunta tonta —le interrumpió O'Leary—. Corren todas esas feas historias de flechas envenenadas y todo eso. ¿Las tenían?

—No, pero tenían otras cosas bastante desagradables. Así que partimos, nos dividimos en pequeños grupos, fuera de la ciudad, por los pantanos, luego por húmedos desvíos hacia el sur, por el borde oriental de la bahía, donde los ingleses habían almacenado parte de sus víveres y munición y demás pertrechos.

—¿Cómo soportaban ustedes el clima? Para nuestra gente en tierra, y también para nosotros en los barcos, era espantoso.

—También para nosotros. Hacía un calor agobiante, bochornoso, una y otra vez aquellos diluvios, que, sin embargo, no lo refrescaban a uno. Yo no llevaba uniforme, habría sido demasiado molesto, y además habría llamado la atención, entre los matorrales. Ropa normal, que poco después de partir ya estaba totalmente empapada. Barro dentro de las botas... Dios, cómo envidiaba a los taironas, que no llevaban más que un taparrabos y sus armas.

—¿Por qué no te desnudaste tú también?

—Odio los reptiles resbaladizos. Y las serpientes. —Belmonte se estremeció—. Hay cosas que trepan, sobre todo ranas venenosas y arañas, pero también serpientes. Es mejor llevar barro en las botas que pisar esos animales descalzo. En una ocasión estuve a punto de tropezar con un tapir; debía de estar muy saciado y dormido. De vez en cuando había unos momentos medio secos, al pie de árboles que goteaban... Coleccionábamos ranas, arañas y serpientes. Es decir, los indios lo hacían; durante todo ese tiempo yo me dedicaba a mirar los jaguares y colibríes, a contarme los granos, a quitarme las sanguijuelas.

—Parece que fue un paseo descansado —dijo Smollet—. ¿Y los ingleses?

—Les lanzábamos flechas desde los matorrales. A veces, cuando lográbamos acercarnos lo bastante, uno de los indios les tiraba una bolsa llena de ranas o arañas venenosas.

—¡Ag! —exclamó O'Leary—. Y en algún momento viste a mi noble antepasado, ¿no?

—Eso fue ya bastante al final. Atacábamos a las tropas inglesas que iban a por agua o buscaban fruta en la espesura. En algún momento, empezaron a ser cada vez menos; se habían retirado al otro lado, a Tierra Bomba y más allá, en dirección a Cartagena. Naturalmente, durante todo ese tiempo oímos el fuego de cañón, y a pesar de todo el barro y la humedad de pronto estaba contento de no estar en la ciudad. Creo que fue el día en que por fin volvimos. Habíamos llegado bastante al sur, y ya no quedaba ningún inglés al que molestar. Entonces salieron de la espesura esas tres personas que, al parecer, querían ir con los británicos. Europeos, al principio, no vimos muchos más. Y cuando nos vieron empezaron a disparar, así que se llevaron unas cuantas flechas.

—Un momento, por favor —le cortó Smollett; se irguió—. ¿De hecho, vio usted al mítico padre de O'Leary?

—No directamente. Pero todo concuerda con lo que O'Leary pudo decirnos. —Belmonte resumió el inesperado encuentro en la jungla, con un par de añadidos por parte de O'Leary.

Smollett movió la cabeza; tenía los ojos muy abiertos.

—Nadie puede inventar de manera creíble una casualidad así. Está bien, siga, por favor. Regresaron a Cartagena, o más bien se escurrieron hasta allí, supongo. ¿Cuándo vuelve usted a estar en la ciudad?

—Poco antes del asalto inglés. Cuando regresé a la ciudad, al principio no pude encontrar a Lezo. Al menos, no en el cuartel de la fortaleza. Luego me dijeron que, después de la enésima disputa con el virrey, había renunciado a su cargo.

—Creo que yo lo habría hecho mucho antes —dijo O'Leary—. Todo a los pies del necio.

—¿Cómo concuerda eso con su «Todo por Dios y por el rey»?

—Al principio yo tampoco podía entenderlo. Y encima en esa situación desesperada. Pero más adelante oí otro relato, no por parte de Lezo, sino de uno de los oficiales que estaban presentes.

—Estoy expectante —indicó Smollett—. Nosotros nos enteramos por algunos de los nuestros que habían estado prisioneros con ustedes, pero no acabábamos de creerlo.

Belmonte señaló el cielo.

—Está oscureciendo, y usted quería librarse de nosotros. ¿De verdad quiere saberlo?

—¡Sí, hable de una vez!

—Demos un paso atrás. O varios. Lezo había sido encargado por el rey de la defensa de la ciudad, es decir, era el jefe supremo militar. Cuando llegamos... cuando él llegó a Cartagena, allí había un alcalde y, naturalmente, el gobernador de la provincia. Competente en todo lo demás, pero no superior a Lezo. Lezo podía *exigir* cosas al gobernador; no es que el gobernador se las diera siempre, pero dejemos eso a un lado. Cuando llegó el virrey, todo cambió, naturalmente. El virrey estaba por encima del comandante y del gobernador. A Eslava, Lezo solo podía *pedirle* cosas.

Smollett agitó las manos.

—Sí, sí —dijo con aspereza—. Eso está claro, es lo que pasa en una jerarquía ordenada. ¿Qué más?

—Desde el principio estuvo completamente claro que, en caso de asalto inglés...

—Ataque —gruñó Smollett.

—... solo sería posible hacer una defensa de contención. Aparte de unos cuantos barcos pequeños, Lezo solo disponía de seis navíos de línea, contra treinta y seis ingleses, además de las fragatas y todo lo demás. Carecía de toda expectativa seguir con eso, algo parecido a una táctica ofensiva, una batalla naval o algo por el estilo. Por eso...

—¿Cómo es que solo tenía seis navíos de línea? —preguntó O'Leary—. España, la gran potencia en cuyos territorios supuestamente nunca se ponía el sol, debería tener más.

—Unos cuarenta, calculo, y fragatas y demás. Pero estaban sobre todo en el Mediterráneo y en las costas españolas —explicó haciendo una mueca—. Teníamos alguna gente buena, incluso en la política... Patiño, por ejemplo, que como ministro sabía muy bien lo que tenía con Lezo. Pero Patiño estaba muerto, y para su sucesor la construcción de una flota no era tan importante. Pero sigamos. Lezo sabe que solo puede defender. Su primera línea era la playa, que los ingleses no podían pisar incólumes... Eslava le impidió distribuir cañones allí. Luego las fortificaciones de Bocachica... Eslava desdeñó todas sus peticiones de más material, pertrechos, pólvora, etc. Cuando los ingleses desembarcaron, impidió a Lezo hacer una salida. Cuando hubo que abandonar los fuertes, Eslava llegó demasiado tarde a la evacuación con los botes. Y cuando los ingleses atacaron directamente Cartagena, Eslava quería hacer a toda costa la gran salida heroica, totalmente absurda dadas las cifras. Ordenó la salida, y Lezo se negó. Eslava dice: «Entonces lo destituiré», y Lezo dice: «Vamos a hacerlo más fácil, depongo el mando.» Así fue.

—¿Y entonces?

—Eslava intentó preparar y encabezar él mismo la salida. Poco a poco se fue dando cuenta de que sería una forma especialmente absurda de suicidio. Supongo que los otros oficiales se lo explicaron un poquito. Sea como fuere, al día siguiente fue personalmente a ver a Lezo y pidió a don Blas que volviera a encargarse de la defensa de la ciudad.

—Sin duda le resultó fácil, ¿eh? —O'Leary resopló—.

Si conozco bien a esos señores adinerados. Probablemente no serán muy distintos en España de los de Inglaterra.

—Don Blas hizo hundir los últimos barcos. No lo logró del todo, pero al menos impidió a los ingleses seguir acercándose a la ciudad. Ordenó una pequeña salida para retrasar un poquito el avance de la infantería inglesa, hasta el atardecer. Y por la noche se jugó su última carta.

Smollett frunció el ceño.

—No sé nada de una última carta, *caballero*. ¿A qué se refiere?

—Deliberó con unos cuantos oficiales e ingenieros. Entonces repartió de nuevo las tropas, es decir, indicó qué debía hacer cada quién en cada segmento de la muralla, los indios con sus flechas fueron allá donde podían incomodar de flanco el esperado asalto inglés, y a mí me dijo que reuniera toda la gente disponible, descontando la guarnición mínima de los muros, y los llevara fuera con picos y palas.

—¡Ah! —dijo Smollett, y asintió.

—¿Qué tenías que hacer con ellos?

Belmonte miró a O'Leary.

—Don Blas dijo que podríamos haber empezado a hacer eso antes, pero entonces los ingleses habrían reaccionado, así que por eso lo hizo al final del todo. Sabía por nuestra gente de Jamaica que Vernon conocía exactamente dónde estaban emplazados los cañones y cuál era la altura de los muros. Por eso los ingleses habían preparado ya en Jamaica escalas de la altura necesaria. Y yo salí por la noche con todo el que era capaz de cavar e hice un foso en los puntos en que Lezo esperaba el ataque.

—Y los británicos, ¿no se dieron cuenta de nada? ¿No hicieron nada?

—Estaba oscuro, Fergus, suele pasar por la noche. No podían ver nada. Y nuestros cañones, desde las murallas, habían disparado a conciencia por la tarde, así que ellos habían tendido su campamento fuera de su alcance. Por la mañana, en el último gran ataque, tuvieron que acercarse a los muros por el terreno reblandecido por la lluvia, bajo un tiroteo de postas y, cuando estuvieron lo bastante cerca, de fusiles y flechas. Y cuando llegaron hasta la muralla, a pesar de todo, y pusieron las escalas, se dieron cuenta de que eran demasiado cortas.

—Perdón —dijo O'Leary, después de un rato de silencio general—. En una sociedad distinguida no deben emplearse palabrotas, pero... mierda. Hasta los ingleses me podrían dar pena en un caso así. ¿Así que todo en vano? ¿Y ahora la retirada bajo el fuego?

—Eso fue lo que nos quebró el espinazo —la voz de Smollett sonaba ahora viejísima y quebradiza.

# Milagro en Antignano

La negativa del gusano,
la elocuencia de la gacela,
la generosidad de la sombra
rampante en la arena, el negro
deslumbrante a espaldas del sol
y, más asombroso que todo,
los ojos de la amada.

DIMAS

Belmonte se incorporó.

—Oiga, Smollett: ¿dónde tiene el retrete? Tengo que ir un momento a hacer aguas mayores.

Smollett señaló la casa.

—A lo largo del pasillo, la penúltima puerta a la izquierda. Apresúrese; quiero librarme de una vez de ustedes.

Belmonte suspiró y fue hacia la casa. Dentro ya estaba demasiado oscuro para poder ver gran cosa. Encontró el retrete más bien a tientas. Mientras estaba sentado oyó pasos, los ruidos de una puerta que se abría y volvía a cerrarse. Pasos de zapatos de mujer. Por la rendija de la puerta de repente vio luz; alguien debía de haber encendido un candil o una vela en el pasillo.

Cuando salió del retrete, se encontró en el pasillo frente a una figura delicada, casi frágil.

—Perdón, *mistress* Smollett —indicó.

Y se paró en seco.

La nariz, cuya punta señalaba un poco hacia la izquierda. Las astillas de oro incrustadas en el marrón de los ojos. Cogió aire. Había arrugas donde entonces, hacía mucho tiempo, no las había, pero...

Ella lo miró sin decir nada; de pronto, sonrió.

—Recuerdo un pozo —habló a media voz.

—¿Dónde has estado toda mi vida?

Él extendió las manos; ella las cogió y las apretó, en silencio, pero sin dejar de sonreír.

—Nunca he sabido tu nombre, como para poder acordarme de verdad de ti. Me llamo Ann. No es que sea importante, después de todo este tiempo.

—Osvaldo. Osvaldo Belmonte.

—¿Entonces eres...?

—Medio español, medio inglés.

—Así que entonces no eras un marinero de paso, sino...

—Un espía español. Pero —carraspeó y tragó saliva varias veces—. ¿Es esto posible? —Su propia voz le resultaba ajena y era ronca a pesar de haber carraspeado.

—El mundo es un pueblo gobernado por azares increíbles —dijo ella—. ¿Qué haces aquí?

—Más azares increíbles. Un irlandés cuyo padre murió en el hospital de Santiago, bueno, Spanish Town. Trabaja para mí, en mi barco. Cree que su padre enterró un tesoro y piensa que quizá dijo algo antes de morir. Y Smollett...

—... trabajó en ese hospital, lo sé —asintió ella.

—Pero no sabe nada.

—Buscar tesoros a través de océanos y continentes...

—Ella movió la cabeza. La sonrisa se mantuvo, pero la expresión en torno a los ojos cambió. Pasó de la alegría al asombro—. Yo sé algo —dijo sencillamente.

Belmonte gimió.

—Eso... eso no puede ser —replicó débilmente.

—Espera aquí. —Se volvió y desapareció detrás de una puerta.

Estaba en el pasillo, débilmente iluminado, de una casa a las afueras de Livorno, en una ladera sobre el Mediterráneo, y repasó en sus pensamientos el viaje a Gibraltar y Cádiz, el Atlántico, medio Caribe, el interior de la provincia de Cartagena, saltó al norte, a Jamaica, dando un rodeo por Irlanda, se mordió el labio inferior y su incredulidad, sintió algo parecido al vértigo y se agarró a la pared.

*Mistress* Smollett regresó; llevaba un papel plegado en la mano.

—Él escribió esto antes de morir —dijo con voz átona—. Y me pidió que lo enviara a Irlanda, o al menos lo conservara, por si alguna vez alguien de su familia... Entonces murió, antes de poder decirme adónde enviarlo. Pero no puede ser.

—Qué... cómo... el hospital —pudo él tan solo balbucear.

—A veces ayudaba en él —le explicó ella—. Vivíamos muy cerca, y todos esos pobres hombres heridos y enfermos me daban mucha pena. Aquel asno pertenecía al hospital, y el agua era para los enfermos.

—Pero...

—A veces me sentaba en las camas... Bueno, camas. Eran hombres viejos, encanecidos, que lloraban y me hablaban de sus familias, a las que no iban a volver a ver. Y pobres chiquillos que, en medio de su fiebre, me tomaban por su madre.

—¿Tú los cuidabas?

—No, para eso había ayudantes. Y esclavos. No, yo quería... Me decía que, si alguna vez tenía que morir en medio de la porquería y el sufrimiento, me gustaría ver una cara amable. Esos pobres tipos que no iban a volver a ver jamás a sus mujeres, y esos pobres muchachos que nunca habían tenido una mujer. ¿Comprendes?

Belmonte asintió. Y tragó saliva.

—Se llamaba O'Leary —dijo ella en voz baja—. ¿Es él?

—Sí.

—¿Y su hijo está ahí fuera?

—Sí.

Ella rio, reprimida, incrédula, con ojos en los que se acumulaba la humedad.

—Esto es un mal melodrama —susurró—. Toby, quiero decir, mi marido, jamás hubiera escrito algo así. Pero esto es la vida, desordenado, no un repulido manuscrito. Es increíble. —Le tendió el papel.

Él lo cogió sin desplegarlo.

—¿Qué dice en él?

—No lo sé.

—¿Nunca lo has leído?

—Sí. Una y otra vez. Pero no sé qué hacer con él. Una frase en irlandés, otra en español. No entiendo el irlandés, y las frases españolas no tienen sentido. Al menos, ninguno que pueda tener algo que ver con tesoros o herencia o familia, o nada por el estilo.

Belmonte se guardó el papel.

—Se lo daré a su hijo... pero no me corresponde; mejor dáselo tú —dijo, volvió a sacarlo del bolsillo y se lo tendió.

Ella lo contempló un momento.

—No, hazlo tú —replicó entonces—. Y no hables de esto mientras estéis aquí. De lo contrario, tendría que contarle una larga historia; él siempre quiere saberlo todo con exactitud.

—¿Siempre ha sido así?

—¿Cómo?

—Bueno, descortés, tosco... No como... como tú bajo el árbol, junto a la fuente.

Ella suspiró.

—Me toma por tonta, porque no parto de la base de que todos los demás son ladrones y asesinos —indicó—. Cuando me enamoré de él, entonces, en Jamaica, era joven y alegre y lleno de esperanzas de convertirse o en un gran médico, o, mejor, un gran escritor.

—Y lo ha conseguido.

—¿Le sirve de algo? ¿A él, a mí, a nosotros? Escribe, un impresor y editor le da dinero a cambio, y luego lo que ha hecho ya no le pertenece a él, sino al impresor. Y da igual cuánta gente compre y lea los libros, a cuántas lenguas sean traducidos, cuán grande sea la fama, Toby no percibe nada de eso. No, para vivir se necesitan propiedades, un cargo, una prebenda, no... palabras.

Belmonte soltó aire por entre los dientes.

—¿Y eso es lo que le ha vuelto así?

—Y lo que ensombrecerá sus últimos meses.

—Repito: ¿Dónde has estado durante toda mi vida?

Ella rio. Luego, lo cogió por las orejas y le dio un beso en los labios.

—Con él —dijo—. He celebrado y sufrido, bailado y pasado hambre, criado y enterrado a nuestra hija con él. Después de su muerte, él nunca volvió a ser como... antes. ¿Y tú, dónde has estado todo este tiempo?

—En la guerra, en el mar, una esposa y dos hijos en La Habana, todos ellos muertos en un incendio, y desde entonces... —Se encogió de hombros.

—La vida está mal organizada —señaló ella—. Ven, vamos al jardín. Y... nos hemos encontrado casualmente en el pasillo. Por primera vez.

—¿De lo contrario habría pelea?

Ella rio en voz baja.

—No. Pero él quiere saberlo todo. Y yo no quiero volver mi alma del revés, ¿comprendes?

Cogió un candil de un estante al final del pasillo, lo encendió y fue delante.

—Un faro ambulante —dijo Smollett a modo de saludo cuando se acercaron a la mesa. O'Leary se levantó y apuntó una inclinación.

—Fergus O'Leary —declaró Belmonte—. Y *mistress* Smollett.

—Estoy encantado de conocer a la señora de la casa.

Ella tendió la mano al irlandés y le miró el rostro.

—Me recuerda usted a... alguien.

—Antes de que te acuerdes, me gustaría ver cómo estos señores se van —dijo Smollett—. Mis necesidades de *dagos* y *paddys* están cubiertas para el resto de mis días.

—Pero... —dijo O'Leary.

—Escúcheme, y déjese de peros y de quizases. Podríamos alargar la historia durante días; pero sin duda lo que ustedes buscan no se me ocurre. Que les vaya bien. —Smollett se reclinó, cruzó los brazos delante del pecho y cerró los ojos.

*Mistress* Smollett dejó el candil en la mesa junto al otro.

—Los acompañaré a la puerta —indicó; en su voz vibraba algo parecido a un reproche—. ¿Quieres cenar después?

Él se limitó a gruñir.

—Te llamaré cuando todo esté listo. —Le acarició la cabeza, se volvió y fue hacia la casa.

Belmonte se quedó mirándola, vio su figura empequeñecerse a la pálida luz del pasillo.

—*Mister*, tiene usted una mujer buena y hermosa. Con la que debería ser más amable. De lo contrario, podría lamentarlo en su última hora.

Smollett no reaccionó.

—Gracias por su impávida atención —dijo O'Leary—. Ojalá que un enjambre de ángeles lo lleve a su cama y lo deje caer tres veces por el camino.

Cuando llegaron al pasillo, *mistress* Smollett ya había abierto la puerta de la casa. O'Leary dijo en voz baja algo que Belmonte no entendió, y salió. Belmonte cogió la mano de ella, la besó y fue a seguir al irlandés.

—¿Puedes escribirme? —susurró ella.

—¿Para saber cómo termina todo?

—Eso también, sí, pero... simplemente escribirme.

—¿No se enfadará?

Ella sonrió con tristeza.

—Estoy acostumbrada.


—En realidad, creo que he tenido historias bélicas para el resto de mi vida, pero... —expresó O'Leary cuando hubieron salido de la casa.

—¿Qué? —Belmonte salió con un sobresalto de unos pensamientos que se ocupaban de otros. De Ann Smollett y su sonrisa, y del poeta, que quizá no era tan repugnante y sabía que solo le quedaban unos meses de vida.

—¿Cómo terminó? Supongo que las escalas cortas, como dice Smollett, les rompieron definitivamente el pescuezo a los ingleses, ¿no?

—Ah, estás en... —Belmonte se rehízo con esfuerzo—. Sí, puede decirse así. Pero ya estaban teniendo dificultades para mover a su gente a ese último y gran ataque. Habían tenido elevadas pérdidas, fiebre amarilla en el campamento, muchos enfermos y heridos, y después de luchar durante semanas, bajo un constante cañoneo mutuo; supongo que todo eso es terrible, pero en la ciudad, al final, nosotros teníamos otras posibilidades de taparnos los oídos y dormir bajo techo, en seco, unos momentos. O dormitar, al menos. Esos pobres diablos allá fuera... Nuestros enemigos, adversarios, claro, pero de alguna manera, yo, muchos de nosotros, casi sentíamos compasión por ellos. Ni un trozo de tela seco en el cuerpo, semanas de llover sin parar, mala atención, enfermedades, muertos que no podían ser enterrados decentemente, todo apestaba, goteaba y supuraba. En realidad, lo único que querían era irse, y seguro que no fue bueno para la moral que Vernon y sus consejeros pensaran que no tenían tiempo para entierros, y que de todos modos el suelo estaba tan mojado que unas horas después los cadáveres aflorarían, así que al agua, a la bahía con ellos. Cadáveres por todas partes, y todo el que tiene que ir al combate sabe perfectamente que, si le alcanza una bala, no tendrá ni fama ni honores, ni por lo menos un entierro digno. No, por usar tus palabras, el pescuezo ya lo tenían roto, y lo de las escalas fue la última brizna de paja cuyo peso hace desplomarse al asno.

—O sea que desplome, retirada, catástrofe... ¿y después?

—Al año siguiente, Vernon intentó desembarcar en Cuba, pero tuvo que retirarse también allí en el plazo de unas semanas. ¿Y nosotros? —Belmonte se encogió de hombros—. Don Blas estaba herido, ya te lo he dicho, y al aparecer el médico no pudo sacarle todas las astillas del muslo. En algún momento, todo se infectó. Vivió otros tres meses y medio, a veces mejor, a veces peor, luego murió. Tal como temía, nunca volvió a ver a su familia.

O'Leary silbó bajito; al cabo de una breve pausa, habló:

—Queda algo más, ¿verdad?

—Sí. Lezo redactó un informe de los acontecimientos, de su puño y letra, lo mejor que pudo entre ataque y ataque de fiebre. Lo envió a Madrid. Pero Eslava fue más rápido, su informe estaba en manos del rey al menos un mes antes, y en él cubría de mierda a Blas de Lezo. Él ya no tuvo que verlo... para cuando el rey le privó de todos sus puestos y cargos, y le retiró todos los títulos, ya estaba muerto.

Caminaron un rato en silencio. De pronto, O'Leary emitió una mezcla de chasquido y gruñido.

—Qué tipo imposible —dijo—. Ella es demasiado para él. Cualquier mujer sería demasiado para él. Al final, ella parecía estar a punto de echarse a llorar.

—Hay una pequeña historia que lo explica.

—Cuéntala.

—No te la creerás. Y nunca deberás hablar de ella.

—Uh, uh. ¿Prohibir hablar a un irlandés?

—¿Crees en algo parecido a la providencia?

O'Leary tosió.

—¿Viniendo de ti, perro incrédulo, por citar a mis anfitriones musulmanes?

—¿Crees o no?

—¡Lágrimas de sangre! No. Sí. Quizá. Podría ser que los grandes azares obedezcan a alguna ley, a una ley natural. Bah, obedezcan... Estén sometidos. Y, como no conocemos la ley, o aún no la conocemos, hablamos de Providencia. Algo así. ¿Qué pasa con la historia?

—Por lo que sé por escritos sobre Smollett, ambos se conocieron en el año cuarenta y uno, cuando él trabajaba en el hospital que había a las afueras de Kingston. Como médico.

—¿Y?

—En el año cuarenta yo estaba allí, para encontrarme con uno de los espías de Lezo. En el camino de vuelta me detuve junto a un pozo, a la sombra de un ancho árbol.

O'Leary rio entre dientes.

—Si esto fuera un cuento irlandés, te habrías encontrado junto al pozo un hada buena, que te habría prometido un futuro feliz y entretanto se habría convertido en *mistress* Smollett.

—Algo parecido.

—¡No puede ser!

—Pero es. Hemos estado hablando, sin promesas. Ha sido... No sé cómo expresarlo. Jovial y, de manera totalmente inocente, íntimo. ¿Eres capaz de imaginar algo así?

O'Leary resopló.

—¿Quieres que me crea eso? ¡De manera inocente, íntimo! Pero... ¡qué casualidad! De Jamaica a Livorno, y con tres décadas en medio. —Se detuvo, agarró con fuerza a

Belmonte por el brazo y lo miró a la cara, hasta donde la escasa luz de las estrellas y de la luna naciente se lo permitían—. ¡Oye! ¿Y estáis seguros? Quiero decir... Fíjate en la larga cadena de casualidades, Osvaldo. Mi padre en el interior de Cartagena, tú patrullando con arqueros indios, su muerte en el hospital, ella y Smollett, yo esclavo en Túnez, me llevas contigo, vamos a Livorno y visitamos a Smollett. Es... ¡es imposible!

—¿Lo es? ¿Su majestad el azar? ¿O, de alguna manera, predestinación?

O'Leary se limitó a gruñir.

Siguieron caminando en silencio, hasta que finalmente Belmonte dijo:

—Aún queda otra cosa, que lo hace todo todavía más... imposible.

—Habla tranquilamente, pero no esperes que, en vez reírme, me calle conmovido.

—Como esa pobre gente le daba pena, ella se sentaba una y otra vez en sus lechos de enfermo y hablaba con los moribundos. Cierto irlandés escribió algo en un papel y se lo entregó para que ella se lo diera a su familia. Pero él murió antes de poder decirle dónde vivía la familia.

—¡No puede ser!

—Me ha dado el papel. Ahora vamos a ir a casa de Castiglione, vamos a beber vino en su trastienda, a encender una vela y a ver lo que pone en el papel.

—Yo... guardo conmovido silencio.


—Adelante —dijo O'Leary—. ¿O quieres rezar primero?

—¿A quién? ¿Dios, Alá, Júpiter, Tezcatlipoca?

—¿Tezcat... qué?

—Un dios azteca.

—Como quieras. Pero creo que estas, bueno, ceremonias mundanas son suficientes.

Habían encendido dos velas, encontrado dos copas de cristal pulido, descorchado el que probablemente era el mejor vino de Castiglione —Barolo—, encontrado después de larga búsqueda unos buenos cigarros caribeños, lo habían repartido todo en la mesa de la trastienda y estaban sentados, fumando, uno enfrente del otro. Belmonte chasqueó los dedos.

—¿Qué más? —dijo O'Leary.

—Todavía tenemos que aclarar una cosa.

—¡Por todos los santos y por la barba de san Patricio! ¿Qué quieres aclarar?

—Ann ha dicho...

—¿Quién?

—*Mistress* Smollett. Dice que no acaba de rimar lo que pone en la nota.

—¿Acaso somos poetas? No necesitamos rimar nada.

—Está bien, Fergus. Pero, suponiendo que podamos descifrarlo, adivinarlo, descodificarlo, lo que sea, y suponiendo además que lleguemos a América sanos y salvos y encontremos lo que escondió tu padre, y suponiendo finalmente que sea valioso...

O'Leary gimió.

—Suponiendo, suponiendo y volviendo a suponer. ¿Adónde quieres ir a parar?

—Sea lo que sea, vamos a llamarlo «el tesoro», un día perteneció a tu padre y a sus compañeros.

—Ah —O'Leary asintió—. Suponiendo que sepa lo que quieres decir. Sí, claro. ¿Vamos a hacer ahora como los ingleses antes de atacar Cartagena? ¿Repartir el botín antes de haberlo cobrado?

—Solo para tener las cosas claras. Puede que perteneciera a tu padre, pero, si lo encontramos, nos pertenecerá a nosotros. A todos.

O'Leary guardó silencio un momento.

—Suponiendo —dijo entonces—. Tu barco, tu gente, tu dinero. Si encontramos algo, puedo afirmar que es todo mío. No, se reparte. ¿Cómo?

—Bueno, como hemos repartido las presas y otros botines.

—Probablemente sea lo más razonable. Salvo que tú, como capitán, te quedas con todo y el resto, nada.

Belmonte sonrió.

—Hermosa idea. No, no es así; pero podemos establecer los detalles cuando hayamos encontrado algo. Solo hablaba en general.

—Aceptado en general. ¿Dónde está la maldita nota?

Belmonte la sacó del bolsillo y la puso encima de la mesa.

—Aquí. Dado que es de tu padre, tú mandas.

O'Leary cogió el papel y lo desplegó.

—Yo mando y comando —murmuró. Y calló.

—¿Y bien?

El irlandés levantó la vista.

—Es una completa estupidez —añadió con voz ronca—. La frase irlandesa es absurda, y la española, hasta donde yo lo entiendo, es más absurda aún. —Deslizó la nota por encima de la mesa.

Belmonte la cogió y leyó. La primera línea era, según O'Leary, irlandés, *capán thiar, a theach, a caint*, la segunda español, *de capa ten ira, de haya se canta.*

—¿Qué significan las palabras en irlandés?

—«Una fuente de salsa occidental, su casa, su lengua», o algo así. —O'Leary volvió a coger la hoja, la sostuvo en alto, murmuró las frases, si es que eran frases—. Suena más o menos parecido —dijo—. Y tiene un aspecto parecido, al menos en parte, esto de *capa, capán, caint, canta*. Pero ¿qué significa?

# El viaje hacia el oeste

Desde Gadir, al sur, hasta que al mediodía
el sol estaba al norte,
hemos viajado;
hacia el norte, hasta que las montañas de hielo
nos rodearon;
allá donde al atardecer
el sol se apaga en el mar,
hemos llegado,
y no oímos ningún siseo;
hemos cruzado el borde del mundo
y no hemos caído;
retornados de olas y tormentas,
¿vamos a doblegarnos ahora
a la avaricia y el reproche
de viejos apoltronados?
Levad anclas, amigos,
apartémonos de nuevo
de lo que nos repele.

AMÍLCAR *el Navegante*

Las negociaciones con los mercaderes no llevaron mucho tiempo. Belmonte había dudado un rato por la mañana si llevar solo los valiosos cristales o comprar él mismo todo el cargamento. Probablemente hubiera podido hacer buena ganancia en Málaga o en otro puerto, porque el cristal de Murano era codiciado en todas partes. Por otra parte, estaba la aduana española, que en el peor de los casos podía necesitar varias semanas, y solo después empezaría la búsqueda de compradores.

Nada de todo aquello lo asustaba; ya había hecho negocios así a menudo. Pero, en esta ocasión, todo era distinto. El verdadero objetivo estaba al otro lado del Atlántico, y antes de poder partir hacia allí quedaban cuestiones que aclarar y obstáculos que superar.

La cuestión más importante afectaba a la tripulación. Algunos de los suyos provenían de América y quizá quisieran volver a casa; puede que también hubiera entre ellos algunos que, por las razones que fuera, no quisieran volver en ningún caso. En cambio, otros miembros de la tripulación no querrían abandonar en modo alguno el Mediterráneo y los países vecinos.

Y los obstáculos... Para viajar a América tenía que decidir o convertirse en contrabandista, con todas las consecuencias, o seguir el prolijo camino de las autoridades. Visitar la Casa de Contratación de Cádiz, inscribir en listas a todos los miembros de la tripulación, así como a posibles pasajeros, adquirir la carga, registrarla, pagar el arancel de exportación (si es que no lo hacía el propietario del cargamento, que en la mayoría de los casos encontraba excelentes razones para no hacerlo), esperar el permiso de navegación, que a veces solo se otorgaba cuando podía formarse un convoy entero...

Después de haberse puesto de acuerdo con los mercaderes, fue con su representante al banco mencionado por el grupo, donde le prometieron que al día siguiente tendrían listos los necesarios documentos de embarque y de aduana y el imprescindible seguro. Hubo aún una pequeña disputa porque el representante se negaba a asumir los gastos del seguro. Luego, Belmonte se hizo llevar en bote al barco, donde habló con Ortiz; regresó con él al puerto por la tarde y visitó, junto con otro representante de los mercaderes, el almacén en el que se encontraba la mercancía en ese momento. Calcularon el número de estibadores, los botes y el tiempo que serían necesarios para llevarlo todo a bordo, y los cambios que habría que hacer en el barco para colocar la mercancía, bien embalada, pero siempre frágil.

—Con un poco de suerte bastará con un día —dijo Ortiz más tarde, mientras tomaban un chocolate caliente a las puertas de una taberna—. Y no tendremos que hacer demasiados cambios.

Belmonte dudó un poco antes de abordar lo que él consideraba como expedición, pero que, como O'Leary había dicho, bien podía resultar una caza insensata de elfos revoloteando como locos.

—Oye. El cuarenta por ciento del barco es tuyo, Rafael. Ya hemos hablado del sueño de O'Leary, pero ahora la cosa se pone seria.

Ortiz removió su taza. Sin levantar la vista, dijo:

—¿Habéis averiguado algo?

—Sí y no. Sí, el padre de O'Leary garabateó unas líneas en un papel antes de morir. No, las líneas son completamente... ¿cómo decirlo? ¿Estúpidas? ¿Enigmáticas? ¿Inaccesibles?

—¿Qué fue lo que escribió?

—No puedo enseñártelo, Fergus tiene la nota. Es más o menos así. —Belmonte citó la frase en español y trató de reproducir lo mejor posible la irlandesa.

—Bah. —Ortiz empujó la taza vacía, se reclinó en el asiento y cruzó los brazos—. Vaya un..., pero, al fin y al cabo, más de lo que tenían otros.

—¿Qué quieres decir con eso?

Ortiz enseñó los dientes.

—Colón tenía menos cuando zarpó.

—Pero nosotros no queremos descubrir un continente que sin duda está en alguna parte, ya sea Asia o algo nuevo. Buscamos un tesoro que quizá no exista o no exista ahora, en un sitio del que no sabemos nada.

Ortiz calló; pareció reflexionar. Luego, rio por lo bajo.

—Que andemos dando vueltas entre España, Túnez y Livorno o por el gran océano... Supongo que en Cádiz podremos embarcar un cargamento medio razonable.

—¿Cuántos de los nuestros participarán?

—Quieres decir... —Ortiz se detuvo—. Sí, tienes razón —dijo entonces—. Tenemos que preguntarles. No pertenecemos a la Marina, donde sencillamente puedes ordenar algo. Humm. No lo sé. Abner y Salomón...

—Sin duda la perspectiva de viajar a regiones católicas no es especialmente atractiva para dos judíos de Tesalónica. Pero tampoco estoy seguro de los otros.

Ortiz se inclinó hacia delante y le puso una mano en el antebrazo.

—Espera. Vamos a preguntarles uno por uno. Primero, la carga; luego, la pregunta.

Entrada la tarde del día siguiente, todo estaba estibado. La tripulación entera estaba a bordo. Ortiz los reunió a todos al pie del palo mayor.

—Nobles y menos nobles señores —dijo—. El capitán tiene algo que decirles. Hable, señor.

Belmonte miró los rostros de los reunidos. O'Leary se mantuvo un poco al margen. Belmonte no estaba seguro de si había visto pasar una sonrisa por el rostro del irlandés; también podía ser una ilusión, provocada por la sombra de una cerreta.

—Caballeros —dijo—. Cristal para Málaga. Luego, podríamos intentar conseguir en Cádiz un cargamento para América.

Silencio, luego cuchicheos. Algunos mostraban en su actitud y su gesto que les daba completamente igual adónde fuera el viaje, otros vacilaban de manera visible.

—¿Qué clase de cargamento? —preguntó el carpintero—. ¿Y qué región? América es grande... No es que haya estado nunca allí, pero se oyen cosas.

—¿Qué pasa con la Inquisición? —dijo el velero y sastre de a bordo, Salomón.

—Aún existe, pero ya no tiene mucho poder.

—¿Tiene algo que ver el viaje por el océano con la historia de O'Leary? —preguntó uno de los marineros.

—Se ha corrido la voz, ¿eh? Sí, vamos a ver si son fantasías, o si realmente se puede encontrar algo.

Todos empezaron a hablar entre ellos, hasta que Belmonte dio una palmada.

—Zarparemos mañana temprano, si el viento lo permite —indicó—. Quien aún quiera pasar la noche en tierra, que le pida dinero al señor Ortiz. Al que quiera quedarse, se le pagará todo lo que le corresponde. El que no quiera cruzar el océano también puede quedarse en Málaga o Cádiz. Tengo que volver al puerto; el que quiera venir conmigo, que se prepare. Eso es todo. Os deseo una alegre reflexión.

Tres hombres querían volver a desfogarse, como dijo sonriente uno de ellos. Belmonte se los llevó junto a otros cuatro remeros. En uno de los proveedores todavía tenían que recoger las herramientas y pertrechos encargados por Abner. A su regreso, Belmonte encontró a Ortiz y O'Leary en el alcázar de popa, donde, al parecer, estaban manteniendo una grave conversación. Dejó la tarea de estibar la herramienta en manos del carpintero y subió junto a ellos, que estaban apoyados en la borda de popa.

—Lo que habláis parece terriblemente serio —manifestó—. ¿Molesto?

O'Leary movió la cabeza.

—Entretanto, ya hemos terminado con la parte seria.

—Le he preguntado por qué su padre no escribió sencillamente a Irlanda —dijo Ortiz—. Necio por mi parte.

—¿A quién iba a escribir? Yo era pequeño, mis hermanos no eran mucho mayores, mi madre apenas sabía leer, y el correo...

—Es verdad —indicó Belmonte—. Es gracioso que no haya pensado en eso.

—Porque lo sabes. —O'Leary enumeró los distintos puntos con los dedos—. Había guerra; ¿quién iba a viajar por en medio de ella? Las cartas de los almirantes las llevan en barcos correo o en otro buque de guerra; aparte de ellos, nadie puede escribir. Los mercaderes tienen sus propios barcos o conocen a alguien que tiene uno, o a alguien en la flota que corresponde. ¿Te imaginas dando a un oficial inglés una carta para *mistress* O'Leary, de Skibbereen? Bah. La tiraría por la borda o, en el mejor de los casos, se la daría en Londres a alguien que la quemaría, porque los necios irlandeses no necesitaban tener noticias de América.

A la mañana siguiente, de hecho, todos estaban a bordo. Belmonte estaba casi conmovido; Ortiz le dio una palmada en el hombro y se ahorró todo lo demás.

Pusieron proa a Ciudadela (de nuevo bajo bandera de Saboya). Allí embarcaron agua y provisiones. Belmonte, que entretanto estaba casi seguro de que iba a quedarse al otro lado del Atlántico, se despidió con melancolía de Antonio Pujol y su mujer, y calurosamente de doña Carmen. Ella aún tenía una noticia para él.

—No preguntes por la fuente, mi viajero amado. En algún momento a finales del verano o del otoño puede que vuelva a empezar todo. Tu gente, quiero decir, nuestra gente ha ocupado las Malvinas desde Buenos Aires y echado a los británicos, pero naturalmente quieren reconquistarlas.

El viaje a Málaga se desarrolló sin incidentes; tras desembarcar la carga y tras las disputas habituales con aduaneros y compradores, la travesía siguió hacia Cádiz. La crisis de las Falkland era un ascua, pero aún no ardía; dado que reinaba la inactividad armada entre España e Inglaterra, e incluso los piratas berberiscos se contenían, llegaron a Cádiz sin ser molestados.

Allí, Belmonte pasó unos días duros con las autoridades competentes del comercio con América (básicamente lentas). Transcurrió casi un mes hasta que todos los papeles estuvieron listos y se arregló una carga suficiente. Entretanto, se había hecho demasiado tarde para el largo viaje hacia el oeste; el principio de las temidas tempestades de otoño se acercaba. Ortiz y Belmonte deliberaron, hablaron y jugaron a los dados durante toda una noche; luego, decidieron arriesgar el viaje.

Al día siguiente, un fuerte viento del suroeste los retuvo en la bahía de Cádiz. Belmonte aprovechó la oportunidad para volver a visitar a sus hermanos. Sobre todo, su hermano mayor, Jacinto, sucesor del padre en el astillero, había ayudado mucho con sus relaciones a acortar el plácido arrastrarse de los papeles y a conseguir la carga, en la que había cuchillos, espadas, barras de hierro y algunos toneles de vino, bueno pero corriente. Belmonte había pensado en vino de Jerez, pero Jacinto se lo desaconsejó porque era demasiado caro, a causa de la inexplicable predilección por él y la fuerte demanda correspondiente desde Inglaterra.

—A veces, se podría pensar que siempre dejan unos años de paz entre guerra y guerra solo para poder comprarse todo el jerez —dijo.

Esa última noche, se reunieron en la vieja casa de la familia; allí vivía la hermana mayor, Antonia, con su marido, un escribiente del almirantazgo, y los dos más pequeños de cinco hijos. Dado que antes apenas los había conocido, Belmonte no estaba en condiciones de distinguir a sus sobrinos y sobrinas reunidos, y se divirtió y los divirtió a ellos llamándolos a todos con fantásticos y cambiantes nombres: princesa Borobudur, príncipe Dulcineo, jinete del dragón, pirata, comehierro... Luego se dio cuenta de que no eran sus sobrinos y sobrinas; no eran los hijos, sino los nietos de su hermana. Antonia se había convertido en una anciana, Jacinto no del todo, y Carmelo y Pepa y Ana... y de golpe, de un instante para otro, Osvaldo Belmonte se sintió viejísimo a sus cuarenta y ocho años.

Por la mañana, el viento había virado y ahora venía en rachas del noreste, de tierra. Lentamente, el *Santa Catalina*, cargado casi hasta los topes, salió de la bahía de Cádiz.

La suerte de los vientos y las olas les fue fiel. En Santa Cruz de Tenerife volvieron a comprar alimentos frescos, echaron por la borda el agua vieja y llenaron de nuevo los toneles. Luego vinieron los largos días y semanas en el mar, siempre entre la preocupación de la amenaza de tormenta y el alivio de que no se concretara. Agua fresca y pertrechos en Santo Domingo, donde pudieron vender una parte de la carga, incluida la mitad del vino, y tomaron a bordo dos pasajeros, un profesor de la Universidad de Santo Domingo y su ayudante, filósofos y científicos que querían investigar y catalogar plantas y animales en la región interior de Cartagena.

—Se me ocurre una idea —dijo Belmonte al atardecer, en un momento en que habían salido al exterior. Su camarote era angosto y estaba atestado; Ortiz había despejado el suyo para alojar a los dos científicos, y ahora compartía el espacio con el capitán.

—¿Tengo que asustarme? —Ortiz echó la cabeza hacia atrás y lo miró a lo largo de su nariz.

—No me mires con esa arrogancia, negro —repuso Belmonte—. No, no tienes que asustarte. Más bien al contrario.

—Déjame compartir tu sabiduría, rostro pálido.

—Sin duda ellos necesitarán escolta. Porteadores, guías, protección, esas cosas.

—Probablemente lo necesiten. Pero ninguno de nosotros es un explorador experto en la zona.

—Olvidas que yo ya he estado allí. Al menos un poquito. Además, solo se trata de una excusa verosímil para los funcionarios del virrey, que de lo contrario quizá nos causen dificultades.

—¿Serían superables? Las dificultades, quiero decir, no los funcionarios.

Belmonte sirvió más vino. Puso cara de tristeza y sostuvo la jarra cabeza abajo encima de la copa de Ortiz.

—Las últimas gotas.

—No tenías que haber vendido tanto. O tendrías que animarte a no vender uno de los tres barriles que quedan, y en lugar de eso abrirlo solemnemente.

—Piensa en nuestro beneficio. ¿Llamamos a Fergus?

Ortiz resopló y se levantó.

—Voy a por él.

El irlandés, tercer hombre en la jerarquía del barco, se alojaba en un cobertizo diminuto a proa. Mientras Ortiz se dirigía allí, Belmonte consideró las posibilidades, ventajas y desventajas de colaborar con el profesor. Mientras lo hacía, se reprochaba en silencio su frívola suposición de que la Universidad Santo Tomás de Aquino se ocupaba tan solo de teología y cosas parecidas. El profesor Carrasco le había sacado esa muela con rapidez; desde 1538 era una verdadera universidad, e incluso la institución predecesora a la suya, gestionada por los dominicos, había trabajado de manera decente.

Ortiz regresó casi enseguida.

—O'Leary acaba de hacerse cargo del timón. Dice que está de acuerdo con todo, que simplemente hagamos lo que consideremos razonable.

—Muy bien; en ese caso, mañana hablaré con el docto caballero.

Resultó que el científico encontraba la propuesta amable, pero inútil, al menos por el momento, dado que tenía la intención de empezar por pasar no menos de un mes en Cartagena, en casa de unos viejos amigos. Belmonte le aseguró que mantendría su oferta si no alcanzaba sus propios objetivos.

—Quizá podríamos intercambiar conocimientos, en beneficio mutuo —dijo—. Por desgracia, no dispongo de buenos mapas del interior.

Carrasco sonrió.

—Yo tampoco, capitán. Me temo que no existen... a no ser que los militares tengan alguno. Pero no los van a entregar. Supongo que los jesuitas tenían mapas, pero los expulsaron hace tres años, y probablemente sus propiedades habrán sido confiscadas. Le enseñaré con gusto lo que tengo.

—Entonces cenemos esta noche en mi camarote, hablemos y contemplemos malos mapas.

—Encantado. Eh... ¿Le queda vino? Por desgracia, a mí no.

Así que Belmonte abrió el tercer y último barril. Se dijo que, dada la escasez de vino, incluso un tonel que no estuviera del todo lleno encontraría un comprador, y llenó varias jarras. Leborgne preparó por arte de magia, a partir de unas reservas no muy grandes, una cena muy comestible para Belmonte, Ortiz, Carrasco y su ayudante Esquivel. Tommo la sirvió y O'Leary se ocupó del timón.

Carrasco tenía, según se vio, varios mapas de distinta calidad. Naturalmente quiso quedarse con el mejor, pero le entregó el segundo a Belmonte.

Durante la comida se habló a conciencia, y se bebió más a conciencia aún. En algún momento, entraron en las historias de sus vidas; Belmonte indicó a Ortiz que se contuviera, él mismo no dio más que magras noticias, hizo muchas preguntas a los dos eruditos y les sirvió más vino una y otra vez. Él y Ortiz bebieron más bien poco.

—¿Y de verdad no quiere decirme qué es lo que lo atrae al interior, capitán? —Carrasco bizqueaba un poco; sostenía la copa delante de un ojo y trataba de ver a Belmonte y Ortiz al mismo tiempo con el otro.

Esquivel soltó un «Uf», eructó, apoyó los brazos encima de la mesa, dejó caer la cabeza sobre ellos y empezó a roncar.

—Un tesoro, naturalmente.

—Ja, ja, naturalmente. Un tesoro. Qué si no. ¿Cómo se convirtió en patrón y comerciante? Porque usted era oficial, ¿no?

—Los dos participamos en la batalla de Cartagena.

—¿Al mando del gran almirante patapalo, medio-hombre? ¡Oh, gloria de las armas españolas! ¡Eso tiene, ah, tiene que haber sido para contarlo! ¡Cuente, hombre! ¡Por favor!

Belmonte volvió a servirle y empezó a hablar, en voz baja y somnolienta. No pasó mucho tiempo hasta que Carrasco empezó a parpadear y bostezar con creciente frecuencia. Finalmente, se disculpó y se levantó, vacilante. Lo ayudaron a llevar a Esquivel hasta el otro camarote y le desearon un sueño tranquilo.

—¿Por qué? —dijo Ortiz cuando volvieron al camarote de Belmonte. Se dejó caer en la silla, echó atrás la cabeza y lo miró con un poco de furia.

—Perdona, amigo. —Belmonte se sentó a su vez y llenó las dos copas—. ¿Te refieres a pedirte que mantuvieras la boca cerrada? Piensa.

—Ya lo he hecho. ¿Y?

—Hablará con la gente del virrey en cuanto llegue a tierra. Permisos, instrucciones, mapas, si es que los hay. Le preguntarán cómo ha llegado aquí. Quizá no les diga nada, pero quizá...

Ortiz guiñó un ojo; su gesto se relajó.

—Gracias, Osvaldo. Naturalmente, tienes razón. Y yo habría sido ligero.

—Bien, y ahora, acábate esto. Vamos a dormir. Y... ten cuidado en tierra.

Pero Belmonte no pudo dormirse enseguida. Mientras oía jadear ligeramente a Ortiz —no se le podía llamar roncar—, pensó en la larga conversación que habían tenido entonces, después de la muerte de Blas de Lezo y de su proscripción por parte del rey. Sobre el agradecimiento de unos reyes locos y las posibilidades de sobrevivir. Mientras no se lucha por ellos o contra ellos, sino que se hace algo que, en la guerra y en la paz, se necesita y se produce por todas partes. Comercio en vez de acción. Mucho vino, una lengua floja, los oídos equivocados, y una ejecución por alta traición y ofensa a la corona. En algún momento, probablemente, habían llegado al auge que había vivido La Habana durante los once meses de ocupación inglesa: un auge motivado por el libre comercio, fuera de las cadenas del monopolio español. Luego se habían sentido atraídos, no solo por Cuba, y naturalmente no había justificación alguna para el crimen que cometieron los ingleses al empezar una guerra con decenas de miles de muertos en favor de sus grandes mercaderes, pero... ¿cuánta sutileza tendrían el corregidor y sus jueces en Cartagena a la hora de distinguir lo uno de lo otro?

A la entrada de la bahía de Cartagena, O'Leary pidió que, al pasar, le enseñaran las fortificaciones de Bocachica, reconstruidas hacía décadas.

—Después de haber oído hablar tanto de ellas, me gustaría... —dijo—. ¿Así que aquí ocurrió toda la carnicería? No parece que haya espacio para tantos soldados y cañones.

Media hora después se acercó a Belmonte, que estaba al timón. Ortiz había orzado a estribor la cangreja con el fin de aprovechar la suave brisa del oeste para remontar las últimas millas hacia el norte.

—Intento imaginar lo que pasó aquí, con miles de cadáveres flotando y con buitres —dijo el irlandés—. ¿También tuvisteis tiburones?

Belmonte, que había retrocedido casi tres décadas en sus pensamientos y, mientras dirigía el *Santa Catalina* al puerto, pesaba en todos sus camaradas muertos y en los barcos hundidos, volvió trabajosamente al presente.

—¿Qué? ¿Tiburones? No lo sé. Apestaba, con el calor todo se pudría deprisa, pero... tenía otras cosas que hacer, no podía estar contando peces.

—Lo que se me pasó esa noche por la cabeza fue... ¿qué fue de los tipos con los que empezó todo?

—¿A quiénes te refieres? ¿Adán y Eva? ¿Colón? ¿Vernon?

—No, a Jenkins, el de la oreja, y a Fandiño.

—No lo sé. Al menos no con exactitud. Creo que en algún momento enviaron a Jenkins de Londres a Mauricio u otra isla. Allí tenía que ejercer de algo parecido a gobernador, y al mismo tiempo luchar contra el contrabando y la piratería.

—Ajá —O'Leary sonrió—. Un lobito que acaba guardando las ovejas, ¿eh? De eso sí que sabía. ¿Y después?

—Ni idea. Quizá murió allí, o volvió a Inglaterra más tarde.

—¿Y Fandiño?

—A lo largo de la guerra, creo que fue en el año cuarenta y dos, se enfrentó en las Bahamas a un navío de línea inglés. ¿O era una fragata? En cualquier caso, algo más grande y mejor equipado que el... No, creo que ya no tenía aquel pequeño jabeque, sino un bergantín, pero demasiado pequeño para imponerse contra un auténtico barco de guerra. Los ingleses lo atraparon, y cuando el capitán se enteró de a quién tenía delante, lo cargó de cadenas y lo envió a Inglaterra. Supongo que a la prisión de Portsmouth, donde los prisioneros de guerra españoles..., bueno, eran depositados provisionalmente. Pero no sé más. ¿Lo ejecutaron o lo liberaron años después, al final de la guerra? Quizá murió en prisión.


Durante unas horas, Belmonte se regodeó en su memoria, o más exactamente: en sus recuerdos. Fue después de haber negociado con los agentes de venta, que le aseguraron buenos precios para sus mercancías, sobre todo el vino y las barras de hierro. Ortiz se ocupó, con una parte de la tripulación, de descargar el barco, junto con los estibadores y porteadores de los agentes. Otra parte de la tripulación —todos ellos elegidos por sorteo— estaban a punto de convertirse en bultos a la deriva y perderse por los callejones de la ciudad. O'Leary quería ver los escenarios de los combates, y Belmonte se lo llevó consigo a dar una vuelta.

Al hacerlo, comprobó que las imágenes de hacía casi treinta años, los olores de la sangre y de la pólvora, los gritos y el tronar de los cañones, estaban mucho más presentes que impresiones de estancias posteriores.

Intentó explicárselo al irlandés.

—Para ti, por supuesto, es totalmente absurdo, pero me siento casi como si... como si hubiera una capa formada por algún material ácido y corrosivo y, da igual cuántas capas eche encima de ella, la de abajo vuelve a abrirse paso, devorándolo todo, hasta arriba.

O'Leary se enjugó el sudor de la frente. Lo intentó al menos, pero hacía mucho que las mangas de su camisa estaban totalmente empapadas.

—Uf. Lo que estás diciendo me resulta demasiado complicado para este clima. En Europa está empezando el invierno, y aquí tengo la sensación de que podría cocerme en mi propia salsa. ¡Lágrimas de sangre! ¿También era así entonces? ¿O lo que aquí pasa por ser primavera es un poco más suave?

—Exactamente igual de caluroso, solo que un poco más bochornoso. Ahora el tiempo es casi seco.

—Ah, sí, dijiste algo acerca de la lluvia. ¿Una auténtica estación de las lluvias, como en las historias que los ingleses cuentan de la India?

—Por lo menos. Y siempre viene de pronto. Me acuerdo de un colibrí...

O'Leary le interrumpió.

—¿Tiene algo tan pequeño espacio en tu amplia memoria? Quiero decir, ¿no será tan pequeño que no puedas volver a encontrarlo?

—No digas tonterías. Eso fue cuando estaba fuera con los indios. Imagínate que estás agazapado en algún sitio entre los matorrales, no te mueves, observas una patrulla inglesa, y a tu lado en el aire hay un colibrí embebido en una flor, y de pronto comienza la lluvia, tan fuerte que derriba al colibrí en el suelo.

—Pobre animalito. ¿Lo ayudaste, lo cogiste por debajo de las alas, o algo así?

En vez de contestar, Belmonte lo llevó hasta un prado que descendía al pie del muro y parecía confundirse, muy lejos, en el aire tembloroso, con el agua de la bahía.

—Aquí estuvimos cavando —habló en voz baja, casi ensoñadora.

—¿El foso para las escalas inglesas?

—Sí. Aquí, a lo largo de toda la muralla.

O'Leary trató de nuevo, una vez más en vano, de secarse el sudor del rostro con la manga húmeda.

—Dios mío —murmuró. Dos pasos lo llevaron a la penumbra de un bastión, donde no se estaba más fresco y había casi la misma luminosidad. Apoyó la mano plana en la frente, haciendo visera, y miró el terreno que descendía.

—Ahí detrás está La Quinta, donde los británicos acampaban —dijo Belmonte—. Y desde allí vinieron corriendo. Un calor que le quita toda la energía a uno, o un sol chillón o cortinas de agua verticales, el suelo es profundo y blando y chapotea a cada paso, te sujeta y te quiere tragar, y tú llevas encima un uniforme pesado y empapado, y tienes que cargar con armas y con las escalas, y todo el tiempo te disparan desde la muralla, primero con postas y después, cuando te acercas corriendo, con fusiles y pistolas, y tu única esperanza es alcanzar el muro, apoyar las escalas y trepar por ellas; saber que arriba hay gente con pistolas y puñales, que no te van a saludar amablemente, y a tu lado tus compañeros caen y se sacan a gritos el alma del cuerpo, y tu única posibilidad es trepar y hacer callar los fusiles y cañones. Llevas días sin dormir de manera decente, viviendo de agua de lluvia y pan agusanado, todo te pica y te escuece y te arde, en realidad hace mucho que estás acabado... y entonces apoyas la escala, y es demasiado corta.

—¿Y tienes que volver bajo el tiroteo?

Belmonte asintió.

—¡Por todos los excrementos de todos los santos! —exclamó O'Leary; sonaba menos blasfemo que devoto—. ¡Me alegro de no ser inglés, sino irlandés!

—Eso no te hubiera servido de mucho. Había suficientes irlandeses, forzados a servir en la flota y empujados aquí con fusiles contra la fortaleza. No es que a los voluntarios les fuera mejor. ¿Te he hablado de la gente de Norteamérica, de los voluntarios que mandaba ese tal Lawrence Washington? Casi tres cuartas partes de ellos cayeron.

—¿Tantos? ¿Cuánta gente perdieron los ingleses en total aquí?

—Alrededor de tres mil quinientos hombres, y casi el doble murieron de heridas y enfermedades y del grandioso tratamiento médico que recibieron. También tuvieron que dejar atrás algunos centenares de cañones. Y unos veinte barcos, o hundidos por nosotros o tan seriamente dañados que ni siquiera pudieron remolcarlos. Entonces ellos mismos les prendieron fuego, delante de la playa.

O'Leary lo miró de reojo.

—¿Cómo se siente uno, después de todo este tiempo, por haber estado ahí?

—¿Cómo te sentirías tú?

—No lo sé; me he librado de vivir una cosa así.

—Inténtalo de todos modos.

—Si fuerzo mi imaginación irlandesa... Bueno, creo que..., eh, ¿cuántos hombres y cuánto material perdisteis vosotros?

—Unos ochocientos muertos y heridos, seis navíos de línea, muchos barcos pequeños; ¿por qué?

—Eso forma parte de saber cómo me sentiría. Hum. Así que infligisteis a la gloriosa Navy y a sus tropas terrestres la peor derrota de su historia, ¿no? Así que estaría..., bueno, por una parte, estaría infinitamente orgulloso de haber estado allí. Por otra..., no sé si al mirar atrás no estaría igual de horrorizado. —Titubeó; luego, añadió—: Sin olvidar al almirante patapalo mediavista, al que los ingleses erigirían monumentos y que aquí simplemente reventó después de su gran triunfo y luego fue proscrito. Qué mezcla tan grotesca. ¿Qué sientes tú? ¿Orgullo, espanto, pena? ¿Todo mezclado?

—De todo un poco. Nos atacaron y los rechazamos. Tipos valientes, si quieres camaradas, solo que en el lado equivocado. Orgullo, sí, por la victoria y el esfuerzo. ¿Pena? Por mi propia gente, que cayó en la defensa de la ciudad, y por Blas de Lezo, naturalmente. Pero ¿sabes qué predomina en el recuerdo? La sensación de infinito alivio y de cansancio. Total agotamiento, saber que no hay que seguir combatiendo, un poco de aire que no apesta a vapor de pólvora y a sangre, y unas horas de sueño sin el tronar de los cañones. Y, cuando pienso en ello, vuelvo a sentir cansancio. —Belmonte bostezó.

# La búsqueda del tesoro

Oro arrancado de los intestinos de la tierra,
piedras preciosas rotas de los senos de las montañas,
siempre pensando en ella, soñando con su sonrisa,
arrojado por vientos infernales por entre olas y
                                    [remolinos,
¿vuelvo a casa y la encuentro casada con el hijo
                                    [de un posadero?
Seguro que otras saben apreciar los tesoros;
si no puedo tener el tesorito,
me conformaré con el tesoro.

                              Navegante desconocido


—Montes de María. —Ortiz señaló con el dedo el mapa
extendido sobre la mesa del camarote de Belmonte.
   —¿Tú crees?
   —¿Dónde, si no? No es que eso nos lleve muy lejos.
Belmonte dio un sorbo a su café caliente.
   —¿Y tú?

O'Leary alzó las manos en gesto defensivo.

—A mí dejadme fuera. Hiciera lo que hiciese mi padre aquí, yo no conozco el país.

—Pero podría ser —dijo pensativo Belmonte.

—Recapitulemos. —Ortiz dio una palmada en la mesa—. Por todo lo que sabemos, que, por desgracia, no es mucho, esos muchachos bajaron entonces por el río Magdalena, ¿no? En algún momento, se enteraron de que los ingleses estaban asediando Cartagena. El asedio duró en total aproximadamente siete semanas; así que la noticia no pudo llegar hasta el curso alto.

—Podría ser —precisó Belmonte—. Pero entonces no habrían llegado a tiempo a la bahía. No puedo decirlo con más precisión, pero creo que topé con ellos en torno al 20 de abril.

—Topé es la palabra adecuada. —O'Leary hizo una mueca.

—Así que se supone que tu padre escondió aquello en algún sitio entre colinas o montañas. Si partimos de la base de que tuvieron noticias del asedio a orillas del Magdalena y luego fueron por tierra en dirección a Cartagena, solo pudieron ir por pantanos y campo abierto..., o por los Montes de María. Que es un territorio bastante salvaje, a juzgar por lo que se oye decir.

—Y bastante grande —indicó Ortiz—. ¿De verdad queréis intentarlo? Encontrar una paja en un campo de trigo me parece casi más sensato.

—¿Montañas, colinas, bosques, matorrales, serpientes, jaguares, tapires e indios? —O'Leary dio una palmada—. ¿Y en medio, en algún sitio, unas cuantas esmeraldas? ¿En un saquito de cuero o en una cajita?

—Vivimos en el mejor de los mundos posibles, como

dijo o escribió un filósofo algún día —dijo Belmonte con una fugaz sonrisa.

—Pero eso no fue aquí, en la selva.

—Puede. Pero, si este es el mejor de los mundos posibles, en él existen todas las posibilidades, y por tanto también la de encontrar algo.

—Olvidas que en el mejor de los mundos posibles forzosamente tienen que darse también todas las imposibilidades —dijo Ortiz—. ¿Ha pensado en eso tu filósofo?

—Podemos dar vueltas a esto eternamente. —Belmonte se incorporó, fue hacia la ventana de proa del camarote y apoyó el trasero en ella—. Me temo que las posibilidades de encontrar algo son más bien escasas. Pero, si no lo intentamos, más tarde lo lamentaremos infinitamente.

—Me gustaría verte lamentarte infinitamente. —Ortiz chasqueó la lengua—. Tiene que ser una estampa digna de ver.


Antes de que fuera posible descargar y vender el cargamento, los aduaneros lo habían examinado a él y al barco; un hombre que pertenecía a un departamento especial (lo llamaban «el Sabueso», según oyó Belmonte en la ciudad) había estado hurgando con delicadeza en las pertenencias de Carrasco y en la pequeña estantería de libros de Belmonte en busca de «pornografía ilustrada». Sin embargo, la expectativa de tener que mantener difíciles negociaciones para poder viajar al interior se vio agradablemente frustrada. Al parecer no había disposiciones al respecto, a no ser que se fuera un misionero protestante o se tuviera la intención de distribuir por el país libros de Voltaire y otras inmundicias similares.

El amigo al que Carrasco quería visitar no vivía en la propia ciudad, sino en Turbaco, a unas seis millas tierra adentro, en las colinas, donde el tiempo era más fresco. La «gente bien», blancos sin excepción, se había hecho construir hermosas y magníficas villas, y Belmonte recordaba que entonces, durante el ataque de los ingleses, aquella pequeña población había sido uno de los lugares de refugio de la población evacuada de Cartagena.

Los conocedores de la zona le aconsejaron que, si quería ir a toda costa al sur o al suroeste, diera un pequeño rodeo hacia el este por Turbaco; desde allí las carreteras eran mejores. Dado que se acordaba bien, y no con especial placer, del terreno pantanoso y boscoso al borde de la bahía, interrumpido una y otra vez por pequeños cursos de agua, estuvo dispuesto a seguir los consejos.

Para ahorrarse las tasas de atraque, sacaron del puerto el *Santa Catalina* y lo anclaron al sureste de la bahía, no lejos de Pasacaballos. Quien quería ir a tierra tenía que usar un esquife. En realidad, Belmonte había querido ceder el mando al experimentado Abner; pero este se opuso con vehemencia, indicando la «sin duda enorme popularidad de los judíos» también en los territorios de Ultramar de sus católicas majestades.

—Puede que tenga razón —dijo Belmonte. Tras breve deliberación con Ortiz, dejó el barco al mando del cocinero saboyano, Leborgne, y le insistió en que, en caso de duda, obedeciera a Abner.

Leborgne, que debido al calor, como la mayoría de los otros, no llevaba encima otra cosa que unos calzones deshilachados, enredó con un dedo la abundante pelambre de su pecho.

—Señor —habló—, me complacerá escapar de toda

responsabilidad que no sea la de las sartenes y las cacerolas.

Llevaron consigo a otros dos recios marineros, un negro y un mulato; como los dos se llamaban Esteban y ninguno tenía apellido, llamaron al negro Esteban *el Negro*, y al mulato, Esteban *el Pardo*... si es que hacía falta llamarlos de algún modo. Con cinco animales de monta y dos de carga, a la mañana siguiente se unieron a Carrasco y su ayudante, que los acompañaron hasta Turbaco.

Cuatro días después llegaban a las estribaciones de los Montes de María.


—¿Y ahora? —dijo O'Leary al atardecer del séptimo día, cuando encontraron un pequeño manantial al pie de una ladera e instalaron el campamento—. ¿Cuánto tiempo vamos a perseguir elfos?

—No lo sé. —Belmonte estaba tan cansado y malhumorado como los otros y, como los otros, había estado rompiéndose la cabeza para encontrar una respuesta al menos a una de las numerosas preguntas.

—¿No se te ocurre nada? —Ortiz se estiró y suspiró; sonó placentero—. ¡Oh, el placer de quitar el maltratado culo de la silla durante un tiempo!

—¿Qué quieres que se me ocurra?

—Una explicación a esas dos absurdas frases del papel. Oh, bueno, quizás una revelación llegada del cielo o de las profundidades de tu ánimo, que te anuncie dónde debemos buscar.

O'Leary había hecho fuego. En ese momento se levantó y fue con las piernas abiertas hacia los animales de carga, de los que se estaba ocupando el mulato.

—Pardo, dame la cazuela y la trébede.

Medio día después de Turbaco, Belmonte había decidido renunciar a las fórmulas de cortesía mientras durase la expedición. Quedaba por ver si más tarde podrían volver a imponerse a bordo, pero quizá resultaría ocioso. Según lo que encontraran y lo que decidieran.

Esteban tendió al irlandés la cazuela y un odre con agua. O'Leary gruñó, dejó caer al suelo el agua del odre, llenó la cacerola en el manantial y la colgó encima del fuego.

—Cap —habló en voz baja—. Canta. Bah.

—Eh —dijo Esteban el Negro.

—Capa, canta... Señor, ¿cómo te ha llamado ese indio de la ciudad?

—Ossobal. ¿Por qué?

—Ossobal por Osvaldo. Y Blas de Lezo era...

—Basalesso. ¿Adónde quieres ir a parar?

Esteban se rascó la nuca.

—No lo sé... Quizás esas frases también digan algo parecido. Por las similitudes, quiero decir. Podría ser que solo reproduzcan el sonido de algo que signifique otra cosa.

Belmonte miró a O'Leary mientras ponía carne seca, verdura y fruta en la cazuela. Se estremeció.

—Ojalá Leborgne estuviera aquí —murmuró—. Bien puede ser, Esteban; pero...

—Un momento, señor. ¿Cómo era aquello? El viejo irlandés está enfermo, o herido, sabe que va a morir pronto y garabatea algo en un papel. ¿A quién se lo va a dar?

—A alguien en quien pueda medio confiar. En este caso, a una mujer que se sienta en su lecho de vez en cuando.

—¿Por qué no a alguien más? ¿A un médico, quizá?

—Para los médicos, escoceses desabridos, según parece, él y los otros solo eran..., bueno, objetos a los que se opera y se ve morir. Esa mujer, Ann, fue la única persona que le trató como a otra persona.

El Negro asintió.

—Ya veo. Pero el mensaje, si es que lo es, no puede ser de los que se entiendan. De lo contrario, ella misma hubiera podido tratar de utilizarlo.

—Sí, puede ser. ¿Y?

—Bueno, el mensaje no puede... ¿Qué es lo que hablan en Jamaica? ¿Inglés, no? Así que el mensaje no puede estar en inglés.

Ortiz se incorporó.

—¿Sino...? ¿Una nota inglesa en español e irlandés? ¿Pero que no significa nada en ninguno de los dos idiomas? ¡Ja!

El Negro murmuró algo.

—¿Puedes repetir eso? —dijo Belmonte.

—Padenossoketanelselo. Así suena el principio del padrenuestro cuando lo dice mi gente en Cuba. Padre nuestro que estás en el cielo. Pero eso no viene al caso.

—Todo esto me parece demasiado prolijo. —Belmonte se volvió a O'Leary, que removía la cazuela—. Tu padre... Tú has dicho que en Skibbereen todos habláis irlandés, no inglés. ¿Por qué iba a tu padre a dejar una nota en irlandés y español que en realidad es inglés? Si es que lo fuera.

O'Leary sacó la cuchara de la cazuela, probó, se estremeció y volvió los ojos al cielo.

—¿Quién ha cocinado esto, y quién va a comérselo? Pero, bueno, eso es muy sencillo. El resto de la tropa que entonces estaba con mi padre eran ingleses, galeses e irlandeses de la zona de Dublín, que apenas hablaban irlandés o que no lo hablaban en absoluto. También el viejo

que se mató a beber en Skibbereen, McBride... solo hablaba un poco de irlandés. Y estaba solo entre nosotros; quizá por eso hablaba más con la jarra de cerveza que con nosotros.

El caldo no estaba tan mal, estaba caliente y era nutri-
tivo. Cuando, después, estaban sentados en torno al fuego que se iba apagando, contaban estrellas y escuchaban
el griterío de los pájaros nocturnos, Ortiz carraspeó y dijo:

—Dejemos un momento esas frases a un lado.

—Hagámoslo; desde antes de la comida no hemos hecho otra cosa que dejarlas a un lado —dijo el Pardo riendo entre dientes.

—Hasta ahora, no hemos visto en estas colinas abandonadas nada que pueda resultar, bueno, llamativo.

—¿Quieres decir que tuvieron que fijarse en algún tipo
de marcas en el camino, que más tarde les sirvieran de
orientación? —preguntó Belmonte—. Puede que tengas
razón.

—Algo que salte a la vista —indicó O'Leary—. Hasta
ahora solo he visto de vez en cuando mierda y unos cuantos mosquitos.

—Tendría que ser algo más grande. Algo que se vea
desde lejos. Grande, llamativo, y sea lo que sea, una formación rocosa o algo parecido, dentro o alrededor o delante tendría que haber algo que sea fácil volver a encontrar. —El Negro se arrodilló junto a su hatillo, sacó la
manta, se envolvió en ella y se estiró—. Al menos, es lo que
yo haría si tuviera que esconder algo importante.

Belmonte bostezó.

—Ya veremos si en los próximos días hallamos algo parecido a eso. De lo contrario...

—Muchachos, yo diría que de lo contrario siempre habrá sido una agradable excursión. —O'Leary rio entre dientes—. Que durmáis bien. Y prestad atención a vuestros sueños; quizás en ellos veáis algo que sea útil.

A la mañana siguiente llegaron a un valle en el que había un grupo de cabañas junto a las ondulaciones de un arroyo. Tras ellas, el valle se ensanchaba un poco; se veían plantas y vallas bajas, o apriscos.

En las cabañas circulares, hechas de madera y paja, vivían varias familias: indios, pertenecientes a una rama de los chibchas. Criaban cobayas y otros pequeños animales, y plantaban maíz, yuca, varias verduras y patatas en los campos que había detrás del pueblo. El más anciano del lugar y dos hombres más jóvenes hablaban un poco de español.

Cuando Belmonte les preguntó por montañas especiales o formas llamativas de las colinas, el anciano dijo algo y sonrió desdentado. Belmonte no entendió más que fragmentos de lo que decía, y le pidió que lo repitiera despacio. Uno de los jóvenes vino en su ayuda.

—Dice que hace muchos años otros pálidos también preguntar.

Belmonte se esforzó por no mostrar con demasiada claridad su sorpresa.

—¿Unos como nosotros?

—Distintos. Iguales. Sí.

—¿Les dijo algo?

—Decir que enviar a Zipa y Guitaca.

—¿Qué es eso?

Los indios deliberaron, buscaban las palabras, al parecer. Finalmente, el joven dijo:

—Zipa... ¿alcalde? —Señaló al anciano, luego a su cabeza.

—Ah, entiendo; ¿cacique, jefe? ¿Y Guitaca?

El más anciano rio y gritó algo mirando a la más próxima de las chozas redondas. Apareció una hermosa joven, sonrió con timidez y volvió a desaparecer.

—¿El cacique y su mujer? —preguntó Belmonte.

El segundo de los jóvenes hizo girar las manos: derecha, izquierda, derecha.

—Verdadero, pero falso —indicó Ortiz—. O eso parece, ¿no?

—Así —dijo el otro indio joven, levantó la mano y trazó torpemente una especie de cruz en el aire.

—¿Sagrado? —preguntó Belmonte—. ¿Cacique y sacerdotisa?

—Diosa, quizá. —Ortiz suspiró—. Habría que aprender la lengua de la gente de la que se quiere saber algo.

—¿Dónde está eso? —Belmonte dudó un momento, pensó en regiones lejanas, en agua en vez de colinas. Fue hacia uno de los caballos, sacó una docena de las cuchillas compradas en Cádiz, además de un cuchillo con el mango decorado. Se lo tendió al joven. Señaló las cuchillas, el camino por el que habían venido, y añadió—: Cuchillas por comida, llevar, ¿sí? ¿Tú enseñar Zipa y Guitaca, y entonces cuchillo?

Al cabo de dos horas de trepar, resbalar y escalar, llegaron al borde de una pequeña planicie. Frente a ellos, aunque aún a varias millas de distancia, se alzaban dos montañas, que, de alguna manera, parecían haber crecido juntas. Como si una se hubiera desarrollado y elevado a partir de la otra, o como si la otra, después de larga consideración, hubiera estado dispuesta a inclinarse hacia la primera.

—Zipa y Guitaca —dijo el indio señalando la formación rocosa.

—Gracias, amigo. Te has ganado el cuchillo.

El indio sonrió, alzó la mano, se dio la vuelta y desapareció.

Las últimas dos horas habían estado tirando de los caballos, que resoplaban bajo el peso de las recién adquiridas provisiones. Ahora volvían a subir, más o menos aliviados. Salvo Ortiz, que estaba junto a su caballo y miraba las montañas con los ojos entrecerrados.

—¿Qué te pasa, Rafael? —Belmonte se volvió en la silla.

—Algo no encaja.

—¿Dónde? ¿En las montañas? ¿En la planicie?

Ortiz montó. Con la mano izquierda empuñó las riendas, con la derecha chasqueaba los dedos.

—Dos montañas que parecen como si un terremoto las hubiera juntado... —Se echó a reír—. Ya conoces mis extraños ojos. Si tuviera que enterrar algo, lo haría allí.

—Ya veremos; quizá... Pero todavía no hemos llegado. Y seguimos sin tener la solución para las dos frases.

No habían cabalgado mucho más cuando de pronto O'Leary frenó su caballo y lanzó un grito agudo.

—¿Qué pasa? —inquirió Belmonte—. ¿Te ha picado un mosquito?

—No, sí, sí... ¡Lo tengo! ¡Lo tengo! Pero es... ¡O sea que mi padre no!

También los otros detuvieron sus caballos.

—¿Qué te pasa? —preguntó Ortiz.

Belmonte respiró hondo y soltó el aire.

—¡Cuéntanoslo, hombre! —le apremió.

O'Leary estalló en una estruendosa carcajada; le corrían las lágrimas por las mejillas. Se las secó, siguió riendo, murmuró algo gutural que nadie entendió, cogió aire.

—Yo, eh, bueno. No, no puede ser.

—¡Suéltalo!

—¿Os acordáis de la frase irlandesa? «¿Una fuente de salsa occidental, su casa, su lengua?»

—Sí, claro —dijo Belmonte—. ¿Y?

—Si la planicie es una fuente entre las montañas, ¿dónde se encuentra esa extraña formación?

Ortiz silbó entre dientes.

—Al oeste. Y, si no nos damos prisa, el sol se pondrá antes de que lleguemos.

O'Leary hizo un gesto de negativa.

—¿Quieres andar hurgando por ahí a oscuras? Deberíamos descansar en alguna parte y ver mañana.

Belmonte volvió a acicatear a su caballo.

—Vamos, sigamos. Por lo que a mí respecta, descansaremos al pie de la montaña. Y mientras cabalgamos podrás contarnos tu misteriosa solución, ¿no?

—Lo intentaré. «Su casa, su lengua...» ¿Dónde está cuando escribe esto? En el hospital, y con él está esa inglesa jamaicana. *Su* puede ser *de ella* o *de él*, supongamos que es *de ella*... Si es su casa, todo apunta a su lengua: inglés. Como ya suponíamos.

—Hum. Puede ser. Sigue.

—¡Oh, don Osvaldo! La frase española decía algo de capa o manto o algo así, y con ira. Quizá... quizá todo está oculto bajo un grueso manto, un manto de tierra, hojas, musgo, qué sé yo, y eso nos pone furiosos cuando intentamos avanzar a pie lo más llano posible.

—¿Y el haya que canta? Sabes que aquí no hay hayas.

—Seguro que hay algún árbol. Quizás uno que se parezca un poquito a un haya. Y el viento canta en las ramas.

Después de una breve pausa, en la que carraspeó y se sonó la nariz, el irlandés prosiguió:

—Pero el haya no es lo importante; lo importante es *haya*.

Ortiz se encogió de hombros y miró a Belmonte.

—¿Tú entiendes algo?

—Tengo la sensación de que ahora viene algo grandioso.

O'Leary se inclinó hacia delante y dio unas palmadas en el muslo al negro Esteban, que cabalgaba junto a él.

—El resto te lo debo a ti y a tu padre nuestro cubano. Zipa es el rey, señor, cacique... ¿Tal vez un capitán? Y si Guitaca es una hermosa mujer, quizás una diosa, ¿qué se dice de las bellas diosas? Que son seductoras, ¿no? Que pueden hechizarlo a uno. Embrujarlo.

—¡Ah! —casi gritó Belmonte—. Creo que sé adónde quieres ir a parar. Es... una locura. Pero podría ser verdad.

El Pardo y el Negro se miraron; ambos hicieron muecas y movieron la cabeza.

—Escupidlo ya, artistas de la adivinanza —dijo Ortiz. Sonó cansado, casi malhumorado.

—Oyen que los ingleses asedian Cartagena. ¿Con qué ha empezado la guerra? ¿O con qué se supone, al menos? Con la oreja cortada de Jenkins. *Capitán* Jenkins.

—*Capán thiar, a theach, a caint* —dijo solemnemente O'Leary—. *De capa ten ira, de haya se canta.*

Y Belmonte completó:

—*The captain's ear, the hag's cunt.*

Callaron. Entonces el Pardo se echó a reír; el Negro se le sumó. Ortiz murmuró espantosas maldiciones.

—Y, naturalmente, no puede decírselo a una lady inglesa. Quiero decir, ella conocerá la palabra; claro que la conocerá. Pero eso no se dice. La oreja del capitán, el, uh, coño de la bruja.

Descansaron al pie de la formación rocosa. Belmonte apenas pudo dormir; las estúpidas frases se le pasaban por la cabeza una y otra vez. Siempre que casi se había dormido, alguien —o él mismo— se reía entre dientes o recitaba esa tontería.

Ortiz, con su extraño don visual, encontró el sitio. Delante de la roca llamada Zipa, y a la que llamaron el Capitán, alguna vez se había roto y desprendido un trozo redondeado. Si se inclinaba la cabeza, se podía —con buena voluntad— ver en el bloque algo parecido a una cabeza, incluso con cavidades y salientes que reproducían los rasgos de un rostro. Que podían reproducir. La oreja izquierda no tocaba del todo el suelo. En ese punto se extendían, como dos muslos, las estribaciones cada vez más pequeñas de la otra montaña, Guitaca, hechicera, bruja.

A unos pasos de allí había un aliso atrofiado.

Se turnaron para cavar. Musgo y líquenes, y debajo barro, y Ortiz fue el que quitó la última capa. Se irguió, echó atrás la cabeza, lanzó un grito al cielo, volvió a agacharse y metió el brazo en una cavidad.

Era un gran saco de cuero y Ortiz necesitó los dos brazos para levantarlo. El Pardo extendió una manta; Ortiz soltó las cuerdas que lo cerraban lenta, casi solemnemente, lo levantó por detrás y vertió el contenido sobre la manta.

Eran alrededor de cien esmeraldas, ninguna de ellas más pequeña que la uña de un pulgar, la mayoría de color verde oscuro. A su lado, las pepitas de oro que «vagaban» entre ellas (como dijo O'Leary) parecían casi miserables.

Todos hablaron, suspiraron, rieron en confusión, y naturalmente cada uno de ellos cogió algunas piedras y un poco de oro, las sopesó, las consideró, las sostuvo a la luz del sol. Belmonte pensó en olivas y en otro regazo.

—¿Alguien entiende de esto? —La voz del Pardo sonaba casi reverente.

—Un poquito. —Belmonte volvió a dejar en la manta la piedra a cuyo través había estado mirando el cielo—. No mucho, pero un poquito. Esto son... esto es más de un millón de pesos, amigos.

Tras un largo silencio, O'Leary suspiró profundamente y dijo:

—Présteme su oreja, capitán. —Cuando las risas se apagaron, añadió—: Ahora, vamos a vaciar una botella... ¡Qué demonios, un barril de whisky a la salud de mi padre!

—Lo haremos en cuanto volvamos a estar a bordo. —Ortiz no dejaba de mover la cabeza—. Todavía no me lo creo. Pero... ¿a bordo, Osvaldo? Eso no será fácil, ¿no?

—¿Salteadores de caminos? —preguntó O'Leary.

—El oro y las piedras preciosas pertenecen a la corona. Hay que pasar la aduana española. Menos mal que no está también la flota inglesa. Puedo entender que tu padre quisiera esconder todo esto y regresar después. Nunca hubiera logrado sacarlo.

—¿Lo lograremos nosotros?

—Nosotros tenemos un barco. En la bahía hay mil rincones a los que se puede llegar en un esquife sin ser visto.

—¿Y entonces? —dijo el Negro.

—Lo repartiremos. Tranquilos, Esteban y Esteban, cada uno tendrá más que suficiente.

—¿Cuánto es eso? —Ortiz se mordió el labio inferior.

—Más que mucho. Tendremos que buscar uno o varios mercaderes, muy lejos, donde no haya aduanas, para vender todo esto. Tenemos que pensar si lo repartimos antes o después.

—¿Y luego? ¿No trabajar nunca más? ¿O seguir?

Belmonte se echó a reír.

—Te aburrirías mortalmente, Fergus. Y los demás también. Además, aún no hemos regresado al *Santa Catalina*.

—Deberíamos buscar un sitio en el que poder vivir de esto sin ser molestados —dijo soñador el Pardo—. Algún sitio bonito. Buen tiempo, gente amable, suficiente comida y bebida, hermosas mujeres, nada de esclavitud, nada de guerra...

—Suena bien. —Belmonte le dio una palmada en el hombro—. Solo que no sé dónde hay eso. Pero creo que tendremos tiempo y dinero suficientes para buscar ese lugar. —Rio entre dientes y añadió, en voz más baja—: Ese no lugar.

# Epílogo

Descansaron cerca de Pasacaballos. Al caer el sol, Belmonte fue a la pequeña localidad. Como había deseado y casi esperado, en una taberna no lejos del muelle encontró a tres de sus hombres; habían amarrado el esquife a un poste.

Cuando regresaron al *Santa Catalina*, eran cuatro: Ortiz, que cargaba con una pesada bolsa de cuero, subió con ellos al bote. Belmonte y los otros cabalgaron por la mañana, describiendo un arco en torno a los pantanos, hacia el norte. En Cartagena devolvieron los caballos alquilados y llevaron armas y equipaje al puerto, donde los esperaban dos esquifes.

Mercaderes holandeses de Curaçao les compraron el oro; para las piedras preciosas, remitieron a Belmonte a algunos de los judíos sefarditas de la isla. Él y Ortiz deliberaron brevemente, pero luego incluyeron a Abner en las negociaciones. Pudieron vender alrededor de la quinta parte de las esmeraldas; uno de los mercaderes dijo que con gusto se quedaría con más, pero nadie tenía suficiente dinero para comprarlas todas. De todos modos, para reunir lo suficiente hubo que mezclar pesos, florines, luises de oro y libras y convertirlo todo.

Cuando Belmonte ya iba a seguir ruta, Abner y Salomón le pidieron un día de reflexión. Por la mañana bajaron a tierra, volvieron por la tarde y dijeron que quizás ese fuera el paraíso terrenal para ellos y los que eran como ellos:

—Capitán, quisiéramos pedir la licencia y quedarnos aquí.

Ortiz y Belmonte pasaron la tarde haciendo cuentas. Partiendo de lo que les habían dado en Curaçao, lo convirtieron todo a pesos y llegaron a la conclusión de que el valor total del hallazgo estaría en torno a los 1,1 millones de pesos; con suerte, un poco más. Llamaron a O'Leary. Sin mucho regateo, se pusieron de acuerdo en que el hijo del auténtico descubridor y ellos, como propietarios del barco y financiadores de la expedición, recibirían cada uno 100.000 pesos; es decir, que a cada uno de los veinte miembros de la tripulación les tocarían 40.000 pesos.

—¿Somos demasiado, debo decir, democráticos? —preguntó O'Leary haciendo una mueca—. ¿Qué pasó hace ocho años con el *Hermione*?

—Dos octavas partes para los dos capitanes ingleses —dijo Ortiz—. Cada uno de ellos obtuvo sesenta y cinco mil libras, y la escala siguió hacia abajo hasta los marineros, que cobraron apenas quinientas cada uno. Pero esa es la normativa de presas de la Navy; nosotros somos mercaderes libres, y un tesoro no es una presa.

—Además, nunca vas a poder gastarlo todo. —Belmonte sonrió a O'Leary—. Ni por toda la cerveza de Irlanda.

—Pesos —gruñó O'Leary—. ¿Cuánto es esto en libras? Solo para que pueda imaginarme algo. Con estas sumas...

—Un peso, cuatro chelines; cinco pesos, una libra... más o menos. Tus cien mil son veinte mil libras. Con eso, puedes vivir bien en Londres durante doscientos años.

—No quiero vivir en Londres.

—Está bien... quinientos años en Skibbereen.

—¿Y de qué voy a vivir después?


Mercaderes franceses en Dominica y Haití, ingleses en Kingston... A Leborgne le dieron su liquidación en Haití, y decidió que iba a abrir un figón allí. Cuando llegaron a La Habana, habían vendido casi todas las piedras y pagado a casi todos los hombres. Pensaban ofrecer al gobernador el *Santa Catalina*, que se mecía en el puerto, para que sirviera de guardacostas.

Sin tripulación y sin mando. Rafael Ortiz y Osvaldo Belmonte estuvieron pensando en abrir una taberna; Fergus O'Leary dijo que era una buena idea, que podía beberse su dinero en ella si no... Luego se interrumpió, saludó a ambos con una cabezada y desapareció para ir a visitar a una joven viuda, una mulata.

Conservaron algunas piedras. Ortiz decía que no cabía excluir que, a pesar de la próxima ancianidad, se encontrara de pronto una mujer que no se sintiera deshonrada por una joya verde. Belmonte hizo engarzar una esmeralda en plata mate, añadió una segunda desnuda, hizo un paquetito de paño encerado, lino y cuero, y se lo entregó a un viejo conocido que partía en su barco hacia Cádiz. Dos años después recibió una carta, por los extraviados caminos habituales. Ann Smollett escribía que había vendido una de las piedras y ahora podía vivir sin preocupaciones, que llevaba la otra al cuello, y que, como habían acordado, había vertido una botella de Barolo sobre la tumba del poeta.

Belmonte fue con la carta a la taberna para enseñársela a Ortiz, que en ese momento estaba ensimismado en una conversación con una mujer un tanto deteriorada que tenía una sonrisa encantadora y toleraba increíbles cantidades de ron. Cuando le dio una palmada en la espalda a Ortiz, este se sobresaltó, se volvió hacia él y dijo:

—*God damn you*, Lezo. ¿Qué quieres?

Belmonte agitó la carta en el aire.

—Quiero leerte algo. Préstame tu oreja, capitán.

# Índice

# megustaleer

# Descubre tu próxima lectura

Apúntate y recibirás recomendaciones de lecturas personalizadas.

www.megustaleer.club

megustaleerES

@megustaleer

@megustaleer